A Joia

A Joia

Amy Ewing

Tradução

Débora Isidoro

LeYa

Título original: *The Jewel*

Este livro foi revisado segundo o Novo Acordo Ortográfico da Língua Portuguesa.

PREPARAÇÃO DE TEXTO
Juliana Caldas

REVISÃO
Patricia Bernardo de Almeida

DIAGRAMAÇÃO
Camila Araújo

ADAPTAÇÃO DA CAPA PARA EDIÇÃO BRASILEIRA
Vivian Oliveira

Dados Internacionais de Catalogação na Publicação (CIP)
Angélica Ilacqua CRB-8/7057

Ewing, Amy
A joia / Amy Ewing; tradução de Débora Isidoro. - São Paulo: LeYa, 2015.
352 p. (A cidade solitária, v.1)

ISBN 978-85-441-0184-1
Título original: The Jewel

1. Literatura infantojuvenil 2. Fantasia I. Título II. Isidoro, Débora

14-0937 CDD 028.5

Índices para catálogo sistemático:
1. Literatura infantojuvenil

Todos os direitos reservados à
Casa dos Mundos Produção Editorial LTDA
Rua Avanhandava, 133 | cj 21
01306-001 – Bela Vista – São Paulo – SP

Para Jess.
Por tudo.

1

HOJE É MEU ÚLTIMO DIA COMO VIOLET LASTING.

As ruas do Pântano são silenciosas a esta hora da manhã, ouve-se apenas o trotar de um burro e o tilintar de garrafas de vidro quando uma carroça de leite passa por ali. Jogo longe o lençol e visto o roupão de banho sobre a camisola. O roupão azul-escuro e gasto nos cotovelos era da minha mãe. Ficava folgado em mim, as mangas cobrindo meus dedos e a bainha arrastando no chão. Mas, como cresci nos últimos anos, agora ele me serve como servia nela. Adoro o roupão. É um dos poucos objetos que pude trazer para o Portão Sul. Tive sorte de poder trazê-los. As outras três instalações de contenção são mais rigorosas com relação a itens pessoais; o Portão Norte não permite nada.

Aperto o rosto contra as barras de ferro da minha janela. Elas são arqueadas e retorcidas em forma de rosas, como se um desenho bonito pudesse encobrir o que realmente são.

As ruas sujas do Pântano brilham douradas à luz do amanhecer; quase consigo imaginar que são feitas de algo nobre. As ruas esclarecem por que o Pântano recebe esse nome: pedras, concreto e asfalto foram levados para os círculos mais ricos da cidade, de modo que a região do Pântano foi deixada com um barro grosso, com cheiro de sal e enxofre.

O nervosismo é tanto que é como se em meu peito pequenas asas batessem incessantemente. Hoje verei minha família pela primeira vez em quatro anos. Minha mãe, Ochre e a pequena Hazel. Ela nem deve mais ser tão pequena. Fico pensando se querem me ver, se me tornei uma estranha para eles. Tornei-me diferente de quem era? Não sei se consigo me lembrar de como eu era. E se eles não me reconhecerem?

A ansiedade se espalha dentro de mim enquanto o sol se ergue devagar, ao longe, sobre a Grande Muralha, que cerca toda a Cidade Solitária. O paredão que nos protege do oceano violento lá fora e nos mantém em segurança. Amo o nascer do sol, mais ainda que o pôr do sol. Tem algo de muito animador em ver o mundo ganhar vida com mil cores. Me dá esperança. Fico feliz por ver este, as faixas de rosa e lilás riscando os rios de vermelho e dourado. Não sei se verei o sol nascer quando começar minha nova vida na Joia.

Às vezes, queria não ter nascido uma substituta.

QUANDO PATIENCE VEM ME BUSCAR, ESTOU ENCOLHIDA NA cama, ainda vestindo o roupão, memorizando meu quarto. Não há muito, só uma cama pequena, um armário e uma cômoda de madeira desbotada. Meu violoncelo está apoiado em um canto. Sobre a cômoda há um vaso de flores que são trocadas em dias alternados, uma escova, um pente, algumas fitas para cabelo e uma velha corrente com a aliança de casamento do meu pai. Minha mãe me fez aceitar a corrente depois de eu receber o diagnóstico, antes de os Militares virem me buscar.

Depois de todo esse tempo, me pergunto se ela sente falta da aliança, se sente saudades de mim como eu sinto dela. Um nó se forma no meu estômago.

O quarto não mudou muito desde que cheguei aqui há quatro anos. Não há fotos. Nem espelhos, pois não são permitidos nas instalações de contenção. O único acréscimo foi meu violoncelo — e nem é meu, na verdade, porque pertence ao Portão Sul. Queria saber quem vai usá-lo depois que eu for embora. É engraçado, mas por mais que este quarto seja impessoal e sem graça, vou sentir saudades dele.

— Como se sente, querida? — pergunta Patience. Ela sempre nos chama de "querida", "docinho" e "carneirinho". Como se tivesse medo de usar nossos nomes de verdade. Talvez ela não queira formar vínculos. Patience é a chefe dos zeladores do Portão Sul há muito tempo. Deve ter visto centenas de meninas passarem por este quarto.

— Bem — minto. É inútil dizer como realmente me sinto, como a minha pele coça por dentro e há um peso dentro de mim bem no fundo, na parte mais sombria.

Os olhos de Patience me estudam da cabeça aos pés, e ela fecha a boca e aperta os lábios. Patience é gordinha, tem mechas grisalhas no cabelo castanho e fino, e seu rosto é tão fácil de ler que consigo adivinhar o que vai dizer antes de ela abrir a boca.

— Tem certeza de que é isso que quer vestir?

Faço que sim com a cabeça, esfregando o tecido macio do roupão entre o polegar e o indicador, e levanto-me da cama. Há vantagens em ser uma substituta. Podemos nos vestir como queremos, comer o que queremos, dormir tarde nos fins de semana. Somos educadas. Recebemos uma boa educação. Temos comida fresca e água, sempre temos eletricidade e nunca precisamos trabalhar. Não nos relacionamos com a pobreza, e os cuidadores nos dizem que receberemos mais quando formos viver na Joia.

A não ser liberdade. Eles nunca falam disso.

Patience sai da sala, e eu a sigo. Os salões do Internato do Portão Sul são revestidos com teca e jacarandá, há obras de arte nas paredes, manchas coloridas que não retratam nada real. Todas as portas são exatamente iguais, mas sei para qual delas nos dirigimos. Patience só acorda quem tem consulta médica, ou quando há uma emergência ou se for seu Dia do Reconhecimento. Há apenas uma garota neste andar, além de mim, que vai ao Leilão amanhã. Minha melhor amiga. Raven.

A porta do quarto está aberta, e ela já está vestida com uma calça marrom de cintura alta e uma blusa branca com decote em V. Não sei dizer se Raven é mais bonita do que eu porque não vejo meu reflexo há quatro anos. Mas posso afirmar que ela é uma das substitutas mais bonitas do Portão Sul. Nós duas temos cabelo preto, mas o de Raven é curto, liso e brilhante, e o meu cai em ondas sobre as costas. A pele dela é cor de caramelo, os olhos são quase tão escuros quanto o cabelo e amendoados no rosto perfeitamente oval. Ela é mais alta do que eu, e eu não sou baixa. Minha pele é cor de marfim, contrastando de um jeito estranho com o cabelo, e meus olhos são cor de violeta. Não preciso de um espelho para saber disso. Os olhos são a razão do meu nome.

— Dia importante, hein? — Raven me diz quando se junta a nós no corredor. — É isso que vai vestir?

Ignoro a segunda pergunta.

— Amanhã vai ser mais.

— Sim, mas não podemos escolher o que vestir amanhã. Ou depois de amanhã. Ou... Bem, nunca mais. — Ela prende o cabelo atrás das orelhas. — Espero que meu comprador me deixe usar calça comprida.

— Eu não alimentaria muitas esperanças, querida — Patience diz.

Tenho que concordar com ela. A Joia não parece ser o tipo de lugar no qual uma mulher usa calça, a não ser, talvez, que seja uma criada que trabalha em lugares em que ninguém a vê. Mesmo que sejamos vendidas para uma família de mercadores do Banco, o traje obrigatório provavelmente será um vestido.

A Cidade Solitária é dividida em cinco círculos, cada um deles separado por uma muralha, e todos, exceto o Pântano, têm apelidos relacionados à sua atividade. O Pântano é o círculo mais afastado, o mais pobre. Não temos atividade, apenas abrigamos os operários que trabalham em outros círculos. O quarto círculo é a Fazenda, onde toda comida é cultivada. Na Fumaça ficam todas as fábricas. O segundo círculo é chamado de Banco, porque é lá que os comerciantes têm suas lojas. E o círculo mais interno é a Joia. O coração da cidade. Onde vive a nobreza. E onde, depois de amanhã, Raven e eu também iremos morar.

Seguimos Patience pelos largos degraus de madeira. Os aromas da cozinha espalham-se pela escada: pão saído do forno e canela. O cheiro me lembra de quando minha mãe fazia pão doce no meu aniversário, um luxo que quase nunca podíamos ter. Agora posso comê-los sempre que eu quiser, mas o gosto não é o mesmo.

Passamos por uma das salas de aula. A porta está aberta e eu paro por um momento para olhar. As meninas são jovens, onze ou doze anos. Novas. Como eu fui um dia. Quando *presságio* era só uma palavra, e antes de alguém me explicar que eu era especial, que todas as garotas no Portão Sul eram especiais. E que, graças a alguma peculiaridade genética, tínhamos a capacidade de salvar a realeza.

As meninas estão sentadas nas carteiras com baldinhos perto delas e um lenço perfeitamente dobrado ao lado de cada uma. Cinco blocos vermelhos de construir formam uma fila na frente de cada garota. Uma cuidadora está sentada diante de uma grande mesa, fazendo anotações. Atrás dela, no quadro-negro, está escrita a palavra VERDE. Elas estão fazendo a prova de seu primeiro Presságio, Cor. Sorrio discretamente e me encolho lembrando todas as vezes que fiz aquela prova. Observo a garota que está mais perto de mim e giro nas mãos um bloco imaginário, enquanto ela gira entre as dela um bloco vermelho.

Um: ver o objeto como é. Dois: ver o objeto em sua mente. Três: submetê-lo à sua vontade.

Traços verdes se espalham a partir de onde os dedos dela tocam o bloco, riscando a superfície vermelha como veias. Os olhos da menina estão apertados em concentração, lutando contra a dor, e se ela manter o esforço só por mais alguns segundos, sei que conseguirá. Mas a dor vence, ela grita e larga o bloco. O vermelho se sobrepõe ao verde, e a garota pega o balde e vomita uma mistura de sangue e saliva. Um fino fio de sangue escorre de seu nariz, que ela limpa com o lenço.

Suspiro. O primeiro Presságio é o mais fácil dos três, mas ela só conseguiu transformar dois de seus três blocos. Será um dia muito longo para aquela garota.

— Violet — Raven me chama, e corro para alcançá-las.

O refeitório está vazio, a maioria das meninas já está na aula. Quando Raven e eu entramos, toda a conversa cessa, colheres e canecas são deixadas sobre as mesas, e todas as meninas na sala se levantam, cruzam dois dedos da mão direita e os colocam sobre o coração. É tradição no Dia do Reconhecimento homenagear as substitutas que partirão para o Leilão. Fiz a mesma coisa ano após ano, mas é estranho agora ser o alvo da homenagem. Um nó se forma na minha garganta e meus olhos ardem. Sinto Raven tensa ao meu lado. Muitas das meninas que nos saúdam também irão para o Leilão no dia seguinte.

Nós nos sentamos em nossa mesa habitual em um canto perto das janelas. Mordo o lábio ao perceber que, em pouco tempo, aquela não será mais a "nossa" mesa. Este é meu último café da manhã no Portão Sul. Amanhã estarei a bordo de um trem.

Quando nos acomodamos, todas as outras meninas se sentam e a conversa recomeça, mas em sussurros.

— Sei que é um sinal de respeito — Raven resmunga —, mas não gosto de estar deste lado da situação.

Uma jovem cuidadora chamada Mercy se aproxima apressada com um bule prateado de café.

— Boa sorte amanhã — ela diz com a voz tímida. Mal consigo sorrir. Raven não diz nada. O rosto de Mercy fica levemente rosado. — O que vão querer comer?

— Dois ovos fritos, batatas, torrada com manteiga e geleia de morango, e bacon bem passado, mas sem queimar — Raven diz seu cardápio rapidamente, como se quisesse confundir Mercy. O que, provavelmente, já conseguiu. Raven gosta de confundir as pessoas, especialmente quando está nervosa.

Mercy apenas sorri e balança a cabeça.

— E você, Violet?

— Salada de frutas — digo. Mercy se dirige à cozinha. — Vai mesmo comer tudo isso? — pergunto a Raven. — Tenho a impressão de que meu estômago encolheu durante a noite.

— Você se preocupa demais — ela fala, misturando duas colheres cheias de açúcar ao café. — Sério, vai acabar com uma úlcera.

Bebo um gole de café e observo as outras garotas no refeitório. Principalmente as que vão para o Leilão. Algumas parecem se sentir como eu, como se quisessem se encolher na cama e se esconder embaixo das cobertas, mas outras conversam animadas. Nunca consegui entender aquelas meninas, as que acreditam em tudo que as cuidadoras falam sobre como somos importantes e estamos cumprindo uma longa e nobre tradição. Uma vez perguntei a Patience por que não podíamos ir para casa depois de dar à luz, e ela respondeu:

— Vocês são muito preciosas para a realeza. Eles querem cuidar de vocês pelo resto de suas vidas. Não é maravilhoso? Eles são muito generosos.

Eu disse que preferia minha família à generosidade da realeza. Patience não gostou muito disso.

De repente, uma menina jovem e tímida em uma mesa próxima grita de dor e surpresa quando a água em seu copo se transforma em gelo. Ela solta o copo, que estilhaça no chão. Seu nariz começa a sangrar, e ela pega um guardanapo e sai correndo do refeitório enquanto uma cuidadora se aproxima apressada com uma vassoura e uma pá.

— Fico feliz por isso não acontecer mais — Raven diz. Quando começamos a aprender os Presságios, é difícil controlá-los, e a dor é sempre pior do que esperamos. Na primeira vez que vomitei sangue, pensei que estava morrendo. Mas isso acaba depois de um ano, mais ou menos. Agora só de vez em quando o sangue sai pelo meu nariz.

— Lembra quando transformei toda aquela cesta de morangos vermelhos em azuis? — Raven comenta, quase rindo.

Eu me encolho ao lembrar. No começo foi engraçado, mas ela não conseguia parar. Durante um dia inteiro, tudo que ela tocava ficava azul. Raven acabou ficando muito doente, e os médicos tiveram que isolá-la.

Olho para ela agora, misturando tranquilamente leite ao seu café, e me pergunto como vou viver sem ela.

— Já tem o número do seu lote? — pergunto.

A colher tilinta dentro da xícara de Raven, sua mão treme por um instante.

— Sim.

É uma pergunta idiota, todas nós recebemos os números de nossos lotes ontem à noite. Mas quero saber qual é o número de Raven. Quero saber por quanto tempo ainda verei minha melhor amiga.

— E?

— Lote 192. E o seu?

Suspiro.

— 197.

Raven sorri.

— Parece que somos produtos caros.

Todo Leilão tem um número diferente de substitutas, e todas são classificadas. As últimas dez a serem leiloadas são consideradas as de maior qualidade e, portanto, as mais desejáveis. Neste ano há um dos maiores números de substitutas leiloadas na história recente: 200.

Não me importo muito com minha classificação. Prefiro um casal agradável a um rico. O que realmente importa é que Raven e eu ficaremos juntas até o fim.

O refeitório fica silencioso quando três garotas entram. Raven e eu nos levantamos com as outras e saudamos as meninas que estarão conosco no trem amanhã. Duas delas escolhem uma mesa embaixo do lustre, mas uma, a loirinha com grandes olhos azuis, caminha em nossa direção.

— Bom dia, meninas — Lily nos cumprimenta e se deixa cair em uma das cadeiras estofadas segurando entre as mãos uma revista de fofocas. — Não estão animadas? Eu estou! Amanhã vamos conhecer a Joia. Conseguem imaginar?

Gosto de Lily, apesar de seu entusiasmo exagerado e do fato de ela se enquadrar na categoria de meninas animadas que eu não entendo. Lily não vem de uma família muito boa no Pântano. O pai batia nela, a mãe era alcoólatra. Ser diagnosticada substituta foi bom para ela, na verdade.

— Definitivamente, vai ser uma mudança — Raven comenta com um tom seco na voz.

— Eu sei! — Lily nem percebe o sarcasmo.

— Vai para casa hoje? — pergunto. Não imagino que Lily queira rever a família.

— Patience disse que não preciso ir, mas quero ver minha mãe. E ela disse que posso levar uma escolta Militar, meu pai não vai me bater. — Ela abre um sorriso largo, o que me faz sentir pena dela.

— Já tem o número do seu lote? — pergunto.

— Ah, sim. É 53, acredita nisso? De 200! Vou acabar com uma família de comerciantes no Banco. — A realeza permite que um número selecionado de famílias do Banco compareça ao Leilão anual, mas elas só podem dar lances para as substitutas de classificação mais baixa. O Banco não precisa das substitutas como a realeza, porque as mulheres do Banco podem ter os próprios filhos. Para elas, somos só um símbolo de status. — Em que lote vocês estão?

Raven responde:

— 192.

— 197.

— Eu sabia! Tinha certeza de que vocês duas teriam classificações incríveis. Aaaah, que inveja!

Mercy aparece com nosso café.

— Bom dia, Lily. Boa sorte amanhã.

— Obrigada, Mercy — Lily sorri. — Ah, pode me trazer panquecas de mirtilo? E suco de toranja? E uns pedaços de manga?

Mercy faz que sim com a cabeça.

— É isso que vai vestir? — Lily me pergunta com uma cara preocupada.

— Sim — respondo irritada. — É isto que vou vestir. Esta é a roupa que mais gosto de vestir. E como é a última vez que escolho minha vestimenta, vou ficar assim mesmo, porque gosto desta e ela é minha. Não me importo com minha aparência.

Raven disfarça um sorriso enchendo a boca com ovos e batatas. Lily parece um pouco confusa por um segundo, mas se recupera depressa.

— Então, já sabem? Sobre a Eleitora? — Ela olha para nós cheia de expectativa, mas Raven está mais interessada na comida, e eu nunca presto muita atenção à política da Joia. Mas algumas garotas acompanham todas as fofocas.

— Não — respondo com cortesia, e espeto com o garfo um pedaço de melão.

Lily põe a revista em cima da mesa. O rosto jovem da Eleitora olha para nós da capa de *A Joia Diária*, acima da manchete ELEITORA COMPARECE AO LEILÃO.

— Acreditam nisso? A Eleitora, no *nosso* Leilão! — Lily está eufórica. Ela ama a Eleitora, como muitas garotas do Portão Sul. Sua história é bem incomum: ela é do Banco, não é realmente da realeza, mas o Executor a viu quando visitou uma das lojas do pai dela, se apaixonou e casou com ela. Muito romântico. Agora a família dela é da realeza, é claro, e mora na Joia. Muitas garotas a veem como um sinal de esperança, como se a sorte pudesse mudar para elas também. Eu nem entendo o que há de tão ruim em ser filha de um comerciante.

— Nunca imaginei que ela iria. Quer dizer, o bebê nasceu há poucos meses. Imaginem! Ela poderia escolher uma de nós para ter seu próximo filho!

Sinto vontade de rasgar com as unhas a toalha de renda sobre a mesa. Ela fala como se devêssemos estar honradas, como se tivéssemos escolha. Não quero ter o filho de ninguém, nem da Eleitora, nem de outra pessoa. Não quero ser vendida amanhã.

E Lily está muito animada, como se houvesse mesmo uma possibilidade de ser objeto de um lance da Eleitora. Ela é só o lote 53.

E eu me odeio assim que penso nisso. Ela não *é* o lote 53, ela é Lily Deering. Adora chocolate, fofoca, vestidos cor-de-rosa com golas de renda e toca violino. Vem de uma família horrível, e ninguém perceberia, porque ela tem sempre uma palavra boa para dizer sobre todo mundo que conhece. Ela é Lily Deering.

E amanhã será comprada e levada para viver em uma casa estranha sob as regras de uma mulher desconhecida. Uma mulher que talvez não a entenda, não compreenda seu entusiasmo eufórico e interminável. Uma mulher que talvez não se importe, ou não saiba como falar com ela. Uma mulher que vai lhe impor o próprio filho, que o fará crescer dentro do ventre de Lily, ela querendo ou não.

De repente, sinto uma raiva tão grande que mal consigo me conter. Antes que perceba, estou em pé com os punhos cerrados.

— O que... — Lily começa, mas não a escuto. Só vejo rapidamente a expressão de surpresa de Raven antes de marchar por entre as mesas ignorando os olhares curiosos e discretos das outras meninas, sair do refeitório e subir correndo para o meu quarto, batendo a porta depois de entrar.

Pego a aliança do meu pai e coloco no polegar, meu maior dedo, mas o anel ainda é grande para mim. Seguro a corrente e fecho os dedos em torno dela.

Ando de um lado para o outro no quarto pequeno. Não podia acreditar que sentiria saudades daqui. É uma prisão, um lugar para me guardar antes de eu ser despachada para ser uma incubadora humana para uma mulher que nem conheço. As paredes parecem me espremer, e eu tropeço na cômoda, derrubando no chão tudo que há nela. A escova e o pente fazem ruídos agudos quando caem sobre a madeira, e o vaso se quebra, espalhando flores por todos os lados.

A porta se abre. Raven olha para a bagunça no chão e depois para mim. O sangue lateja nas minhas têmporas, meu corpo treme. Ela se aproxima e me abraça. Lágrimas inundam meus olhos e transbordam, correndo pelo meu rosto e molhando a blusa dela.

Ficamos quietas por um bom tempo.

— Estou com medo — sussurro. — Estou com medo, Raven.

Ela me abraça com mais força, depois começa a recolher os cacos espalhados. Sinto vergonha da bagunça que fiz e me abaixo para ajudá-la.

Deixamos os restos do vaso sobre a cômoda, e Raven limpa as mãos na calça.

— Venha se limpar — ela diz.

Movo a cabeça numa resposta afirmativa enquanto saímos do quarto e percorremos o corredor para o banheiro. A menina que derrubou o copo de gelo está lá, limpando o nariz com uma toalha molhada. O sangramento parou, mas uma fina camada de suor ainda cobre sua pele. Ela se assusta ao nos ver.

— Fora — diz Raven.

A menina larga o pano molhado e sai correndo.

Raven pega uma toalha de rosto limpa e umedece com água e sabonete de lavanda.

— Está nervosa... — quase digo "com o Leilão", mas mudo de ideia — com o reencontro com sua família?

— Por que estaria? — ela responde, limpando meu rosto com a toalha molhada. O cheiro de lavanda é confortante.

— Porque não os vê há cinco anos — digo num tom suave. Raven está ali há mais tempo que eu.

Ela dá de ombros e passa a toalha embaixo dos meus olhos. Eu a conheço bem o bastante para não insistir no assunto. Raven enxágua a toalha e começa a escovar meu cabelo. Meu coração dispara quando penso no que vai acontecer depois de hoje.

— Não quero ir — confesso. — Não quero ir para o Leilão.

— É claro que não quer. Você não é maluca como a Lily.

— Isso é cruel. Não fale assim.

Raven revira os olhos e deixa a escova de lado, depois ajeita meu cabelo sobre os ombros.

— O que vai acontecer com a gente? — pergunto.

Raven segura meu queixo e olha dentro dos meus olhos.

— Escute o que eu digo, Violet Lasting. Nós vamos ficar bem. Somos espertas e fortes. Vamos ficar bem.

Meus lábios tremem e eu concordo com a cabeça. Raven relaxa e dá uma última ajeitada no meu cabelo.

— Perfeito — ela diz. — Agora vamos ver nossa família.

2

CARRUAGENS ELÉTRICAS NOS LEVAM POR RUAS CHEIAS DE POEIRA.

Cortinas grossas de veludo nos protegem de partículas de barro seco que flutuam no ar, as mesmas que grudavam na minha pele quando eu era criança. Não consigo me conter e espio por entre as cortinas. Não saía do internato desde meus doze anos.

As ruas são ocupadas por casas térreas feitas de tijolos de barro, alguns telhados apodreceram ou estão desmoronando. Crianças correm seminuas pelas ruas, e homens barrigudos sentados em becos ou varandas bebem em garrafas escondidas em sacos de papel. Passamos por um asilo de indigentes com janelas fechadas e portas trancadas com cadeados. No domingo haverá uma grande fila na rua, famílias esperando comida, roupa e remédios doados pela realeza para ajudar os desafortunados. Por mais que eles mandem, nunca é o suficiente.

Algumas ruas depois, vejo um trio de Militares empurrando um menino magro para longe de um mercado. Há muito tempo não vejo homens além dos médicos que nos examinam. Os Militares são jovens, têm mãos e narizes grandes e ombros largos. Eles param de empurrar o garoto quando minha carruagem passa e ficam atentos, e eu me pergunto se me veem espiando pela cortina. Cubro rapidamente a janela.

Somos quatro na carruagem, mas Raven não faz parte do grupo. A família dela mora do outro lado do Portão Sul. O Pântano é como um pneu de bicicleta contornando os outros círculos da Cidade Solitária. Se a Grande Muralha algum dia ruir, seremos os primeiros a morrer tragados pelo terrível oceano que nos cerca por todos os lados.

Cada círculo da cidade, com exceção da Joia, é dividido em quatro partes iguais, Norte, Sul, Leste e Oeste, por dois eixos que formam um X. No Pântano, dentro de cada uma dessas quatro áreas há um internato. A família de Raven mora no lado oriental do Portão Sul, e a minha no ocidental. Não sei se Raven e eu teríamos nos conhecido se não fôssemos diagnosticadas substitutas.

Ninguém fala na carruagem, e me sinto grata por isso. Toco meu pulso, sinto o círculo rígido do transmissor implantado sob a pele. Todas nós recebemos o transmissor subcutâneo antes de irmos para casa. É temporário, vai se dissolver em cerca de oito horas. É a maneira de o Portão Sul garantir o cumprimento das regras: não é permitido falar sobre o que acontece dentro do internato. Nem sobre os Presságios. Nem sobre o Leilão.

A carruagem nos deixa, uma a uma. Sou a última.

Todo meu corpo está tremendo quando chego em casa. Tento escutar algum sinal de que minha família está lá esperando por mim, mas só ouço o latejar surdo da pulsação. Tenho que usar toda minha força para abrir a porta da carruagem. Por um momento, acho que não vou conseguir. E se eles não me amarem mais? E se me esqueceram?

Então ouço a voz da minha mãe.

— Violet? — ela chama timidamente.

Abro a porta.

Eles estão enfileirados, vestidos com as melhores roupas que têm. Fico chocada ao ver que Ochre está mais alto que minha mãe, com peitoral e braços musculosos, cabelo curto e pele firme, bronzeada. Ele deve ter conseguido um emprego na Fazenda.

Minha mãe parece muito mais velha do que eu lembrava, mas seu cabelo ainda tem a mesma cor, uma mistura de vermelho e dourado. Os olhos e a boca estão contornados por rugas profundas.

Mas Hazel... está quase irreconhecível. Ela tinha sete anos quando parti, e agora tem onze. Braços e pernas longos, o avental feio e velho largo sobre seu corpo magro. Mas o rosto é como o do pai, exatamente os mesmos olhos dele. Temos o mesmo cabelo, preto, ondulado e longo. Isso me faz sorrir. Hazel se aproxima um pouco mais de Ochre.

— Violet? — minha mãe repete.

— Olá — digo, e me surpreendo com minha formalidade. Desço da carruagem e sinto a terra grossa do Pântano entre os dedos. Os olhos de Hazel estão arregalados. Não sei o que ela esperava que eu vestisse, mas certamente não era uma camisola sob um roupão. Ninguém na minha família usa sapatos. Fico feliz por também estar descalça. Quero sentir a terra sob meus pés, a poeira encardida de casa.

Há um segundo de silêncio desconfortável, então minha mãe se aproxima e me abraça. Ela está muito magra, e não sei se ela já mancava antes.

— Ah, meu bebê — ela murmura. — Estou tão feliz por ver você!

Sinto seu cheiro de pão, sal e suor.

— Senti saudades de você — sussurro.

Ela enxuga as lágrimas dos olhos e me segura com os braços esticados.

— Quanto tempo temos?

— Até as oito.

Minha mãe abre a boca, mas fecha em seguida, balançando a cabeça.

— Muito bem. Vamos aproveitar esse tempo. — E olha para meus irmãos. — Ochre, Hazel, venham abraçar sua irmã.

Ochre se aproxima. Quando ele ficou tão grande? Era só um menino de dez anos quando eu fui embora. Quando se tornou um homem?

— Ei, Vi — ele diz. Depois morde o lábio, como se estivesse preocupado por tratar uma substituta com tanta informalidade.

— Ochre, você está enorme — comento, brincando. — O que a mãe tem dado para você comer?

— Ah, tenho um metro e oitenta.

— Você é um monstro.

Ele ri.

— Hazel, venha dar um oi para sua irmã — minha mãe chama.

Então Hazel, a pequena para quem eu cantava à noite e roubava biscoitos depois de as luzes se apagarem, com quem eu brincava de Joia da Coroa no quintal, vira as costas para mim e corre para dentro de casa.

— ELA SÓ PRECISA DE UM TEMPINHO — MINHA MÃE DIZ alguns minutos mais tarde, enquanto me serve uma xícara de chá de crisântemo.

Mas tempo é algo que não tenho.

Bebo um pouco do chá e me esforço para não fazer uma careta. Havia esquecido o gosto amargo e rascante, meu paladar se acostumou com café e suco fresco. A culpa invade meu estômago quando dou outro gole.

Minha mãe e eu nos sentamos à mesa de madeira em cadeiras feitas por meu pai. A casa é menor do que eu me lembrava. Cozinha e sala de estar são um só cômodo. Há apenas uma pia, um fogão à querosene, a mesa lateral com compartimento para pratos e talheres, além de um sofá, cujo estofamento está soltando em alguns pontos, e uma cadeira de balanço ao lado da lareira. Minha mãe tricotava naquela cadeira. Gostaria de saber se ela ainda o faz.

— Hazel não se lembra de mim — comento, triste.

— Lembra, sim — minha mãe responde. — Mas... não como você é agora. Quer dizer, puxa, Violet, olhe para você.

Olho para baixo. Pareço tão diferente? Meus braços são mais roliços que os dela, e minha pele tem uma coloração rosada e saudável.

— Seu rosto, meu bem. — Minha mãe ri com suavidade.

Sinto um nó na garganta.

— Eu... não vejo meu rosto faz tempo.

Ela comprime os lábios.

— Quer ver agora?

Não consigo engolir. Ponho a mão no bolso do roupão e aperto a aliança que era do meu pai.

— Não — sussurro. Não sei por que, mas pensar no meu reflexo me apavora. Olho para as mãos da minha mãe, unidas em seu colo. Estão deformadas pela artrite, com veias azuis e salientes que parecem rios em um mapa topográfico.
— Onde está sua aliança?

Ela fica vermelha e dá de ombros.

— Mãe, o que aconteceu com a aliança?

— Vendi.

Sinto meus olhos saltando das órbitas.

— O quê? Por quê?

Ela me encara com expressão desafiante.

— Precisávamos do dinheiro.

— Mas... — Balanço a cabeça perplexa. — E a pensão?

Uma pensão anual é paga aos familiares das substitutas, uma compensação pela perda de uma filha.

Minha mãe suspira.

— A pensão não é suficiente, Violet. Por que acha que Ochre teve de abandonar a escola? Olhe minhas mãos, não consigo mais trabalhar como antes. Quer que eu mande Hazel para as fábricas? Ou para os pomares?

— É claro que não. — Não acredito que ela tenha pensado nisso. Hazel é jovem demais para suportar o trabalho brutal na Fazenda, ela nem tem porte para isso. E nunca sobreviveria à Fumaça. Nem quero pensar nela operando máquinas pesadas, sufocando com o pó que satura o ar.

— Então não julgue como sustento esta família. Seu pai, que ele esteja em paz, entenderia. É só um pedaço de ouro. — Ela passa a mão na testa. — É só um pedaço de ouro — repete.

Não sei por que estou tão incomodada. Ela tem razão, é só um objeto. Um objeto que não é meu pai.

Aperto a aliança pela última vez, depois a tiro do bolso e deixo sobre a mesa.

— Aqui, pode pegar de volta. Não posso mais ficar com ela mesmo.

Surge um brilho nos olhos da minha mãe quando ela pega a aliança, e vejo quão difícil foi vender a dela.

— Obrigada — minha mãe sussurra.

— Posso ficar com o roupão? — pergunto.

Ela ri, e seus olhos cintilam cheios de lágrimas.

— É claro. Agora serve em você.

— Vai ser jogado fora, provavelmente. Mas quero ficar com ele o máximo que puder.

Ela acaricia minha mão.

— É seu. Estou surpresa por terem permitido que você viesse nos visitar vestindo pijama.

— Podemos vestir o que quisermos. Principalmente hoje.

O silêncio cai sobre nós e me oprime como um travesseiro, sufocando todas as coisas que quero dizer. Uma mosca fica zumbindo na janela sobre a pia. Minha mãe afaga minha mão com um dedo, a expressão distante, preocupada.

— Eles cuidam bem de você lá, não é? — pergunta.

Dou de ombros e desvio o olhar. Não posso conversar com ela sobre o Portão Sul.

— Violet, por favor — ela pede. — Por favor, me conte. Não imagina como tem sido difícil. Para mim, para Hazel, para Ochre. Primeiro seu pai, e... Você cresceu e eu não vi, perdi tudo. — Uma lágrima escapa e corre pelo rosto dela. — Perdi tudo, meu amor. Como posso conviver com isso?

Um nó se forma na minha garganta.

— Não é culpa sua — respondo, fixando meu olhar nas mãos dela. — Você não teve escolha.

— Não — minha mãe sussurra. — Não tive. Mas, mesmo assim, perdi você. Então, por favor, me diga que alguma coisa boa aconteceu. Diga que tem uma vida melhor.

Queria poder dizer que tenho. Queria poder contar a verdade, falar sobre os três Presságios e os anos de dor, os testes intermináveis e as visitas dos médicos. Queria poder contar como senti falta dela, como há mais ternura em seu dedo afagando minha mão do que em todas as cuidadoras juntas. Queria poder falar sobre como eu amo tocar violoncelo, como sou boa nisso. Acho que ela se orgulharia de mim, se soubesse. Acho que gostaria de me ouvir tocar.

O nó na garganta é tão grande que me surpreendo por ainda conseguir respirar. Lembro-me daquele dia horrível quando os Militares chegaram, uma recordação que é tão antiga, tão embaralhada quanto um quebra-cabeça incompleto. Eu chorando e gritando, implorando para que ela não os deixasse me levar. Os olhos de Hazel arregalados e suplicantes, suas mãozinhas agarrando meu vestido esfarrapado. O brilho frio da arma de um Militar. E minha mãe com os lábios colados na minha testa. As lágrimas molhando meu cabelo quando disse:

— Você tem que ir com eles, Violet. Tem que ir com eles.

De repente a casa fica quente demais.

— Eu... preciso de ar — aviso, ofegante, empurrando a cadeira para trás e saindo apressada pela porta dos fundos.

O quintal é só um pedaço de terra seca e grama amarelada. Mas me sinto melhor quando a brisa fresca toca minha pele e faz oscilarem as folhas do limoeiro no centro do quintal.

O limoeiro que nunca produziu um limão. Como era aquela música que meu pai cantava?

Limoeiro, que belezura
E a flor do limão é uma doçura

Era uma analogia com a natureza perigosa do amor, mas só lembro que, sempre que ele cantava, eu pensava em quanto queria comer um limão. Foi a primeira coisa que experimentei quando cheguei no Portão Sul. Agitada, mordi a fruta com casca e tudo. A acidez quase me sufocou.

— Você está diferente.

Eu me viro. Hazel está sentada sobre um balde virado, encostada à parede da casa. Não vi que ela estava ali.

— A mãe disse a mesma coisa. — Minha voz soa um pouco ofegante.

Ela me estuda por um momento. Seus olhos são atentos e inteligentes. Noto mais uma vez quanto Hazel é parecida com nosso pai.

— Ela disse que você vai para o Leilão amanhã. Por isso permitiram esta visita.

Faço que sim com a cabeça.

— Eles chamam de Dia do Reconhecimento. Para... acertar as contas com o passado antes de começar seu futuro. — Não sei por que disse isso. A frase que ouvi mais de cem vezes das cuidadoras deixa um gosto amargo na minha boca.

Hazel se levanta.

— É isso que somos? Uma conta a acertar antes de ir morar em um palácio na Joia?

— Não — protesto, horrorizada. — É claro que não.

Ela cerra os punhos, exatamente como eu faço quando estou zangada ou magoada.

— Então, por que veio?

Chocada, balanço a cabeça.

— Por quê...? Hazel, estou aqui porque amo você. Porque senti sua falta. E da mãe, de Ochre. Senti a falta de vocês todos os dias.

— Então, por que não escreveu para mim? — grita Hazel, e sua voz soa entrecortada. Meu coração também se parte. — Você disse que escreveria. Independentemente do que acontecesse, foi isso que você disse. Esperei todos os dias por uma carta e você nunca escreveu, nenhuma vez!

As palavras são como socos no meu peito. Pensei que ela havia esquecido dessa promessa. Assim que entrei no internato, ficou muito claro que nunca poderia cumpri-la.

— Hazel, eu não pude. Não tínhamos permissão.

— Aposto que nem tentou — ela dispara. — Só queria suas coisas bonitas, roupas novas, comida fresca e água quente. É isso que tem lá, eu sei, pare de mentir.

— Sim, eu tenho tudo isso. Mas não acha que eu abriria mão de todas essas coisas para viver com vocês de novo? Se pudesse colocar você na cama à noite, cantar para você? E fazer bolo de lama quando chovesse, para depois atirar em Ochre quando ele estivesse distraído? — As imagens crescem, ameaçam me devorar. A vida que eu poderia ter. Pobre, sim, mas feliz. — Acha mesmo que abandonei minha família por roupas e água encanada? Eu não tive escolha, Hazel. Eles não me deixaram escolher.

Hazel não fala nada, mas parece hesitar. Dou um passo na direção dela.

— Eu comemoro seu aniversário todos os anos. — Estou correndo o risco de disparar o transmissor, mas não me importo. — Peço para assarem um bolo de chocolate, com cobertura de baunilha, e eles escrevem seu nome com glacê verde e colocam uma vela, e minha amiga Raven e eu cantamos "Parabéns a você". — Fazemos a mesma coisa pelo irmão de Raven e por Ochre.

Hazel pisca.

— É verdade?

Uma lágrima corre pelo meu rosto e para no canto da boca.

— Às vezes eu converso com você depois que apagam as luzes. Conto piadas que ouvi, ou histórias sobre minhas amigas e a vida no internato. Sinto sua falta todos os dias, Hazel.

De repente ela corre para mim e me abraça. Eu a aperto com força, sinto seu corpo magro e frágil sacudido pelos soluços. Mais lágrimas correm pelo meu rosto, caindo em seu cabelo.

— Pensei que não se importasse. — A voz dela é abafada pelo roupão. — Achei que tinha me deixado para sempre.

— Não — sussurro. — Vou amar você para sempre, Hazel. Juro.

Fico muito feliz por ter esse tempo, mesmo que seja pouco. O que quer aconteça depois, seja qual for o resultado do Leilão, sou grata por ter tido pelo menos um último momento com minha irmã.

O JANTAR É UM PEQUENO PATO ASSADO, MAIS OSSO DO QUE carne, batatas cozidas e algumas vagens murchas.

Eu me sinto culpada em pensar em todos os jantares que comi, nas várias opções de comida fresca. E minha família trata esta refeição humilde como se fosse um banquete digno da Eleitora.

— Ochre trouxe creme do laticínio! — Hazel exclama, puxando minha manga. — Podemos comer sorvete de sobremesa.

— Que delícia — respondo sorrindo, e passo as batatas para Ochre. — Então você trabalha no laticínio?

Ochre assente.

— Na maior parte do tempo — ele diz, servindo uma grande quantidade de batatas em seu prato. Minha mãe pega a travessa antes que não sobre nenhuma batata. — Gosto de trabalhar com os animais. O capataz diz que em um ano posso começar a aprender a arar o campo. — Seu peito incha um pouco quando ele diz isso. — Desde que eu possa continuar trabalhando para a Casa da Chama, eu fico satisfeito. Eles tratam bem os empregados, dão intervalos longos para beber água, horários decentes e tudo mais. Lembra-se de Sable Tersing? Ele trabalha para a Casa da

Luz, e parece que lá as coisas são horríveis. Os capatazes têm chicotes e não têm medo de usá-los, e eles descontam do pagamento se pegam alguém fumando ou...

— Sable Tersing está fumando? — minha mãe pergunta.

Ochre fica vermelho.

— Não, não falei que é Sable, só disse que...

— Ochre, juro em cima do túmulo do seu pai, se eu pegar você com um cigarro...

— Mãe! — Ochre revira os olhos. — Só estou dizendo que não é justo os empregados não saberem que tratamento é dado em cada casa real. Devia haver regras estabelecidas, e devíamos poder levar o caso ao Executor, se elas não fossem cumpridas.

— Ah, sim, porque o Executor não tem nada melhor para fazer do que ouvir as queixas de alguns adolescentes — minha mãe diz.

Mas eu sorrio.

— Está falando como o pai — digo a Ochre. Ele coça a nuca de um jeito meio encabulado e enfia algumas batatas na boca.

— Ele tinha razão em muitas coisas — Ochre resmunga, com a boca cheia.

Hazel puxa minha manga de novo, exigindo atenção.

— Sou a melhor da turma na escola — ela diz, orgulhosa.

— É claro que sim — respondo. — Você é minha irmã, não é?

Minha mãe ri.

— Você nunca se meteu em tanta confusão quanto ela. O ano mal começou e já foram duas brigas.

— Brigas? — Olho séria para minha irmã. — Com quem brigou, Hazel?

Ela olha para nossa mãe.

— Ninguém. Eram só uns meninos idiotas.

— Sim, mas se acontecer de novo, terá tarefas extras e nenhum jogo durante uma semana — minha mãe avisa em tom severo. Hazel olha emburrada para o prato.

Ouvir a vida diária da minha família me enche de inveja. O amor em torno desta mesa é tanto que se torna tangível, uma coisa viva, real, pulsante. Vejo Ochre e Hazel trocarem provocações, minha mãe rir e mandá-los parar. Consigo enxergar como teria me encaixado aqui, como teria completado a família.

Sou tomada pela vontade de garantir para minha mãe que estarei bem. Mesmo não acreditando nisso, mesmo que seja mentira. Não quero fazer nada para pôr em risco a felicidade nesta casa.

— Não precisam se preocupar comigo — digo. Todos ficam em silêncio e olham para mim. Não devia ter falado tão diretamente. — Quer dizer... — Olho para minha mãe. — Eu vou ficar bem. — Ela deixa o garfo no prato. Forço um sorriso e espero que pareça autêntico. — Amanhã estarei morando na Joia. Não é demais? Tenho certeza de que vão cuidar bem de mim lá. — Os olhos de Hazel estão muito abertos. — Mas vocês devem saber... Quer dizer... Por favor, saibam que amo muito vocês. Todos vocês. — Minha voz falha, e bebo um gole de água. Os olhos da minha mãe se enchem de lágrimas, e ela cobre a boca com a mão. — Se houvesse algum jeito de poder ficar com vocês, eu ficaria. Eu... me orgulho de ser parte desta família. Saibam disso.

Todos os olhos estão cravados em mim, e de repente não consigo mais olhar para eles. O fogo é fraco no fogão, e eu me levanto.

— O fogo está apagando — comento perturbada. — Vou buscar madeira.

Saio correndo pela porta dos fundos, inspiro o ar frio da noite, minhas mãos tremem.

“Não chore”, digo para mim mesma. Se chorar, eles verão que estou com medo. Não posso deixar transparecer. Eles precisam pensar que estou feliz.

Apoio-me à parede da casa e olho para o céu da noite cravejado de estrelas. Seja qual for o lugar para onde me levarão, pelo menos estaremos embaixo do mesmo céu. Hazel e eu sempre olharemos para as mesmas estrelas.

Eu me viro para a pilha de lenha e meus olhos caem sobre o limoeiro, que brilha prateado sob o luar. Tenho uma ideia.

O terceiro Presságio, Crescimento.

Corro para a árvore e deslizo a mão pela casca conhecida. Isso vai doer, mas não me importo. Pela primeira vez, vai valer a pena. E sei que sou capaz, sou a melhor aluna do terceiro Presságio no Portão Sul.

Encontro um pequeno nó em um dos ramos e apoio a mão nele enquanto repito as palavras mentalmente.

Um: ver o objeto como é. Dois: ver o objeto em sua mente. Três: submetê-lo à sua vontade.

Na minha mente, visualizo o que quero, e um calor brota no interior da minha mão ao mesmo tempo em que uma dor começa na base da minha cabeça. Sinto a vida da árvore, uma coisa móvel, cintilante, e tento trazê-la para fora, puxando como se fossem cordões de uma marionete. Um pequeno calombo se forma embaixo da minha mão, uma folha verde passa por entre meus dedos. A árvore resiste um pouco, e deixo escapar um gemido quando um fogo rasga minhas costas. É como se agulhas penetrassem meu cérebro. As costas arqueiam e a cabeça gira, mas senti dores piores nos quatro anos no Portão Sul, e estou decidida a ter sucesso dessa vez. Me obrigo a manter o foco, mordo o lábio com força para conter um grito, vou extraindo os fios de vida um a um, como fios de teia de aranha, puxo-os para fora, dou forma a eles, e o calombo cresce até caber confortavelmente na minha mão.

Um limão.

Solto a fruta e meus joelhos se dobram. Minhas mãos encontram o chão e fico ali abaixada, ofegante. Algumas gotas de sangue caem na terra, e eu limpo o nariz com o dorso da mão. Apoio a testa na árvore e conto de dez a zero, como Patience nos ensinou, e aos poucos a dor vai diminuindo, até restar apenas um latejar surdo atrás da orelha direita. Levanto tremendo.

O limão é perfeito: a casca amarela e o corpo redondo pendurado no galho. Hazel vai adorar.

Ainda posso sentir a vida da árvore dentro de mim, e sei que também dei a ela um pedaço meu. Essa árvore nunca mais será estéril.

Viro, pego um pouco de lenha na pilha e volto para dentro de casa para me juntar à minha família.

3

TODO O INTERNATO ESTÁ NA PLATAFORMA PARA VER NOSSA partida.

O Portão Sul tem a própria estação de trem, assim como o portões Norte, Leste e Oeste. Somos as últimas paradas no Pântano, os trens não vão além dos internatos. As estações de onde os trens saem com os trabalhadores para os outros círculos da cidade são mais afastadas, mais próximas das muralhas que separam o Pântano da Fazenda. Lembro que fui com meu pai até lá uma vez quando era criança e lembro que senti medo da grande locomotiva preta a vapor com seu apito agudo e sua chaminé soltando nuvens de fumaça branca.

É muito cedo, acabou de amanhecer, e várias das meninas mais novas têm os olhos vermelhos, tentando não bocejar. Mas a cerimônia é obrigatória. Eu me lembro da primeira em que estive presente: eu estava com frio, cansada, não conhecia nenhuma das garotas que eram levadas ao Leilão. Só queria voltar para a cama.

É estranho ficar deste lado da plataforma. Não sabemos o que vestir até sermos levadas às salas de preparação da Casa de Leilão, por isso usamos roupas iguais: um vestido marrom, reto, sem mangas, na altura dos joelhos, com PS e o número do lote gravados do lado esquerdo.

Agora sou oficialmente lote 197. Violet Lasting se foi.

Um representante da Joia está de pé sobre um pódio proclamando o discurso habitual. É um homem grande, com óculos de armação de metal e colete de brocado. Vejo o anel em sua mão esquerda, um rubi que lembra uma cereja gorda e brilhante, contornado por pequenos diamantes. Não consigo tirar os olhos daquele anel. Ele alimentaria três famílias do Pântano durante um ano.

A voz dele é branda, murmurante, e o vento leva embora a maioria das palavras. Não estou ouvindo, é o mesmo discurso todo ano, a mesma conversa sobre como é nobre a tradição da gestação por substituição, como somos essenciais para a continuidade da realeza, como seremos importantes na opinião de todos os moradores da cidade.

O Banco e a Joia, eu não sei, mas tenho certeza de que o resto da cidade não poderia se importar menos com as substitutas, a menos que fosse alguém do Pântano e isso significasse a perda de uma filha. Nenhum círculo inferior, Fumaça, Fazenda ou Pântano, pode ter substitutas. Às vezes os pais tentam esconder suas filhas ou subornar os médicos que as examinam. O exame de sangue que diagnostica uma substituta é obrigatório para todas as garotas do Pântano que chegam à puberdade. Não sabemos por que só as garotas do círculo mais pobre têm a estranha mutação genética que causa os Presságios, mas a realeza não permite que ninguém escape. Se descobrem uma menina tentando escapar do exame, a punição é a morte.

Eu me arrepio ao me lembrar da primeira execução pública que testemunhei. Foi há sete meses. Uma garota foi pega depois de ter passado três anos escondida. Eles a levaram à praça na frente da entrada do Portão Sul. Fomos mantidas atrás de telas translúcidas que impediam que a multidão nos visse, mas permitiam que assistíssemos à execução. Procurei minha mãe no meio das pessoas, mas ela não estava lá. Nossa casa fica a quase uma hora a pé do Portão Sul. Além do mais, ela provavelmente queria manter Ochre e Hazel longe dali. Ela e meu pai nunca iam a execuções públicas. Meu pai as chamava de "grotescas". Mas eu lembro que ficava curiosa, queria saber como eram.

Quando assisti a uma, porém, entendi o que ele queria dizer.

A menina era selvagem, tinha um longo cabelo negro e emaranhado em torno do rosto, os olhos de um azul brilhante, quase chocante. Havia algo de forte e indomado em sua aparência. Ela era poucos anos mais velha do que eu.

Não lutava nem se debatia contra os dois Militares que a seguravam. Não chorava nem suplicava. Ela parecia estranhamente em paz. Quando puseram sua cabeça sobre o bloco, eu posso jurar que a vi sorrindo. O magistrado perguntou se ela queria dizer suas últimas palavras.

— Isso é o começo — a menina disse. — Não estou com medo. — Seu rosto ficou triste, e ela acrescentou: — Digam a Cobalt que eu o amo.

E cortaram sua cabeça.

Eu me obriguei a olhar, a manter os olhos fixos no corpo mutilado sem me encolher ou virar, como fizeram Lily e várias outras garotas. Pensei que ela merecia ter alguém ali com sua coragem, como se isso pudesse, de alguma forma, validar sua vida e sua morte. Foi uma ideia idiota, provavelmente, tive pesadelos durante uma semana, mas ainda me sinto feliz por ter agido daquele jeito.

Sempre que penso nela, me pergunto quem era Cobalt. Queria saber se alguém contou que ele foi a última pessoa em quem a garota pensou antes de morrer.

Volto a prestar atenção no homem da Joia, que termina seu discurso e limpa os óculos com um lenço de seda.

Este ano apenas vinte e duas substitutas do Portão Sul irão para o Leilão. A maioria vem dos portões Norte e Oeste. Nosso trem é uma locomotiva cor de ameixa com três vagões, muito menor e mais simpática que o trem que meu pai toma para ir ao trabalho.

Nosso médico-chefe, doutor Steele, aperta a mão do homem gordo, e depois se vira para nós. Tudo no doutor Steele é longo e cinza — queixo, nariz e braços longos; cabelo, sobrancelhas e olhos cinzentos. Até a pele tem um tom acinzentado. Lily uma vez me contou que o doutor Steele é adepto de opiáceos, e, por esse motivo, sua coloração natural desbotou.

— E agora, moças — o doutor Steele diz, com sua voz frágil, sussurrante —, é hora de partir.

Ele acena com seus dedos longos, e as portas da locomotiva se abrem com um som estridente. As substitutas começam a encher os vagões. Olho para trás e vejo Mercy enxugando os olhos e Patience com aquela aparência serena de sempre. Vejo as grades em forma de rosas nas janelas dos dormitórios, da cor de pedra rosa da instalação de contenção. Vejo o rosto de outras substitutas, meninas que voltarão para dentro do internato quando o trem partir e nunca mais pensarão em nós. Percebo em especial uma menina jovem com olhos castanhos e arregalados. Ela é muito magra, evidentemente desnutrida; deve ser nova. Nossos olhos se encontram, e ela cruza os dedos da mão direita e os coloca sobre o coração.

Entro no vagão e as portas se fecham atrás de mim.

OS VAGÕES SÃO TÃO DESPROVIDOS DE PERSONALIDADE QUANto os dormitórios no Portão Sul.

Cortinas roxas cobrem as janelas, e um banco com almofadas cor de ameixa acompanha as paredes do espaço retangular. Somos apenas sete neste vagão, e por um momento ficamos em pé no compartimento simples, meio desajeitadas, sem saber o que fazer.

O trem começa a viagem com um solavanco, e nós nos separamos. Raven, Lily e eu ocupamos um canto. Raven abre as cortinas.

— Temos permissão para isso? — Lily pergunta em voz baixa.

— O que eles vão fazer? — Raven dispara. — Atirar na gente?

Lily morde o lábio.

A viagem até a Joia leva duas horas. É perturbadora a rapidez com que as certezas na minha vida diminuem. Imagino que este trem vai atravessar a Fazenda, a Fumaça e o Banco para chegar à Casa de Leilão na Joia. Sei que irei para uma sala de preparação, depois para uma sala de espera e, então, para o Leilão. E é isso. Tudo que me restou. O desconhecido se abre diante de mim como uma grande folha de papel em branco.

Olho pela janela, vejo as casas de tijolos de barro passando depressa, manchas marrons contra o céu cinza claro.

— Não tem muito para ver, não é? — Raven comenta.

Tiro os sapatos e dobro as pernas embaixo do corpo.

— Não — respondo. — Mas é um lar.

Raven ri.

— Você é muito sentimental.

Ela representa bem, mas eu a conheço. Sei que vai sentir saudades disso.

— Como foi seu Dia do Reconhecimento?

Raven dá de ombros, mas comprime os lábios.

— Ah, tudo bem, sabe, minha mãe ficou feliz com minha aparência saudável e com quanto eu devia estar *animada* para conhecer a Joia. Como se eu estivesse saindo de férias, ou alguma coisa assim. E o seu?

— E Crow? — pergunto. Crow é o irmão gêmeo de Raven.

Ela tira o cabelo de trás da orelha, deixa as mechas caírem para esconder o rosto.

— Mal falou comigo — resmunga. — Pensei... Quer dizer, eu não... — E dá de ombros de novo. — Acho que ele não sabe como falar com uma substituta.

Tento lembrar o que eu pensava sobre as substitutas antes de saber que era uma. Lembro que acreditava que elas eram únicas e especiais. Mas especial é a última coisa que me sinto agora.

Nesse momento, Lily começa a cantar. Sua mão pequena segura a minha, os olhos brilham quando ela vê o Pântano passar por nós. Sua voz é doce e ela canta uma música tradicional do Pântano, uma canção que todas nós conhecemos.

Venham todas, moças bonitas e ternas,
Compreendam como se corteja os rapazes...

Duas outras garotas começam a cantar junto. Raven revira os olhos.

— Isso não combina com o momento — resmunga.

— Não — concordo com ela. — Não combina. — A maioria das canções do Pântano é sobre meninas que morreram jovens ou foram rejeitadas por seus amantes, não tem a ver com a gente. — Mas, mesmo assim, é bom ouvir.

Ah, o amor é lindo, o amor é encantador
O amor é beleza enquanto é novo
Mas o amor envelhece e o amor esfria
E desaparece como orvalho da manhã.

Um silêncio pesado segue a música, tudo que ouvimos agora é o ruído cadenciado das rodas em movimento embaixo do vagão. De repente, Lily dá risada, um riso que é quase choro, aperta minha mão, e eu percebo que, provavelmente, nunca mais ouvirei outra canção do Pântano.

O TREM REDUZ A VELOCIDADE, E OUÇO O BARULHO DAS enormes portas de ferro rangendo ao serem empurradas para dentro da muralha que separa a Fazenda do Pântano. É claro que aprendi sobre a Fazenda, aprendemos sobre todos os círculos nas aulas de História, mas ver é diferente.

A primeira coisa que noto são as cores. Não sabia que havia tantos tons de verde na natureza. E não só verde, mas vermelho, amarelo, laranjas intensos e rosas suculentos.

Penso em Ochre, que agora deve estar em um dos laticínios. Espero que consiga continuar trabalhando na Casa da Chama. Odeio pensar que ele sustenta nossa família sozinho.

Outra coisa impressionante na Fazenda é a paisagem. No Pântano tudo é plano, aqui o solo parece ter ondas. O trem atravessa uma ponte sobre um rio que separa duas montanhas. Nas encostas, videiras retorcidas formam fileiras perfeitas sustentadas por varetas ou pedaços de arame. Lembro que o nome disso é vinhedo, onde as uvas são cultivadas para a produção de vinho. Bebi vinho duas vezes; as cuidadoras deixavam a gente beber uma taça no nosso aniversário e na celebração da Noite Mais Longa.

— É muito grande — diz Raven.

Ela está certa. A Fazenda parece se prolongar eternamente, e eu quase esqueço que existe um Pântano, ou uma Joia, ou um Leilão. Posso quase fingir que não existe nada além desse infinito trecho de natureza.

Assim que passamos pelas portas de ferro que separam a Fazenda e a Fumaça, a luminosidade diminui como se a intensidade do sol fosse reduzida.

O trem passa lentamente sobre uma via elevada no meio de um labirinto de formas gigantescas de ferro fundido, fábricas que se debruçam sobre as ruas, chaminés que soltam fumaça em diversas cores — cinza escuro, branco, roxo-esverdeado, vermelho-mate. As ruas estão cheias de gente de rosto esgotado e costas arqueadas. Vejo mulheres e crianças misturadas aos homens. Um apito agudo soa, e a multidão se dispersa com os trabalhadores desaparecendo no interior das fábricas.

Meu coração dá um salto quando percebo que só falta um círculo depois deste. Quanto tempo até chegarmos à Joia? Quantos minutos de liberdade eu ainda tenho?

— AHHH — LILY SUSPIRA QUANDO ENTRAMOS NO BANCO. — É tão bonito.

O sol recupera seu amarelo cintilante, e quase tenho que proteger os olhos do reflexo nas fachadas das lojas que se enfileiram em ruas de pedras claras. Janelas arqueadas com persianas prateadas e placas enfeitadas, forjadas em ouro, são comuns aqui. Fileiras ordenadas de árvores de troncos finos, as copas bem aparadas formando esferas perfeitas, formam linhas retas nas calçadas, e há carruagens elétricas em todos os lugares. Homens de cartola e ternos alinhados acompanham mulheres em vestidos de cetim e seda coloridos.

— Parece que Patience estava certa — comento. — Nada de calça comprida para as mulheres por aqui.

Raven resmunga alguma coisa incompreensível.

— Não é lindo? — Lily apoia a testa no vidro. — Imaginem só... O Executor deve ter conhecido a Eleitora em uma dessas lojas.

Raven balança a cabeça devagar.

— É loucura. Tudo isso... Quer dizer... Já vimos fotos, mas... Eles têm muito *dinheiro*.

— E ainda nem vimos a Joia — sussurro.

— Muito bem, meninas, acomodem-se — diz uma cuidadora mais velha chamada Charity. Ela entra no vagão seguida pelo doutor Steele e carrega uma bandeja de prata com comprimidos de cores diferentes em fileiras bem organizadas. Olho para Raven.

— Para que são os comprimidos? — cochicho, mas ela dá de ombros.

— Cortinas fechadas, por favor — Charity diz.

Lily obedece rapidamente, mas eu vejo outras meninas se entreolhando com nervosismo enquanto fecham as cortinas. A luminosidade roxa no interior do vagão é sinistra.

— Ei, ei, não fiquem nervosas — o doutor Steele diz. Sua voz é fria e não transmite nenhuma segurança. — Isto é só um medicamento para relaxarem antes do grande evento. Por favor, fiquem sentadas.

Meu coração bate acelerado, e eu procuro a mão de Raven. O médico se move com tranquilidade pelo vagão. Os comprimidos são separados por número de lote, e cada menina põe a língua para fora quando o médico se aproxima segurando a pílula com uma pinça. Algumas garotas tossem, outras lambem os lábios e fazem careta, mas, além disso, nada dramático acontece.

Ele se aproxima de Raven.

— 192 — diz, pegando um comprimido azul-claro.

Raven o encara com seus olhos negros e profundos e, por um segundo, acho que ela vai se recusar a tomar o remédio. Mas Raven abre a boca, e o doutor Steele deposita a pílula sobre sua língua. Ela continua olhando para o médico sem reagir ao comprimido. É a única atitude desafiante de Raven.

O doutor Steele nem percebe.

— 197 — ele diz para mim. Abro a boca e recebo o comprimido roxo. É ardido, azedo, me faz lembrar o dia em que mordi o limão. Em um segundo o comprimido derreteu. Passo a língua pelos dentes e engulo. O comprimido deixa uma sensação de formigamento na boca.

O médico assente.

— Obrigado, moças.

Charity o segue para fora do vagão.

— O que foi isso? — pergunta Raven.

— Não sei, mas o gosto era horrível — resmungo. — Por um segundo pensei que não ia tomar o seu.

— Eu também — responde Raven. — Mas teria sido inútil, não? Quer dizer, provavelmente teriam...

Não sei o que Raven pensa que teriam feito porque, antes de ela terminar a frase, o mundo ficou preto e eu perdi a consciência.

4

QUANDO RECUPERO OS SENTIDOS, ESTOU SOZINHA.

Uma luz forte brilha sobre minha cabeça — forte demais, meus olhos doem. Estou deitada sobre alguma coisa fria e plana. Correias prendem meus braços e pernas, e eu percebo, em estado de pânico, que estou nua.

Instintivamente, mexo o corpo tentando me soltar e me cobrir ao mesmo tempo. Um grito se forma na minha garganta, mas antes que eu tenha uma chance de soltá-lo, uma voz suave murmura:

— Não se apavore. Daqui a pouco vou tirar as correias. São para sua proteção.

— Onde estou? — Quero gritar, mas minha voz soa como um sussurro rouco.

— Em uma das salas de preparação. Acalme-se, 197. Não posso tirar as correias enquanto não se acalmar.

A voz tem uma característica estranha, muito aguda para ser de um homem, mas grave demais para ser de uma mulher. Meu peito arfa e tento relaxar os músculos, respirar mais devagar e não pensar em quanto estou exposta.

— Pronto. Assim é melhor. — A voz se aproxima. — Garanto, 197, a última coisa que quero é prejudicá-la. — Sinto uma pressão no braço, e alguma coisa fria aperta um lado do meu cotovelo. A pressão aumenta.

— Estou medindo sua pressão arterial — a voz explica calmamente. A força no meu braço diminui e depois desaparece. Ouço o ruído de caneta correndo sobre papel. — Olhe para mim, por favor?

Olho pra cima, e de repente uma luz forte inunda meu olho esquerdo, depois o direito. Pisco furiosamente, mas é como se minhas retinas tivessem sido queimadas, tudo que enxergo é um brilho verde. De novo o barulho da caneta no papel.

— Muito bom, 197. Quase pronto. Vou tocar você, mas garanto que não vai doer.

Meus músculos se contraem e eu pisco com mais força, mas ainda não consigo enxergar. Então sinto uma pressão suave na parte inferior do abdome, primeiro do lado esquerdo, depois do direito.

— Pronto — a voz anuncia, serena. — Acabamos.

A luz desaparece da minha visão e o rosto atrás da voz ganha foco.

É o rosto de um homem, mas estranhamente infantil, com traços delicados, um nariz estreito, boca fina, pele cor de creme. A cabeça dele é raspada, exceto por um círculo de cabelo castanho preso em um coque elegante no topo, um penteado que vi nas aulas de estilo real de vida e cultura. Significa que ele é uma dama de companhia.

Damas de companhia são mais que criadas em uma posição elevada, são confidentes e conselheiras de suas senhoras. São escolhidas e treinadas desde muito jovens, algumas são homens castrados e, por isso, considerados "seguros" para trabalhar tão perto de mulheres da realeza.

A humilhação me invade por estar nua diante de um homem, e me agito contra as correias. Ele espera pacientemente, olha só para o meu rosto, ignora meu corpo, e alguma coisa em sua expressão me faz pensar se ele sabe como me sinto e em que estou pensando. Paro de me debater. Ele sorri.

— Oi. Meu nome é Lucien. Vou tirar as correias agora, está bem?

Minha voz parece ter desaparecido, mas ele não espera uma resposta. Quando Lucien se debruça sobre mim para soltar as correias, percebo que está usando um longo vestido branco com gola alta de renda e mangas compridas. As unhas da mão estão feitas e o corpo é magro e suave, como se os músculos embaixo da pele não fossem tonificados.

— Você tem olhos bonitos — ele comenta ao soltar a última correia. — Sente-se, vou pegar um roupão.

O homem desaparece e eu me sento, abraçando os joelhos com força para esconder meu corpo. Meus olhos ainda têm dificuldade para se ajustar. Levanto a mão para bloquear a luz forte que vem do alto.

— Ah, sim, vou dar um jeito na iluminação. — A voz de Lucien flutua na escuridão. A luz se apaga. No início é aterrorizante, mas depois, bem devagar, a luz volta a inundar o espaço. Globos de cores diferentes presos a luminárias douradas nas paredes começam a brilhar, e suas cores se fundem até a sala ser iluminada por um confortável tom de amarelo rosado.

— Pronto.

Lucien me entrega uma camisola feita de seda azul-gelo. Eu me visto depressa, sinto o tecido delicado sobre a pele e tento fingir que é o roupão da minha mãe. Ele estende a mão numa oferta, não numa ordem. Ignoro o gesto e pulo da mesa, sobre pernas trêmulas.

— Uma coisa de cada vez. Vamos dar um fim nessa mesa horrível. — Ele sorri para mim de um jeito conspirador, mas os músculos do meu rosto não funcionam, só consigo olhar para ele sem expressão. Lucien aperta um botão na parede e o chão embaixo da mesa se abre, uma plataforma desce para o nada, e uma peça de madeira desliza sobre a abertura retangular, fechando-a com um encaixe tão perfeito que eu nunca teria imaginado que ela não estava lá antes. — Não deve haver muitos pisos falsos no Pântano, não é?

Pisco, olhando para o espaço onde a mesa estava e então para Lucien novamente. De repente me sinto como se tivesse doze anos novamente, recém-chegada ao Portão Sul, onde tudo parecia tão novo, brilhante e luxuoso.

Lucien suspira.

— Você não fala muito, não é, 197?

Pigarreio.

— Meu nome...

Ele levanta um dedo e balança a cabeça.

— Lamento, meu bem. Não posso saber seu nome.

Embora não tenha nenhuma ligação com esse homem e provavelmente nunca mais volte a vê-lo, o fato de ele não poder saber meu nome, *meu* nome, não um número que me foi atribuído, enche meus olhos de lágrimas. Meu peito fica apertado.

— Não chore — Lucien fala com brandura, mas há uma urgência em seu tom. — Por favor.

Respiro fundo, contenho as lágrimas que já se aproximam dos cílios, mantenho o delicado equilíbrio das gotas nas minhas pálpebras e as levo de volta para o profundo poço que há dentro de mim. Em um segundo elas desaparecem.

De qualquer maneira, de agora em diante, chorar será inútil.

— Tudo bem — falo com voz firme. — Não estou chorando.

Lucien levanta uma sobrancelha.

— Não, não está. Boa menina. — O jeito de falar não é condescendente. Ele parece impressionado.

— Então — eu falo, esperando soar mais corajosa do que me sinto —, o que acontece agora?

— Agora você olha para o espelho.

Meu coração parece despencar. Minha cabeça roda. Faço um esforço para respirar normalmente, e todas as cores da sala se fundem.

Lucien toca meu ombro.

— Tudo bem, garanto que vai gostar da imagem.

Ele me conduz até uma coisa repleta de grumos, encoberta no canto. É algo em cima de uma pequena plataforma, e Lucien indica que devo subir nela. Minhas pernas ainda tremem.

— Quer fechar os olhos primeiro? — ele pergunta.

— Ajuda?

— Às vezes, sim.

Faço que sim com a cabeça e fecho os olhos bem apertados. Na escuridão por trás das pálpebras, lembro a última vez que vi meu reflexo. Eu tinha doze anos. Mantinha um espelhinho sobre a cômoda no quarto que dividia com Hazel e estava escovando o cabelo. Tudo no meu rosto era magro e oprimido. Nariz, faces, sobrancelhas, lábios, a pontinha do queixo. Tudo, exceto os olhos. Grandes e cor de violeta, eles pareciam ocupar metade do rosto. Mas a lembrança é antiga, foi extraída e examinada muitas vezes, como uma carta lida e relida até ficar amassada e marcada e com algumas palavras borradas.

Ouço um sopro de ar e um farfalhar de tecido.

— Quando quiser — Lucien diz.

Prendo a respiração e me concentro nas batidas fortes do meu coração. *Eu consigo. Não terei medo.*

Abro os olhos.

Estou cercada por três mulheres idênticas. Uma olha diretamente para mim, as outras duas me encaram das laterais em ângulos idênticos. Nada é fino nesse rosto, exceto, talvez, a pontinha do queixo. As faces são redondas, os lábios, cheios e entreabertos numa reação surpresa. O cabelo preto cai como uma cascata sobre seus ombros. Mas os olhos... os olhos são exatamente como me lembro deles.

Ela é uma estranha. Ela sou eu.

Tento conciliar os dois pensamentos, e começo a rir quando mexo a mão para tocar meu rosto. Não consigo evitar. A menina no espelho se move comigo e, por alguma razão, eu acho isso engraçado.

— Essa não é a reação habitual — diz Lucien —, mas é melhor que gritar.

O comentário me faz parar.

— Algumas meninas gritam?

Ele aperta os lábios.

— Bem, não temos o tempo todo. Sente-se, por favor, tenho que arrumar você.

Lucien aponta uma cadeira ao lado de uma mesa coberta de produtos para maquiagem. Dou uma última olhada para a estranha no espelho, depois desço da plataforma e me sento. São tantos tubos, cremes e pós que não consigo imaginar para que servem ou como é possível usá-los em uma única pessoa. Há três ampulhetas em uma prateleira pequena sobre a mesa, cada uma de um tamanho e contendo uma cor diferente de areia.

Lucien mergulha as mãos em uma bacia de água perfumada e as seca em uma toalha branca e macia. Em seguida, com muito cuidado, ele vira a primeira ampulheta, a maior, cheia de areia verde-claro.

— Muito bem — diz —, vamos começar.

SEMPRE QUE IMAGINAVA O PROCESSO DE PREPARAÇÃO, EU pensava que essa seria a única parte divertida do Leilão. Alguém arrumando seu cabelo, fazendo sua maquiagem, tudo isso.

Mas, na verdade, é muito tedioso.

Não consigo ver nada do que Lucien está fazendo, exceto quando ele cuida das unhas dos meus pés e mãos, ou cobre todo meu corpo com um fino pó prateado. Tenho de tirar o roupão para isso, e o coloco de novo o mais depressa possível. Mas, na maior parte do tempo, eu só fico sentada. Queria saber como está Raven, quem a está preparando. Ela deve estar odiando tudo isso.

— Onde ficam as outras salas de preparação? — pergunto enquanto Lucien espalha uma camada de pó translúcido sobre meu pescoço e ombros.

— Todas neste andar, ou no de baixo — ele responde, franzindo o cenho para alguma imperfeição em minha clavícula.

— Quando começa o Leilão? — Espero parecer casual.

— Já começou.

Tenho a sensação de ter levado um soco no estômago. Não imagino quanto tempo passei inconsciente, não tenho ideia de que horas são.

— Há quanto tempo?

Lucien mistura alguns pós em uma paleta.

— Muito tempo — responde.

Meus dedos agarram os braços de couro da cadeira. Tento manter o rosto sereno, mas tudo que consigo pensar é: "Lily já foi vendida".

Lily se foi.

— Vou trabalhar no seu rosto — Lucien avisa. — Tente ficar quieta. E feche os olhos.

É como ganhar um presente. Posso deixar o mundo do lado de fora por um tempo e ficar na escuridão. Penso na minha mãe, em Hazel e em Ochre. Vejo nossa casa e imagino minha mãe tricotando ao lado do fogo. Ochre está trabalhando. Hazel está na escola. Queria saber se ela já achou meu limão.

Penso em Raven, na primeira vez que nos vimos. Ela tinha treze anos e já estava no Portão Sul havia um ano, mas ainda era reprovada nas provas de Presságio (de propósito, ela me contou mais tarde). Eu estava aprendendo o primeiro Presságio, Cor, e ela estava na minha sala. Eu tentava e tentava, mas não conseguia transformar meu bloco de construção azul em amarelo. Todas começam com um bloco, e não é possível avançar para outro nível até mudar sua cor. Eu não entendia o que eles esperavam de mim. Não sabia como devia fazer o que queriam. Raven me ajudou. Ela me ensinou a relaxar a mente e depois focá-la, a visualizar o efeito antes de ele acontecer, e segurou o balde para mim quando vomitei sangue. Ela me deu o lenço para limpar o sangue que escorria e me mostrou como apertar a ponta do nariz para fazer parar a hemorragia, garantindo que não seria sempre tão ruim. Minha cabeça latejava e meu corpo doía, mas, no fim do dia, o bloco estava amarelo.

Eu não tenho ideia do que Lucien está fazendo no meu rosto, e espero continuar sendo eu mesma depois disso. Camadas e mais camadas eram aplicadas na minha face, nos meus lábios, minhas pálpebras, sobrancelhas e até orelhas. Ele dedica muito tempo aos meus olhos e usa pós suaves, cremes gelados e alguma coisa dura e grossa como um lápis.

— Pronto — Lucien diz, finalmente. — Você tem uma paciência incrível, 197.

— E agora?

— Cabelo.

Olho para a ampulheta, para o fio de areia verde que escorre lentamente para a parte inferior. Os dedos de Lucien são delicados e habilidosos, e ele usa ferros quentes e modeladores a vapor para arrumar meu cabelo. Espero não perder a cabeça quando me olhar no espelho de novo. Talvez não tenha que olhar. Talvez eu siga diretamente para o Leilão.

Meu estômago se comprime quando penso nisso.

— Posso fazer uma pergunta, 197?

Queria que ele parasse de me chamar assim.

— É claro.

O silêncio que segue é tão longo que chego a pensar que ele esqueceu o que queria perguntar. Então, com uma voz que é pouco mais que um sussurro, ele diz:

— Você quer essa vida?

Meus músculos congelam. Sinto que essa questão não é permitida, que não pode ser perguntada nem cogitada na Joia. Quem se importa com o que as substitutas querem? Mas Lucien me pergunta. E me faz pensar se ele talvez queira saber meu nome também.

— Não — respondo, sussurrando.

Ele termina meu cabelo em silêncio.

A SEGUNDA AMPULHETA É MENOR E CONTÉM AREIA ROXA.

Estou parada diante de um dos três armários enquanto Lucien tira vestidos dos cabides. Eu tenho que me espremer dentro deles. Ele escolhe um que é apertado demais e explica que é para "valorizar minhas curvas". Alguns vestidos são ultrajantes, verdadeiras fantasias com asas salientes ou anexos que são como barbatanas. Felizmente, Lucien desiste deles bem depressa.

— Definitivamente, não é seu estilo — diz.

Não sei qual é meu estilo, mas é bom saber que ele percebe que não é *aquele*.

Experimento uma série de vestidos feitos de brocado pesado, e fico aliviada quando Lucien também os rejeita. Eles me fazem sentir como se pesasse quinhentos quilos. Há vestidos com saias cheias, saias curtas, mangas longas, sem mangas, feitos de seda, damasco, tafetá, renda, de todas as cores e estampas imagináveis. Lucien observa, sério, enquanto experimento mais e mais vestidos, aumentando a pilha de peças descartadas. Uma fina camada de suor cobre sua testa, os olhos estudam a ampulheta. A areia roxa quase encheu a metade inferior. O tempo está acabando.

De repente, um sorriso ilumina seu rosto e ele me olha de um jeito que me deixa imediatamente desconfiada.

— Sabe de uma coisa? — diz, jogando para o lado um vestido longo de veludo vermelho. — *Você* escolhe.

Eu pisco.

— O quê?

— Você escolhe. Dê uma olhada nos armários e pegue o vestido que gostar mais.

Por um segundo fico perplexa demais para me mover. O que vestirei no Leilão não é importante? Não influencia quem vai me comprar? Isso não é o *trabalho* dele?

Mas penso se Lucien não está me dando outro presente, como quando me mandou fechar os olhos para a maquiagem. Lembro o que Raven disse ontem sobre como aquele seria o último dia em que escolheríamos nossa própria roupa. Lucien está me dando mais uma chance de escolher.

— Tudo bem — respondo.

Ignoro o primeiro armário, onde está a maior parte das coisas que lembram fantasias, e sigo diretamente para o segundo. Deslizo as mãos pelos cabides para descobrir qual tecido é mais agradável ao toque. Quanto mais para o fundo eu vou, mais os vestidos vão ficando simples.

No momento em que o toco, eu decido.

O vestido é feito em musselina de um tom tão claro de roxo que me faz pensar no nascer do sol de ontem, na tonalidade do céu pouco antes da explosão de cores. Ele tem cintura império e desce até o chão num corte clássico. Não tem enfeites. Nem parece ser caro.

Adoro.

Lucien ri quando vê o que escolhi.

— Experimente — ele diz, e quando coloco o vestido, ele ri outra vez, aplaudindo. — Não acredito que esse vestido jamais tenha sido usado por uma substituta na história do Leilão. Mas, meu bem, caiu em você como uma luva.

5

— E AGORA? — PERGUNTO.

— Você olha o espelho de novo — responde ele.

Engulo em seco.

— Eu tenho que olhar?

Lucien segura minhas mãos. As dele são suaves como as de uma criança.

— Sim. É necessário. Você se viu como era, agora tem que se ver como é, aceitar sua nova vida e o futuro. — É como se ele lesse um roteiro, mas algo em seus olhos contradiz as palavras. Como se estivesse se desculpando, na verdade.

— Tudo bem. — Consigo respirar normalmente ao me aproximar dos espelhos. Mantenho a cabeça baixa, subo na plataforma, conto até três, e então levanto a cabeça.

A estranha no espelho foi transformada.

Pisco rapidamente, tentando conciliar o que vejo com a imagem que tinha na minha cabeça. A menina bonita, meio rechonchuda, de rosto cheio e olhos grandes, agora é uma mulher. Estonteante. Seu rosto parece mais magro, moldado para enfatizar as maçãs altas, e as sobrancelhas se arqueiam delicadamente sobre olhos luminosos contornados com um roxo forte e toques de lilás e dourado. Os lábios foram pintados com um rosa claro e cintilante, e o cabelo cai sobre os ombros em cachos grandes, um lado levantado por uma presilha preciosa incrustrada de ametistas que formam o contorno de uma borboleta. Há uma luminosidade em sua pele, quase como se brilhasse. A cor do vestido a favorece, e sua simplicidade só destaca ainda mais os seus traços.

— O que acha? — Lucien pergunta.

Não consigo falar nada.

Ele se aproxima um passo, e nossos reflexos se tocam.

— Queria que ainda ficasse parecida com você mesma.

— Obrigada — sussurro.

Lucien pega a última ampulheta. Ela é pequena e contém areia de uma tonalidade escura de vermelho.

— Esta é para você — ele diz. — Tem esse tempo para fazer o que quiser. Olhar no espelho. Cantar. Meditar. Só não estrague o cabelo e a maquiagem.

— O que você vai fazer?

Ele me olha de um jeito triste, piedoso.

— Vou deixá-la, 197. Um Militar a levará até a Sala de Espera quando sua hora chegar.

Meu coração sobe à garganta.

— Vai embora?

Lucien assente.

— Peço desculpas pela bagunça — ele diz, olhando para as roupas espalhadas e para as manchas de maquiagem sobre a bancada. — Os criados não podem entrar para limpar enquanto você estiver aqui. — E sorri sem entusiasmo. — Foi um prazer preparar você, 197.

Ele vira a ampulheta e caminha para a porta.

— Lucien, espere.

Ele para. Estou nervosa e quero morder meu lábio, mas me preocupa o comentário de Lucien sobre estragar a maquiagem. Não sei o que quero fazer nesses últimos minutos antes de ser vendida. Mas sei que não quero ficar sozinha.

— Você disse... que eu posso fazer qualquer coisa que quiser?

Ele concorda com a cabeça.

— Muito bem, quero conversar com você. Quero que fique.

Por um segundo ele parece não me entender. Em seguida um sorriso lento se espalha por seu rosto.

— Bem — ele responde ajeitando o coque. — Isto é inédito.

Lucien se senta em um dos sofás, cruza as pernas com delicadeza e aponta o lugar a seu lado. Sorrio pela primeira vez desde que acordei nesta sala.

— Ah... — ele diz. — Era isso que faltava. Agora você está perfeita.

Eu me sento. No silêncio que segue quase posso ouvir o ruído da areia escorrendo pela ampulheta.

— Sobre o que gostaria de falar? — Lucien pergunta.

— Não sei — respondo honestamente. — Eu só... não queria que fosse embora.

A expressão dele fica mais suave.

— Quando pensar em alguma coisa, me avise. — E alisa o tecido sedoso da túnica com a ponta dos dedos.

Noto mais uma vez como sua pele é macia.

— Quantos anos você tem? — pergunto.

Ele dá uma gargalhada.

— Ah, meu bem, não pode começar assim. Não vai sobreviver aqui.

Fico profundamente vermelha, sinto o calor queimar meu rosto.

— Desculpe — resmungo. Vivi muito tempo em um lugar no qual a idade era sempre conhecida e limitada a poucos anos.

Lucien bate na minha mão.

— Não se preocupe comigo. Já está se saindo bem melhor do que a maioria das garotas que preparei.

— Há quanto tempo faz isso?

— Nove anos. Mas não preparo em todos os Leilões. Faço isso há tanto tempo que agora posso escolher com quem trabalho. — Ele pisca com exagero.

— Você me escolheu?

— Sim.

— Por quê? — Não imagino um motivo. Como ele poderia saber alguma coisa sobre mim?

Lucien hesita por um momento.

— Você me viu?

— Recebemos fotografias de todas as substitutas que vão para o Leilão. E as medidas também, é claro. De que outra forma eu poderia ter três armários cheios de vestidos do seu tamanho?

Tento imaginar Lucien olhando pilhas de fotografias de garotas identificadas apenas pelo número do lote e por medidas. Isso me faz sentir muito pequena.

Olho para a ampulheta. Metade do meu tempo já passou.

— Está com medo? — ele pergunta.

— Não sei. — As palavras saem sozinhas, e percebo que são verdadeiras. Não sei se estou com medo. Não sei se medo é a palavra certa. Sinto-me estranhamente distante, como se isso não fosse real, como se estivesse acontecendo com outra pessoa.

— Se serve de consolo, acho que você vai ficar bem.

Não sei o que responder. O ruído da areia escorrendo na ampulheta é alto nos meus ouvidos.

— O que tem lá fora?

Mas antes que Lucien possa responder, a areia escorre completamente. Uma fechadura estala.

O tempo acabou.

— Lote 197. — A voz do Militar é muito profunda. Ele ocupa todo o vão da porta, sua jaqueta vermelha é justa sobre os ombros largos, os olhos escuros impassíveis. — Venha comigo.

Minha boca seca completamente e tenho que fazer um enorme esforço para me levantar. Lucien também fica em pé e, por um segundo, bloqueia com o corpo a visão do Militar e aperta minha mão. Depois se afasta com a expressão cuidadosamente neutra.

Tenho que dar nove passos para alcançar o Militar, e cada um parece demorar uma eternidade. Ele se vira e sai. Eu me obrigo a segui-lo.

O corredor é coberto por um tapete rosa escuro que abafa o som de nossos passos. As paredes são pintadas de malva, e os mesmos globos que vi na sala de preparação brilham nas paredes. Às vezes passamos por outras portas, e surgem corredores idênticos, ramificações deste por onde andamos, mas estão todos vazios. Silenciosos. Um desconforto sobe pelas minhas costas.

O Militar para tão repentinamente que quase tropeço nele. A porta diante de nós parece ser igual às outras: simples, de madeira e com maçaneta de cobre. Ele recua um passo e para em posição de sentido. Queria que falasse comigo. Queria que me dissesse o que devo fazer.

Dou um passo à frente e abro a porta devagar.

À MINHA VOLTA, É COMO SE MIL MOSCAS DO PÂNTANO RESSOASSEM.

Há uma pausa breve quando eu entro, mas logo o ruído recomeça.

A sala é tão cheia de cores que preciso de alguns segundos para compreender que vejo meninas — substitutas, não bonecas. Uma loira bonita se destaca, é mais alta que as outras por causa do penteado, uma montanha de cachos de mais ou menos trinta centímetros de altura. O vestido de renda cor-de-rosa desce até o chão em babados que se expandem infinitamente, lembrando um bolo de camadas. Ela conversa com uma garota de cabelo preto e ar altivo, com pele cor de chocolate e traços que lembram os de uma leoa. Seu vestido é daqueles que parecem fantasias: tomara que caia, corpete moldado em uma placa dourada que se dissolve em um arco-íris de pingentes que brilham ao menor movimento. O cabelo foi dividido em várias tranças, cada uma delas entremeada com prata e ouro. O efeito geral é muito forte. Ela me vê olhando em sua direção e estreita os olhos, me estuda da cabeça aos pés.

Eu me viro e noto uma menina pequena e sozinha no canto mais afastado da sala. Alguém segura meu braço, e eu me assusto.

— Finalmente. — A voz de Raven é tão familiar que meus ossos parecem amolecer com o alívio. — Já estava me perguntando quando você ia chegar.

Olho para ela e tento encaixar essa nova Raven na imagem que tenho da minha melhor amiga. Ela usa um vestido longo, uma espécie de quimono, mas de tecido mais macio, mais sedutor. As estampas são vermelhas e douradas, e a cintura império enfatiza suas pernas longas. Seus olhos são contornados por delineador preto que alonga a forma amendoada. O centro dos lábios foi pintado de vermelho brilhante, criando a impressão de que ela está sempre fazendo um biquinho de beijo. O cabelo foi penteado para trás e forma uma espécie de leque que se abre de uma orelha à outra. Os brincos são pingentes de rubi incrustado em ouro.

Abro a boca, mas logo a fecho. Não sei o que dizer.

— Eu sei, pareço uma idiota — Raven comenta.

Quero rir e chorar ao mesmo tempo. Ela ainda é minha Raven.

— Você está incrível — respondo. — Os brincos devem valer uma fortuna.

— Não vou ficar com eles. Você ainda tem seu jeito, pelo menos. Como convenceu a criatura a não mudar sua aparência?

— Eu não fiz nada. Ele decidiu sozinho.

Os olhos maquiados de Raven quase saltam das órbitas.

— *Ele*? Era um *homem*?

Esqueci que essa notícia devia ser chocante. Nem lembro mais que Lucien é homem. Para mim, ele é só... Lucien.

— Ele é dama de companhia — explico.

Raven parece incrédula. A expressão em seu novo rosto é perturbadora.

— Como ele era?

— Ah, era... — Paro e tento achar a palavra certa. — Bondoso. Foi bom comigo. E com você?

— Ah, aquela *velha* deve sustentar sozinha todas as fábricas de cosméticos. Ela era horrível. — Raven se arrepia. — De qualquer maneira, já acabou.

— Há quanto tempo está aqui?

— Não sei. Cinco minutos, talvez. Não havia tantas garotas quando cheguei.

— Então, somos as últimas — deduzo, e olho em volta.

— Sim. Lotes de 190 a 200. As joias do Leilão. — Raven balança a cabeça. — Acho que estamos meio bizarras, para ser franca. Quer dizer, menos você.

De repente uma porta se abre do outro lado da sala. Um Militar mais velho e de cabelo grisalho passa por ela.

— Lote 190 — ele chama. — Lote 190.

Uma menina magra num vestido de escamas prateadas e brilhantes se dirige à porta. A cabeça parece estranhamente grande, comparada aos braços e ombros magérrimos. O

Militar faz uma reverência rápida, depois se vira. Ela o segue pela porta, o vestido tilintando.

Seguro a mão de Raven no instante em que ela a estende para mim.

— É isso — ela fala.

— Vamos nos ver de novo — afirmo. — Temos de nos ver.

A porta se abre de novo. Dessa vez é outro Militar.

— Lote 191. Lote 191.

Uma garota grandalhona num vestido de veludo preto e com um enfeitado arranjo de cabeça o segue para fora da sala. Aperto a mão de Raven com tanta força que sinto dor.

A porta se abre.

— Não vou esquecer você. Nunca — Raven diz. — Não vou esquecer você nunca, Violet.

— Lote 192. Lote 192.

Raven levanta a cabeça e caminha orgulhosa pela sala cada vez mais vazia. Ela se aproxima da porta.

E desaparece.

Sinto tudo desabar dentro de mim, a sala parece girar. Tenho que me lembrar de respirar.

Raven se foi.

Todo meu corpo treme. Nem me despedi dela. Por que não disse adeus?

— Era sua amiga?

Assustada, olho para a menina que vi mais cedo, a que estava sozinha no canto. Não pode ter mais de treze anos. O cabelo é vermelho e brilhante, o corpo magro, esguio. Surpreendo-me ao constatar que ela veste um avental rasgado. Está com quase nenhuma maquiagem, noto apenas um toque rosado nas faces e um brilho suave nos lábios. Ela é muito pequena. E sem graça. Mas seus grandes olhos castanhos transbordam compaixão.

— Sim — respondo. — Era.

A menina assente.

— Minha melhor amiga também veio para cá comigo. Mas ela era lote 131. Não a vi mais depois do trem.

— De que internato você era?

— Portão Norte. Elas vieram comigo. — A garota aponta para a bolo confeitado e a leoa. — Mas não são minhas amigas.

— Meu nome é Violet — digo.

A menina arregala os olhos.

— Temos permissão para usar nossos nomes?

— Ah, provavelmente não — suspiro.

Ela morde o lábio.

— O meu é Dahlia — diz, e sorri acanhada. — Acho que você é a mais bonita de todas nós. Especialmente os olhos. Deve ter sido preparada por alguém com muita habilidade.

— Eu fui. E você? — Ela nem parece ter sido preparada.

— Ela queria me dar uma aparência patética. Foi o que disse. Pra intrigar os compradores. — Dahlia rói a unha com nervosismo.

A porta por onde Raven saiu se abre outra vez. O lote 193 é chamado. Alguns segundos depois é a vez do lote 194.

Faltam apenas seis de nós. A sala parece ser enorme. Um lustre de cristais cor-de-rosa pende do teto e inunda todo o espaço com uma luminosidade rosada. Não há móveis. Só o tapete rosa escuro e as paredes cor de malva. É como estar no interior de uma boca gigantesca.

— Está com medo? — Dahlia pergunta.

Agora que penso melhor, os sentimentos confusos que não consegui identificar na sala de preparação se tornam mais precisos. Medo. Perfura meus pulmões, arranha minha boca, penetra na base do crânio. Sinto o medo como algo que não é meu, algo que está fora de mim. Minhas mãos formigam, o suor brota embaixo dos meus braços.

— Sim — respondo.

— Eu também. — Dahlia rói a unha do dedo indicador, as dos outros dedos já roídas.

— Qual é o número do seu lote? — pergunto.

Seu corpo congela.

— Qual é o seu?

— 197.

Ela coça o nariz e olha para o chão.

— 200 — murmura.

Antes que eu possa realmente compreender que essa menina mirrada e esfarrapada é a substituta mais desejável de todo o Leilão, a porta se abre novamente.

É como se o tempo passasse mais depressa. Vejo as substitutas 195 e 196 saírem uma seguida da outra, rápido demais, certamente elas não deveriam ir tão depressa, não houve mais tempo entre as outras garotas? A porta se abre outra vez e o Militar de olhos escuros que me trouxe até a sala está lá, chama o número do meu lote, mas meus pés estão paralisados no chão.

Dahlia me dá uma cutucada.

— Você tem que ir, Violet.

A leoa faz uma careta e cochicha alguma coisa para a bolo confeitado, que ri.

Eu pisco.

— Foi bom conhecer você, Dahlia — digo. Depois obrigo meus pés a se moverem, um na frente do outro, e o Militar se aproxima até estar na minha frente. Nossos olhos se encontram, meus dedos tremem, medo e antecipação se fundem em um nó rígido na base do crânio. Sem uma palavra sequer, ele se curva e sai, e eu o sigo pela escuridão.

6

AS PORTAS SE FECHAM AUTOMATICAMENTE ATRÁS DE MIM, E por um momento aterrorizante tudo ali é escuridão.

Então escuto um ruído baixo, uma vibração, e um corredor estreito se ilumina dos dois lados por uma fileira de pequenas lâmpadas quadradas no chão. A luz verde-amarelada brota do chão diretamente para cima, mostrando o caminho sem revelar aonde vou. O Militar é um contorno preto na minha frente, seus passos são lentos e cadenciados. A cada passo que dou aumenta o peso que oprime meu peito, as paredes invisíveis se fecham à minha volta. Ouço a voz de Lucien na minha cabeça dizendo que vou ficar bem, e também a de Raven dizendo que nunca me esquecerá. Agarro-me a elas como talismãs e tento manter afastado o medo.

O corredor faz uma curva à esquerda. As lâmpadas no piso acabam bruscamente e o Militar para. Silêncio.

— Onde estamos? — pergunto. Minha voz é baixa e abafada. Por dez longos segundos o Militar não diz nada. Depois, movido por algum comando invisível, ele olha para mim.

— Eu agradeço, lote 197, por seu serviço à realeza. Seu lugar está marcado. Você deve prosseguir sozinha. — Ele faz uma reverência e recua, colocando-se atrás de mim.

Uma porta dourada e arredondada gravada com vários brasões das famílias reais começa a brilhar. Não sei o que existe atrás dela, e de repente o pânico me domina de tal forma que acho que vou desmaiar. Mas Raven passou por essa porta. E Lily.

Meus dedos tremem quando tocam o metal ornamentado. Como se esperasse por meu toque, a porta se abre e eu sou ofuscada por uma luz brilhante.

— A SEGUIR, SENHORAS, TEMOS O LOTE 197. LOTE 197, POR favor, em seu lugar.

A voz é polida, quase agradável, mas tenho dificuldade para me concentrar no que ela diz.

Estou em um anfiteatro cercada por círculos ascendentes de cadeiras, mas os assentos não são comuns, são espreguiçadeiras, sofás, e alguns até parecem tronos. Sentada em cada um está uma mulher, os olhos cravados em mim, as roupas mais extravagantes que tudo que vi nos armários da preparação. Cetins coloridos ondulantes, sedas delicadas, rendas, penas, crinolina, panos de ouro — tecidos brilhantes com pedras preciosas, nada parecidos com o que vestiam as bonecas na Sala de Espera. Essas mulheres são obras de arte, esculturas vivas de elegância e nobreza.

— Lote 197, por favor, em seu lugar — repete a voz. Agora eu o vejo, um homem de smoking em pé à minha esquerda, atrás de um pódio de madeira. Ele é muito alto, e seu cabelo preto e liso é penteado para trás. Nossos olhos se encontram, e ele inclina a cabeça.

Vejo um X prateado no meio do palco circular. Meus joelhos tremem quando me aproximo dele, e esta caminhada é, sem dúvida, a mais longa de todas as que já fiz hoje. Ouço vários sussurros, como uma brisa leve passando pelo anfiteatro. O homem espera até eu chegar ao X. Então tira uma vela branca de dentro do púlpito e a coloca em um castiçal de bronze. Seus olhos varrem a sala uma vez antes de ele riscar um fósforo e acender a vela. A chama é azul.

— Lote 197, senhoras. Dezesseis anos, um metro e setenta de altura, cinquenta e oito quilos. Cor de olhos incomum, como podem ver. Quatro anos de treinamento, com média 9,6 no primeiro Presságio, 9,4 no segundo e um impressionante 10 no terceiro. Prodígio em instrumentos de corda, especialmente o violoncelo.

É assustadoramente bizarro ouvir alguém me descrever desse jeito: alguns números, um instrumento musical e mais nada.

— O leilão terá como preço inicial quinhentos mil diamantes. Eu ouvi quinhentos mil?

Uma mulher de vestido de seda azul e um enorme colar de diamantes enrolado no pescoço levanta uma pena prateada.

— Quinhentos mil para Lady dos Baixos. Ouvi quinhentos e cinquenta mil?

Uma mulher de pele escura levanta uma pequena balança com uma das mãos, enquanto, com a outra, leva à boca uma taça de champanhe feita de cristal.

— Quinhentos e cinquenta mil... Ouvi seiscentos mil?

Os lances prosseguem. O valor sobe para setecentos, oitocentos, depois *novecentos mil* diamantes. Tenho dificuldade para imaginar essa soma. Não consigo respirar normalmente, sinto os pulmões comprimidos como se passassem por uma prensa. As mulheres não falam, apenas levantam o objeto que representa sua Casa. Não reconheço todos, e o leiloeiro nem sempre se dirige a elas pelo título. De repente me arrependo por não ter prestado mais atenção às aulas de estilo real de vida e cultura.

— Novecentos e cinquenta mil... Ouvi um milhão?

Uma jovem mulher, sentada em uma cadeira que parece um trono, levanta um pequeno cetro cuja ponta é um diamante do tamanho de um ovo de galinha. Sinto que todas as outras prendem a respiração, e noto que os olhos do leiloeiro se desviam por um instante para a chama da vela. Ela queimou até a metade.

— Um milhão de diamantes para Sua Graça Real, a Eleitora. Ouvi um milhão e cinco?

A Eleitora. Estou chocada com sua aparência, mais jovem do que parece nas fotografias que vi, quase como uma criança brincando de se vestir de adulta. Seu vestido tem mangas bufantes e uma saia ampla de brocado, os lábios pintados em um vermelho vivo. Tento determinar se há nela alguma coisa especialmente característica do Banco, mas ela é parecida com todas as outras mulheres na sala.

Noto que uma mulher na fileira de cima olha fixamente para ela. Seus olhos amendoados lembram os de Raven.

— Uma milhão e cinco para a Condessa da Rosa — anuncia o leiloeiro, e sou trazida de volta ao presente. Uma mulher mais velha sentada em uma espreguiçadeira levanta uma rosa dourada. Alguns assentos adiante, uma mulher pesada a encara. Não, pesada não é a palavra certa. *Carnuda* é mais adequada. Seu corpo é espremido por um vestido de cetim preto que deixa nus os braços massudos. O rosto é rechonchudo e os olhos são... cruéis. Não consigo pensar em outra palavra para descrevê-los.

— Ouvi dois milhões? — pergunta o leiloeiro.

O cetro de diamante é levantado imediatamente. Depois a rosa. E o cetro. Meu coração bate forte, o sangue pulsa nos meus ouvidos. É verdade que posso ser vendida para a Eleitora? Parece bobagem eu nunca ter considerado essa hipótese. Acho que sempre imaginei que a Eleitora se interessaria pelo lote 200. Por que comprar a quarta melhor, se você pode ter a primeira?

A vela está ainda menor, a cera derretida pinga no castiçal de bronze, a chama azul queima mais brilhante ao se aproximar do fim do pavio. Os lances aumentam, e meu valor dispara até cinco milhões de diamantes, uma soma inimaginável. É claro que serei a substituta da Eleitora ou da Condessa da Rosa, todas as outras desistiram de fazer ofertas. Luto contra o impulso de morder o lábio inferior.

— Ouvi seis milhões de diamantes?

A mulher com os olhos de Raven levanta um espelhinho azul.

A vela se apaga.

— Vendida! — grita o leiloeiro, e todos os meus músculos se transformam em gelatina. — Vendida por seis milhões de diamantes. Para a Duquesa do Lago.

VENDIDA.

A palavra gravita na minha cabeça sem fazer sentido.

Fui vendida.

Por um instante, sustento o olhar da mulher que me comprou: a Duquesa do Lago. Depois, de repente, estou afundando.

O X é uma plataforma que desce do palco como um elevador, me tirando do Leilão. Desta vez eu recebo com alívio a escuridão. Sinto que é segura. Olho para cima e vejo outra plataforma fechando o espaço circular em que alguns momentos atrás eu estava, e é como assistir a um eclipse total. Pouco antes de o espaço se fechar por completo, ouço a voz do leiloeiro.

— A seguir, senhoras, o lote 198. — Eu me pergunto qual menina se dirige ao palco, a leoa ou a bolo confeitado. — Lote 198, por favor, em seu lugar.

O Leilão continua.

— Lote 197?

Eu me assusto, percebo que parei de me mover. A escuridão não é completa, é só uma penumbra. Estou em uma sala vazia com paredes de concreto, um espaço circular como o anfiteatro lá em cima e crivado de portas.

— Lote 197?

Uma mulher com um vestido cinza e simples me olha intrigada. Ela segura uma prancheta, e seus olhos examinam rapidamente um papel.

Acho que ainda não consigo falar, por isso apenas concordo com a cabeça.

A mulher imita meu gesto numa resposta rápida.

— Duquesa do Lago. Por aqui.

Ela abre uma das portas e eu a sigo por um corredor estreito. Aqui não há globos brilhantes, a única luminosidade vem de tochas presas a arandelas altas. As chamas projetam sombras estranhas nas paredes, um contraste intenso e inquietante com a luz quente dos globos na sala de preparação.

O corredor termina em uma porta simples de madeira que a mulher abre, por onde eu a sigo ao interior de uma sala pequena e abobadada feita de pedras octogonais que me dão a sensação de estar dentro de uma colmeia. Um fogo brando arde na lareira, derramando sua luz pálida sobre um conjunto simples de mesa e cadeira. Vejo um pano preto enrolado sobre a mesa. Não há mais nada na sala.

— Sente-se — a mulher diz.

Assim que me acomodo na cadeira, meus músculos começam a tremer, e tenho que apoiar a cabeça nas mãos e respirar fundo, inspirando pela boca.

Fui vendida. Sou propriedade. Nunca mais verei minha família, o Portão Sul ou o Pântano outra vez.

— Pronto, pronto — a mulher fala de um jeito mecânico. — Está tudo bem.

Definitivamente, não está tudo bem. Não sei se me senti pior em algum outro momento da vida. Aperto as mãos contra os olhos, não me importo se vou borrar a maquiagem feita por Lucien. Quero ir para casa.

Mãos geladas seguram meus pulsos.

— Escute. — A voz da mulher é diferente, quase gentil, e eu levanto a cabeça. Ela está ajoelhada na minha frente com o rosto perto do meu. — Não importa se concordo ou não com isso, entende? Não sou eu quem faz as regras por aqui. Mas a realeza diz que nenhuma substituta pode ver o caminho ao entrar ou sair da Casa de Leilão.

Fico tonta quando ela se levanta e abre o tecido preto, revelando primeiro um frasco azul, depois uma seringa.

— Isto não vai machucar você, garanto. Podemos fazer tudo do jeito mais fácil ou do mais difícil, você decide, e eu sei que você não tem muitas escolhas. O jeito fácil é: eu ponho você para dormir. O jeito difícil: eu aperto um botão para chamar quatro Militares, eles seguram você e eu ponho você para dormir. Entendeu?

Engulo a bile que sobe à garganta e balanço a cabeça numa resposta afirmativa.

— Então, como vai ser?

Suponho que eu devesse estar feliz por poder escolher.

— Se você concordar, acho que prefiro o jeito fácil.

Um esboço de sorriso surge nos lábios da mulher. Ela enche a seringa com o líquido azul do frasco, depois vira meu braço para encontrar a veia. Eu me encolho quando a agulha fura a pele. Agulhas eram parte da vida no Portão Sul, mas nunca me acostumei com elas.

— Você é uma menina esperta. Talvez o suficiente para sobreviver a este lugar.

As palavras são sinistras, mas o líquido azul inunda minhas veias. Minhas pernas ficam pesadas, as pálpebras caem, e antes que eu consiga perguntar o que ela quis dizer, a escuridão me envolve e eu durmo.

7

— ELA ESTÁ ACORDANDO. VÁ CHAMAR SUA SENHORA.

Ouço passos, depois uma porta abrindo e fechando, mas tudo soa distante. Mexo a cabeça, e ela afunda ainda mais em uma superfície macia. Estou muito confortável e aquecida. Quando abro os olhos, consigo ver apenas uma luminosidade amarela e enevoada.

— Como se sente? — uma voz pergunta. Ela parece vir do fim de um túnel. Pisco e esfrego os olhos, e o mundo ganha nitidez. A esperança desabrocha dentro de mim quando vejo um longo vestido branco com gola alta de renda e o coque no topo de uma cabeça. Mas não é Lucien. Essa dama de companhia é uma mulher mais velha, com olhos brilhantes e atentos e cabelo de um tom marcante de castanho. É estranho ver uma mulher com a cabeça parcialmente raspada. Um cinto fino de couro envolve sua cintura, e dele pende uma argola com muitas chaves.

— Onde estou? — pergunto enquanto me sento, a voz ainda sonolenta.

— Em seu novo quarto, é claro.

Acho que ela está brincando. O quarto é enorme. Globos de luz projetam uma luminosidade quente nas paredes revestidas com papel verde, e a mobília do ambiente é toda estofada em tons de verde e dourado. Vejo cômodas, um armário, uma penteadeira, poltronas estofadas com banquetas para os pés, um sofá, uma mesinha de café e uma grande lareira. Cortinas verde-escuro cobrem as janelas, com cordões dourados para puxá-las. Elas impedem completamente a entrada da luz, por isso não sei dizer se é dia ou noite lá fora.

É mais bonito que qualquer quarto que eu poderia ter imaginado. E a mulher disse que ele é meu. Não contenho a risadinha que escapa.

A dama de companhia sorri, e rugas surgem nos cantos de seus olhos.

— Bem-vinda ao palácio do Lago.

— Tudo isso é para mim? — Sempre imaginei que minha situação seria semelhante às austeras condições de moradia no Portão Sul.

— Não só isso, é claro. Seus aposentos privados incluem banheiro, salão de chá, sala de estar e quarto de vestir.

— Quer dizer que tem *mais*?

Ela me olha de um jeito condescendente.

— Criança, você foi comprada pela Duquesa do Lago, não por uma família de mercadores.

Tento lembrar o que sei sobre a Duquesa do Lago. Ela pertence a uma das quatro Casas fundadoras, mas sempre confundo as duas duquesas e as duas condessas. Centenas de anos atrás, antes de existir uma Joia, um Pântano ou uma Fazenda, esta ilha era dividida em duas cidades. A Duquesa governava uma, e a Condessa a outra, e as cidades estavam sempre em guerra. Então um arranjo foi feito, a filha da Duquesa se casou com o filho da Condessa, e eles se tornaram os primeiros Executor e Eleitora; as duas cidades foram unificadas, e a Cidade Solitária foi formada e dividida em cinco círculos, com a Joia no centro.

Acho que Lily mencionou a Duquesa do Lago recentemente, alguma coisa relacionada a um escândalo qualquer que não me interessou. Estou começando a me arrepender de ter passado tanto tempo revirando os olhos para as fofocas de Lily em vez de tê-las ouvido. Estava tão determinada a me ressentir contra a realeza que nunca considerei que poderia haver benefícios em viver com ela. Mas quando olho em volta, considero pela primeira vez a possibilidade de minha vida na Joia não ser tão ruim.

— Vamos lá, em pé — a dama de companhia diz. — Logo sua Senhora estará aqui.

Sinto borboletas no estômago.

Minha cama é tão grande que tenho que engatinhar para atravessá-la. Sinto uma vontade repentina e infantil de pular no colchão, mas a presença da mulher me inibe. A colcha verde-esmeralda é aveludada, e eu afasto as cortinas que descem de cada canto do dossel. Quando meus pés descalços tocam o tapete fofo, percebo que alguém mudou minhas roupas. Estou usando uma camisola de seda branca parecida com a que eu usava no Portão Sul, mas bordada com fios verdes e dourados. Visto um robe verde-jade que a dama de companhia está segurando. Agora estou combinando com o quarto.

Meu quarto.

Um arrepio percorre minha espinha.

— Obrigada — digo. — Qual é seu nome?

— Cora — ela responde.

— Eu sou...

— Você é a substituta da Casa do Lago — Cora me interrompe. — Só isso.

Parece que Lucien não era o único que não podia saber meu nome. Tenho vontade de me apresentar mesmo assim.

— Está com fome? — Cora pergunta, e eu me distraio imediatamente, porque, agora que ela mencionou, percebo que estou faminta. Cora me leva até a mesinha de café, onde vejo um prato com uvas verdes, um triângulo de queijo macio, várias fatias de pão e uma taça com água. Como as uvas uma por uma, espalho generosas camadas de queijo sobre as fatias de pão e acompanho tudo com água fresca.

— Por quanto tempo eu dormi? — pergunto entre uma mordida e outra. Cora pega uma escova sobre a penteadeira e começa a pentear meu cabelo. — Ah, eu posso fazer isso sozinha.

Tento pegar a escova, mas ela empurra minha mão,

— Coma, logo a Duquesa estará aqui. Você vai precisar de força.

De repente, não sinto mais fome. Bebo um gole de água e empurro o prato para longe.

— E sobre o que perguntou — Cora diz —, você dormiu desde que saiu do Leilão ontem à noite. Agora são seis da tarde.

Não sei que horas saí do Leilão, mas parece que dormi um dia inteiro.

— Já terminou de comer? — ela pergunta.

— Sim, obrigada.

Cora me leva para um espaço aberto no centro do quarto, as chaves penduradas em seu cinto tilintando enquanto ela se move. Há três portas diferentes, uma à esquerda, duas à minha direita, e suponho que todas se abrem para meus outros "aposentos".

— Quando a Duquesa chegar, não se esqueça de manter os olhos baixos, a menos que receba outras instruções. Dirija-se a ela sempre como "milady". Isso é muito importante, ouviu? — Movo a cabeça em afirmativo. — Ela tem um humor imprevisível, por isso sugiro que, por enquanto, você fale o mínimo possível.

Ouço o ruído de saltos sobre madeira polida e minha respiração fica presa na garganta. Cora devolve rapidamente a escova à penteadeira e fica em pé atrás de mim.

O ruído para. Uma das portas à direita se abre. Uma voz masculina anuncia:

— Sua Graça Real, a Duquesa do Lago.

Ladeada por seis Militares, a Duquesa entra no quarto. Deixo escapar uma exclamação de espanto ao ver seu vestido feito de camadas de prata e pérolas, depois lembro que devo manter os olhos baixos. Observo as unhas dos meus pés, que Lucien poliu até deixar brilhantes.

Os saltos não fazem barulho no tapete, mas sinto que a Duquesa se aproxima de mim e logo vejo a bainha bordada do vestido. Ela para. Fico arrepiada e resisto ao impulso de levantar a cabeça. Um dedo fino, mas forte, toca meu queixo. A Duquesa levanta meu rosto e olha para mim.

Os olhos de Raven. De novo, essa é a primeira coisa que percebo, o formato amendoado. A pele também tem o mesmo tom de caramelo da de Raven, embora seja um pouco mais clara. Mas quando ela me estuda, não vejo em seus olhos nada do que existe nos de Raven, não há afeto nem alegria neles. São duros e frios, e a lembrança de minha melhor amiga se apaga diante dessa mulher desconhecida.

Ela é alguns centímetros mais baixa que eu e tem cabelo preto que usa preso para cima, enfeitado com muitos diamantes. Ela não diz nada. Seus olhos descem lentamente me estudando. A Duquesa se move sem pressa, anda à minha volta, e eu tento manter a expressão relaxada. Meus músculos estão tensos, é um grande esforço ficar parada no lugar.

Quando para novamente na minha frente, ela me encara por um longo momento.

Depois me dá uma bofetada com o dorso da mão.

A dor se espalha pelo meu rosto e fagulhas explodem diante dos meus olhos. Eu grito e levo a mão à face, que queima onde ela a atingiu. Lágrimas turvam minha visão. Nunca fui agredida antes.

Por um segundo penso em revidar. Minha mão livre chega a se fechar. Mas a parede de Militares se mantém atrás dela e eu me limito a encará-la, rangendo os dentes com tanta força que sinto a mandíbula doer.

A Duquesa sorri, de um modo estranhamente simpático para quem acabou de me bater.

— Não quero fazer isso de novo — ela murmura numa voz aveludada. — Portanto, espero que lembre a sensação.

Ela, então, se senta delicadamente em uma das cadeiras. Seu corpo é muito gracioso, nunca vi ninguém se mover com tanta elegância. Os Militares se posicionam em volta dela como um leque vermelho. Percebo que cada um deles tem um pequeno círculo azul, sob dois tridentes cruzados, aplicado do lado esquerdo do peitoral do uniforme.

— Sim — a Duquesa sussurra quase para si mesma. — Acho que você é exatamente o que eu procurava. O que acha, Cora?

— O tempo dirá, milady.

— Sim... — A Duquesa desliza um dedo com a unha bem-feita pelo rosto. — Estava esperando por você — anuncia com os olhos cravados nos meus. — Há dezenove anos. Sua chegada não poderia ser mais oportuna.

Não sei do que ela está falando, e fico satisfeita por não ter que responder.

— Fui informada de que toca violoncelo.

Não respondo, e seu rosto parece se transformar em pedra. Gaguejo apressada.

— S-sim. — A respiração acelerada de Cora me lembra de acrescentar: — Milady. — As palavras deixam um gosto amargo na minha boca. Meu rosto lateja.

O sorriso simpático reaparece, e ela se levanta com um movimento fluido.

— Eu a verei em uma hora para o jantar. Minha própria dama de companhia se encarregará de prepará-la corretamente. Não é verdade, Cora?

— Sim, milady.

As camadas de sua saia farfalham quando a Duquesa caminha pelo tapete. Ela para na porta.

— Você tem olhos realmente extraordinários — diz.

Tem alguma coisa em sua expressão que não consigo compreender. Esperança, talvez? Em seguida, ela se retira acompanhada pelos Militares.

Sinto meus músculos relaxarem, e lágrimas inundam meus olhos. O lado esquerdo do meu rosto lateja. Balanço um pouco sem sair do lugar, e as mãos fortes de Cora seguram meu braço.

— Você está bem — ela diz. E me leva a um dos sofás, onde se senta ao meu lado. — Deixe-me ver. — Cora vira meu rosto para ela. — Ah, nada que não possa ser reparado com um pouco de unguento gelado.

Olho para o enorme lustre que pende do teto, cristais e esmeraldas brilhando com uma luz suave. De repente, este lindo quarto me faz sentir frio.

Uma porta se abre e eu escuto a voz de Cora.

— Espere no quarto de vestir.

Não sei com quem ela está falando e não tenho forças para olhar. Mais portas se abrem e fecham. Quando Cora volta, ela traz nas mãos um frasco azul-claro. Sem dizer nada, tira a tampa de rosca e aplica um pouco do unguento sobre minha face dolorida. O alívio é instantâneo: minha pele esfria, a dor na órbita do olho é entorpecida.

— Obrigada — murmuro.

— Você se saiu muito bem — Cora comenta.

— Por que ela me bateu?

Minha voz treme, uma lágrima escorre.

Cora toca com suavidade o lado do meu rosto que não foi machucado, seca a lágrima com o polegar.

— Aqui não é o Pântano, criança. Eu não criei as regras. Mas elas existem. Você agora é propriedade dela. — Cora comprime os lábios. — A Duquesa não é uma má senhora, na verdade. Existem piores, garanto. Mas você é forte. Eu posso ver que é. Vai ficar bem. — Seus olhos brilham um pouco e a testa se franze. — Você vai ficar bem... — Depois ela sorri radiante, se levanta e estende a mão. — O que acha de começarmos a preparação para o jantar?

Seguro a mão estendida e deixo que ela me levante, mas a semente do medo cria raízes dentro de mim. Não gostei da cara dela quando disse que vou ficar bem.

O BANHEIRO TEM METADE DO TAMANHO DO MEU QUARTO, E ainda é enorme.

A pia e o vaso são feitos de pedra azul-escuro, com uma grande banheira de cobre ocupando uma parede quase inteira. Toalhas azuis e felpudas foram penduradas em cabides de cobre, e o tapete macio sob meus pés é listrado em azul-marinho e azul-claro. Não há torneira na banheira, mas, para minha surpresa e alegria, Cora levanta uma alavanca e a água jorra de uma bica larga no teto, parecendo chuva.

Estendo a mão, encantada com a água quente escorrendo entre meus dedos. Cora sorri.

— Nunca tomou banho de chuveiro antes, tomou?

Balanço a cabeça.

— Só de banheira.

— Vai adorar. Pode ir, então, e não demore. Só temos uma hora. — Ela se acomoda na poltrona azul e estofada no canto ao lado da pia.

— Você vai... — Aperto contra o corpo o robe verde-jade. — Vai ficar aí?

— Não precisa ficar envergonhada, criança. Não tem nada aí que eu não tenha visto antes. — Como eu não me movo, ela ri e cobre os olhos com a mão. — Feche a cortina depois de entrar no banho.

Tiro a roupa e entro na banheira. O vapor gruda na minha pele e murcha o que restava dos cachos criados por Lucien. Fecho a cortina listrada como o tapete e fico parada embaixo da água que cai.

Estou em êxtase.

A água quente molha minha cabeça, escorre para a boca e pelos ombros, relaxando os músculos das minhas costas e pernas. Deixo escapar um suspiro.

Ouço a risada de Cora do outro lado da cortina.

— É bom, não é?

Passo os dedos pelo cabelo muitas vezes, me delicio com a sensação da água quente escorrendo na minha cabeça. Vejo a prateleira cheia de sabonetes, loções e xampus e não me contenho, experimento tantos quanto posso, inundando o banheiro com as fragrâncias de lavanda, frésia, água de rosas, hortelã e melancia.

— Tudo bem, chega — Cora diz, embora eu fosse capaz de passar o resto da noite no banho. A bofetada da Duquesa no meu rosto é como uma lembrança distante.

— Como eu desligo isso? — pergunto.

— É só empurrar a alavanca para baixo.

A água para de correr tão depressa quanto começou. Sinto um arrepio. Uma toalha aparece na fresta entre a cortina. Eu me enxugo, me enrolo com a toalha e abro a cortina. Cora segura uma toalha menor com a qual envolve meu cabelo molhado. Eu a sigo para o quarto de vestir. As paredes são cobertas de seda cor de pêssego e bege, há um espelho de três lados como o que havia na sala de preparação, e também uma penteadeira com maquiagem.

À frente da penteadeira vejo uma menina mais ou menos da minha idade, em um vestido como o de Cora, com uma gola alta de renda, mas sem coque complicado ou cabeça raspada. O cabelo cor de cobre está preso num coque simples. No lugar do aro cheio de chaves, vejo um retângulo preto pendurado em uma fina corrente dourada presa ao seu cinto de couro. Ela segura um vestido parecido com o que usei no Leilão, mas feito de um tecido mais fino que brilha sob a luz quente.

— Essa é Annabelle — Cora diz, e a menina se curva. — Ela será sua dama de companhia.

— Ah. — Não sabia que teria uma dama de companhia. — Oi.

O rosto de Annabelle fica rosado, mas ela não diz nada.

Cora me faz sentar diante da penteadeira, e Annabelle pendura o vestido ao lado do espelho. Depois as duas começam a trabalhar, penteiam e desembaraçam meu cabelo molhado, usam pós, cremes e brilhos para realçar meus traços, e lixam minhas unhas numa forma oval ainda mais perfeita. Annabelle não fala nada, e Cora só se manifesta para dar a ela uma ou outra instrução.

E durante todo o tempo eu olho para a garota no espelho, a menina que, de algum jeito, parece menor e mais jovem do que a que eu via antes.

8

— HORA DE IR — CORA DIZ.

Annabelle espalha um pouco de óleo perfumado nos meus pulsos e ajeita meu cabelo sobre os ombros.

— Obrigada — digo.

Ela sorri acanhada.

Cora me acompanha até o salão de jantar. Descemos um pequeno lance de escada até uma porta que se abre para um corredor decorado com pinturas de flores. Viramos para outro corredor cheio de retratos em grandes molduras douradas, rostos cujos olhos parecem me seguir aonde vou, e depois descemos uma escapa carpetada e iluminada por globos brilhantes. Vejo uma sala cheia de estátuas de mármore antes de me distrair com um enorme saguão com teto de vidro e uma fonte de água no centro. Deixamos o saguão para trás, seguimos por outro corredor, e estou quase perguntando a Cora quanto ainda teremos de andar quando ela para diante de uma porta com maçaneta de prata.

Ela se vira para me examinar uma última vez, alisa uma ruga inexistente no meu vestido, depois me faz entrar em um pequeno estúdio com muitas estantes de livros e uma lareira acesa. A Duquesa está sentada em uma poltrona diante da lareira, bebendo um líquido âmbar em um copo de cristal. Ela trocou de roupa, e agora veste um vestido azul-claro de tecido cintilante, como seda tecida com água. Quando entro, ela levanta a cabeça e sorri.

— Boa noite.

— Boa noite, milady.

A Duquesa se levanta e caminha para mim. Instintivamente, fico tensa. Seu sorriso se alarga.

— Não, não vou bater em você outra vez. — Ela desliza um dedo por um lado do meu rosto. Suas mãos são frias e secas. Vejo de novo aquele olhar, aquela espécie de esperança em sua expressão. — Aprendi por experiência própria que é melhor começar com a vara do que com a cenoura. Certamente não preciso de outro Garnet, não é, Cora?

— Não, milady — Cora responde.

— Eu era uma escrava da moda naquele tempo — a Duquesa conta com um suspiro. — Não repetirei esse erro.

Outra porta se abre, e um homem velho vestindo calça listrada e casaca preta entra se curvando. Ouço vozes murmurando na sala do outro lado da porta.

— Todas as convidadas já chegaram, milady — ele anuncia com voz ofegante. — A Eleitora finalmente está aqui.

— Obrigada, James. Estarei com elas em breve.

O homem faz mais uma reverência, sai e fecha a porta.

— Esse jantar é uma tradição — a Duquesa conta olhando para mim. — Hoje acontecem jantares semelhantes por toda Joia e no Banco. Para algumas amigas próximas — ela sorri — e suas substitutas recém-adquiridas. Para que todas possam ver quem comprou quem. — A Duquesa faz uma pausa e se afasta para deixar o copo sobre uma mesinha. Quando volta, seus olhos são como fogo negro. — Você não tem permissão para falar. Não pode comer mais do que eu.

Não pode se comunicar com as outras substitutas de jeito nenhum. Entendeu?

Engulo em seco.

— Sim, milady.

O sorriso estranhamente afetuoso retorna.

— Ótimo. Prove que é digna de confiança e será recompensada. Desrespeite uma dessas regras e eu vou ficar muito desapontada. E não acredito que queira enfrentar meu desapontamento.

Um arrepio percorre minha pele, levantando os pelos do meu braço.

— Agora vamos cumprimentar nossos convidados — ela conclui, animada.

Cora abre a porta por onde entrara o velho, James, e eu sigo a Duquesa para o salão de jantar.

É um espaço cavernoso, iluminado por velas sobre todas as superfícies disponíveis, rodeando a mesa de carvalho brilhante e pingando dos candelabros. A luminosidade se reflete nas paredes revestidas de papel marrom, os móveis de madeira escura têm um polimento impecável. Arranjos de flores se intercalam com as velas, espalhando uma fragrância leve e agradável. Mas tudo isso eu noto apenas com minha visão periférica. É o rosto de Raven que tem toda minha atenção.

Raven!

Preciso de todo meu autocontrole para não correr pelo tapete grosso e abraçá-la. Ela usa um vestido que parece um quimono, uma roupa parecida com a que usava na última vez que a vi, e a maquiagem e o cabelo são muito mais discretos. Raven está bonita. Meu estômago dá um salto quando vejo ao lado de quem ela está. É a mulher carnuda do Leilão, aquela dos olhos cruéis. Seu corpo largo está apertado dentro de um vestido cinza, o cabelo castanho foi preso em um coque quadrado e esquisito. Ela conversa com uma mulher muito menor, e quando as duas se viram para nos cumprimentar, reconheço a Eleitora. Ela aparenta ser muito jovem, e seu vestido é de um tom rosa vibrante. Quase um rosa-choque.

Atrás da Eleitora, escondida de tal forma que quase não a vejo, está Dahlia.

Ela parece muito diferente de quando a conheci na Sala de Espera. Um vestido dourado e macio cobre seu corpo magro, e o cabelo forma uma cascata de cachos vermelhos. É estranho, um estilo velho demais para ela, como uma criança vestida com as roupas da mãe. De algum jeito, o avental esfarrapado parecia mais apropriado.

— Boa noite, senhoras — a Duquesa cumprimenta todas que estão no salão. Há cinco mulheres e cinco substitutas, incluindo Dahlia e eu. Também reconheço a leoa e a bolo confeitado.

É difícil olhar para aquelas meninas. Todas nós recebemos as mesmas instruções, é evidente: não é permitida nenhuma comunicação entre nós, e estamos todas tentando cumprir as regras, porém sem muito sucesso. Não consigo esconder um sorriso quando olho nos olhos de Raven, e ela não disfarça a frustração por não poder falar comigo. Dahlia olha para mim com esperança e entusiasmo. Os olhos da leoa vão e voltam entre nós com desconfiança.

— Sua Graça Real — a Duquesa diz à Eleitora. — Sinto-me honrada que tenha escolhido comparecer a este humilde jantar. Sei que recebeu muitos convites.

A Duquesa se curva numa reverência discreta. As outras mulheres a imitam, curvando-se em meio a um mar de saias. Nós também as imitamos, mas com alguns segundos de atraso. Só a leoa e a bolo confeitado se comportam com perfeição.

Nunca fui muito boa com toda essa coisa de etiqueta e meu equilíbrio é precário, mas sou a imagem da graça comparada a Raven. Ver como ela tenta se curvar naquele quimono e a expressão em seu rosto é suficiente para me fazer dobrar ao meio de tanto rir. Mordo o lábio com força e seguro o riso.

— É um prazer — a Eleitora responde. Sua voz é tão infantil quanto o rosto. — Eu não poderia deixar de comparecer a um jantar com as senhoras das quatro Casas fundadoras. Vamos nos sentar?

Um lampejo de irritação passa pelo rosto da Duquesa, mas ela rapidamente disfarça com uma expressão acolhedora.

— É claro — diz, apontando as cadeiras em torno da mesa. Elas formam pares, uma cadeira grande com braços curvos de madeira, a outra simples e de encosto reto. Lacaios, até então imóveis como estátuas junto às paredes, ganham vida e se aproximam apressados para puxar as cadeiras. Eu me sento e olho para todos os talheres enfileirados ao lado do meu prato. Aprendi para que serve cada um deles, é claro, mas no momento não me lembro de qual devo usar com o quê. Olho para Raven, que parece tão confusa quanto eu.

Estudo as mulheres... as quatro Casas fundadoras. Ali estão as descendentes das famílias que fundaram a Cidade Solitária. Obviamente, uma é a Duquesa do Lago. E uma casa era uma flor, também me lembro disso.

— Devo admitir, Pearl, estou surpresa por estarmos aqui — a senhora de Raven diz à Duquesa. — Quanto tempo faz que comprou a última substituta?

O sorriso da Duquesa é venenoso.

— Ebony, francamente, não finja que não sabe.

— Desde o nascimento do seu filho, Pearl? — a Eleitora se manifesta. — Dezenove anos é tempo demais para esperar. Que paciência admirável você tem!

— Obrigada, Sua Graça — a Duquesa agradece.

O primeiro prato é servido: uma salada de folhas, rabanetes, peras e aspargos com um molho cremoso. É tão deliciosa que quero devorar tudo, mas a Duquesa come duas garfadas, apenas, antes de empurrar o prato. A acidez do molho e a doçura da pera permanecem na minha boca depois que meu prato é retirado.

— Diga, Alexandrite — a Eleitora se dirige à senhora da bolo confeitado quando o prato seguinte, pato assado com endívias e figos, é posto à nossa frente —, o que achou do Leilão? Sei que foi sua primeira vez.

— Ah, foi maravilhoso — a mulher elogia. Sua pele é cor de café forte e ela é jovem, quase tanto quanto a Eleitora. Seu vestido é feito de seda cor de bronze cintilante, e de repente me lembro dela segurando a balança. — O Duque das Balanças ficou muito satisfeito por eu ter voltado para casa com uma substituta tão impressionante. Ele tem certeza de que nossa filha será perfeita.

Duquesa do Lago, Duquesa das Balanças... Então as outras duas são Condessas. Olho para a senhora de Raven e para a da leoa, que é velha, certamente a mais velha entre as presentes, com pele enrugada e cabelo muito grisalho, quase completamente branco. Ela usa um vestido vermelho vivo e luvas até os cotovelos. De repente eu me lembro de que ela também deu lances por mim, disputando com a Eleitora. A Condessa da Rosa.

— Parece que todos terão uma filha este ano! — exclama a Eleitora.

— Sem dúvida o nascimento recente do seu filho teve grande influência sobre as damas da Joia — a Duquesa comenta com ironia.

A Eleitora ri.

— Ah, sim, suponho que seja verdade. E o Executor quer uma prometida para o pequeno Larimar o mais depressa possível.

— Ele *deve* assegurar o compromisso, Sua Graça — a Duquesa concorda com uma nota sutil de condescendência. — Depois de anunciar que seu filho é o herdeiro do trono, como esperamos que aconteça no Baile do Executor, a criança terá de estar comprometida em até um ano. É a lei.

— Conheço bem as leis da cidade — a Eleitora responde num tom seco.

— No entanto, comprou uma substituta — a Condessa da Rosa aponta. — Por que ter uma filha tão cedo?

— Bem — a Eleitora explica —, é desejo do meu marido ver sua linhagem continuar por meio de nosso filho, mas eu sempre tive a esperança de que minha filha fosse a governante quando eu não estiver mais aqui. Acredito que uma mulher é mais sensível diante das necessidades do seu povo. E gostaria de dar a um jovem do Banco a mesma oportunidade que tive com nosso amado Executor. Acho que é justo retribuir de alguma forma ao círculo no qual fui criada. Não concorda, Pearl?

O comentário parece não agradar as mulheres reais sentadas à mesa. A Duquesa do Lago segura o garfo com tanta força que sua pele cor de caramelo fica esbranquiçada nos dedos.

— Como Sua Graça achar melhor. — Ela se volta para a senhora de Raven. — E você, Ebony? A Casa da Pedra receberá uma filha como todas as outras? Ou a veremos novamente no Leilão do ano que vem?

A Condessa da Pedra. É isso. Lago, Rosa, Balanças, Pedra. Lily ficaria orgulhosa. Aposto que Raven nem está prestando atenção. A Condessa da Pedra enfia um figo na boca e mastiga devagar.

— Ah, sim, creio que começarei com uma filha — ela responde. — Meninos podem ser tremendamente difíceis, não?

O rosto da Duquesa fica vermelho e ela estreita os olhos.

A Eleitora ri.

— Sim, aliás, como vai Garnet? — ela pergunta. — Tem se mantido longe de confusões, espero?

— Ele está no quarto, Sua Graça, estudando.

De repente as portas do salão se abrem com um estrondo violento e um rapaz entra. Não vejo muitos meninos da minha idade desde os doze anos, com exceção de Ochre, e ele não conta. Esse garoto é... Bem, é bonito. Tem cabelo claro penteado para trás, mas alguns cachos escapam e caem livres sobre sua testa. Ele é alto, tem ombros largos e usa uma camisa branca de colarinho parcialmente desabotoada, revelando parte do peito. Meu rosto queima, mas não consigo desviar os olhos dele. Em uma das mãos o rapaz segura um copo vazio.

— Mãe! — o garoto grita, levantando o copo como se brindasse à Duquesa do Lago.

Esse é o *filho* da Duquesa? Não vejo nenhuma semelhança física entre os dois. O olhar meio desfocado passeia pelas mulheres presentes.

— Peço desculpas, senhoras. Não sabia que havia um jantar formal esta noite. — Seus olhos azuis param em mim, e é como se algo se encaixasse. — Ah, sim. O Leilão.

A Eleitora e a Duquesa das Balanças praticamente choram de rir cobrindo a boca com o guardanapo. Um sorriso satisfeito ilumina o rosto rechonchudo da Condessa da Pedra. A Condessa da Rosa parece estar polidamente constrangida.

— Garnet, meu querido — a Duquesa fala num tom severo. — O que está fazendo?

— Ah, não se incomodem comigo — ele responde, balançando a mão. — Só preciso encher meu copo.

Ele se dirige a uma mesa lateral e tira a rolha de uma garrafa de vidro escuro, virando-a sobre seu copo. A Duquesa se levanta apressada.

— Podem me dar licença por um momento? — pede, já se aproximando de Garnet e segurando o braço dele. Ouço o garoto resmungar um "ei" quando ela o conduz para fora do salão.

— E essa, senhoras, é a razão pela qual acredito que a cidade deve ficar nas mãos de uma mulher! — a Eleitora exclama.

A Duquesa das Balanças e a Condessa da Pedra explodem em gargalhadas.

Por um segundo, meu olhar encontra o de Raven. Ela levanta uma sobrancelha, como se perguntasse qual é o problema com essa gente. Comprimo os lábios para impedir um sorriso e movo a cabeça de maneira quase imperceptível para concordar com ela.

— Mas essa decisão não é sua — a Condessa da Rosa responde. Ela é a única que não se diverte com a entrada bizarra de Garnet. — A escolha cabe ao Executor, considerando que a linhagem é transmitida por ele. — E pega um pedaço pequeno de endívia. — É claro, você chegou há pouco ao Palácio Real. Talvez não tenha compreendido muito bem as sutilezas da sucessão real.

A Eleitora fica tensa.

— É evidente que há muito tempo não tem se divertido na cama, Ametrine, mas não há arma de persuasão mais poderosa que o corpo de uma mulher. Sou perfeitamente capaz de fazer meu marido mudar de ideia.

Fico vermelha com a nova direção da conversa. Lacaios aparecem para tirar os pratos, e eu aproveito a ausência da Duquesa para comer mais alguns pedaços de pato.

— Não quis ofender, Sua Graça — a Condessa da Rosa diz. — Mas não se esqueça, a substituição é algo muito estranho. Não se sabe ao certo em que vai resultar. As notas dos Presságios não são muito abrangentes. Talvez acabe preferindo que seu filho seja o sucessor ao trono.

— Duvido — a Eleitora responde. Ela chama um dos lacaios. — Vá buscar Lucien. Agora.

Eu me endireito no assento ao ouvir o nome.

Os criados começam a servir o próximo prato — salmão defumado com alcaparras e limão em compota —, e a Duquesa retorna.

— Peço desculpas, Sua Graça — ela diz com uma reverência profunda.

— Ah, não precisa se desculpar. Foi muito excitante — a Eleitora diz. — Comparados ao seu, os jantares no Palácio Real são muito sem graça.

A boca larga da Condessa da Pedra se curva em um sorriso desagradável. Bebo um gole de vinho e espero a Duquesa se sentar. Estou faminta, espero que ela goste mais do salmão do que dos outros pratos, porque assim poderei comer uma porção satisfatória de alguma coisa.

Então vejo uma túnica branca e um coque elaborado, e meu coração dá um pulo. Lucien entra no salão segurando uma noz e uma tigela de prata.

— Obrigada, Lucien — a Eleitora diz. — Espere aqui.

— É claro, milady. — Ele deixa a noz e a vasilha sobre a mesa e recua até a parede. Os olhos de Dahlia estão arregalados de medo, quase suplicantes, e se movem da vasilha para a Eleitora. Prendo a respiração, tentando imaginar o que a Eleitora a obrigará a fazer. Do outro lado da mesa, vejo que a expressão de Raven reflete a minha. A bolo confeitado e a leoa observam tudo atentamente.

— Ela me mostrou o mais incrível truque hoje cedo — a Eleitora comenta, olhando para Dahlia. — Vá em frente.

O lábio inferior de Dahlia treme quando ela pega a castanha com a mão pequenina. Nada acontece. O olhar da Eleitora endurece.

— Continue — ela repete num tom mais firme.

Os dedos de Dahlia se fecham em torno da noz, e quando ela os abre a fruta tem uma aparência ligeiramente transparente, como se fosse feita de vidro marrom. Ela está usando o segundo Presságio, Forma. Com a testa franzida, Dahlia se concentra e, de repente, a castanha treme, muda de forma e se alonga como se fosse feita de água.

Suponho que ela a transforme em uma forma simples, como uma estrela ou uma flor, mas, em vez disso, ela cria uma pequena estátua da Eleitora. É uma façanha incrivelmente difícil. Dahlia deve estar sentindo uma dor muito forte.

Como se respondesse ao meu pensamento, Dahlia grita e solta a estátua, agarra a vasilha de prata e vomita uma mistura de muco e sangue.

A eleitora segura a estatueta de detalhes impressionantes, uma réplica perfeita dela mesma. As mulheres da realeza aplaudem.

Eu me sinto enojada. Como a Eleitora foi capaz de obrigá-la a fazer a transformação na frente de todas essas pessoas? As mulheres *aplaudem* o sofrimento e a humilhação de uma menina.

— Não é maravilhoso? — a Eleitora comenta com alegria. Lucien se aproxima e pega a vasilha das mãos de Dahlia. Ele entrega discretamente um lenço à menina, de modo que, quando ela levanta a cabeça, já está limpa de qualquer vestígio de muco e sangue.

— É só isso, Lucien — a Eleitora o dispensa.

— Sim, milady. — Lucien se vira para sair e seus olhos descansam em mim por um segundo. A sombra de um sorriso passa rapidamente por seu rosto. Sorrio também.

— Uma exibição impressionante — a Duquesa do Lago comenta, cortando seu salmão. — Mas é melhor manter suas melhores roupas longe dela.

— Ah, isso nem sempre acontece — a Eleitora responde.

Sinto-me empalidecer. Quantas vezes a Eleitora terá feito Dahlia realizar um Presságio? Não faz nem um dia!

A Duquesa engole um pedaço de salmão e limpa a boca com o guardanapo.

— Talvez seja melhor aquecê-la um pouco antes de forçá-la a correr.

— Vou me lembrar disso — a Eleitora diz, dando alguns tapinhas no topo da cabeça de Dahlia. O gesto é degradante, o rosto da menina fica vermelho.

— Ela tem habilidades especiais? — a Duquesa pergunta. — Nem sempre elas têm, como vocês sabem. Mas prefiro uma substituta com algum talento. — Ela bebe um gole de vinho. — A minha toca violoncelo.

Aperto o garfo com força e sinto os ombros tensos. Todos olham para mim, exceto Raven, que está olhando para a Duquesa.

— Eu gostaria muito de ouvir — a Eleitora confessa.

Olho para as portas e fico petrificada, esperando ver um lacaio entrar com um violoncelo.

Mas a Duquesa apenas sorri.

— Tenho certeza, Sua Graça, de que um dia ouvirá.

A conversa continua com as nobres discutindo as habilidades singulares das substitutas. A bolo confeitado é dançarina; a Condessa da Pedra se vangloria da capacidade de Raven com a matemática; e então elas falam sobre nossos

Presságios. Falam sobre nós como se fôssemos um animal de estimação ou um cavalo premiado. Como se não pudéssemos ouvi-las. Como se nem estivéssemos ali.

Finalmente o jantar chega ao fim, e as mulheres trocam beijos no rosto (ou fingem beijar, pois, na verdade, parecem relutantes em tocar umas nas outras). As damas de companhia se aproximam com os mantos. A Condessa da Pedra também é atendida por um homem, que parece ser tão desagradável quanto sua senhora com aquele nariz longo e torto e a boca encurvada para baixo.

Raven me encara séria e determinada, como se me dissesse: "Verei você de novo". Com o olhar, tento sorrir para ela.

A Eleitora é a última a partir. Dahlia olha para mim aterrorizada, e faço o possível para encorajá-la com o olhar, comprimindo os lábios e elevando imperceptivelmente os cantos da boca. Espero que ela fique bem no Palácio Real.

A Duquesa desliza lentamente um dedo pela borda da sua taça de vinho enquanto, silenciosa, observa a partida das convidadas como um gato observa a presa. Depois ela suspira.

— Isso é tudo por hoje — diz, e apesar de não olhar para mim, deve estar falando comigo. Não tem mais ninguém na sala. Em seguida, ela passa pela porta e se dirige ao estúdio, me deixando confusa e sozinha.

9

CORA VEM ME BUSCAR EM SEGUIDA.

Eu a sigo em silêncio pelos corredores e escadas. A luz fraca das lâmpadas evoca uma aura idílica no palácio, como se eu estivesse perdida em um labirinto dourado. Cora abre a porta dos meus aposentos, onde Annabelle espera por mim.

— Ela vai direto para a cama — Cora diz, e Annabelle concorda com um movimento de cabeça.

— Aonde você vai? — pergunto.

— Atender a Duquesa — responde Cora, como se aquela fosse uma pergunta óbvia.

— Ah! Bem, boa noite. — As cuidadoras sempre desejavam boa noite para nós no Portão Sul, e Cora é muito parecida com uma cuidadora.

Seus olhos enrugam quando ela sorri.

— Boa noite.

Sigo Annabelle por outra porta até meu quarto, minha cabeça rodando, dominada por lembranças do jantar. Era como se houvesse dois times em campo: a Eleitora, a Condessa da Pedra e a Duquesa das Balanças contra a Duquesa do Lago e a Condessa da Rosa. Ser da realeza parece exaustivo. Por que convidar pessoas para um jantar, se você nem gosta delas?

Estou tão distraída com meus pensamentos que nem percebo que Annabelle tirou minhas joias e está abrindo o zíper do vestido. Uma camisola de seda está estendida sobre a cama, à espera.

— Eu posso me arrumar sozinha — protesto.

Annabelle balança a cabeça.

— Não tem permissão para falar comigo? — pergunto, desanimada.

Annabelle pega o retângulo preto pendurado em seu cinto e uma bolsinha, de onde tira alguma coisa pequena e branca.

É um giz.

Percebo que o retângulo é uma lousa, que ela me mostra depois de escrever alguma coisa.

Sou muda.

— Como assim, não fala nada?

Ela balança a cabeça.

— Aconteceu alguma coisa com você?

Sei que as palavras soaram rudes, mas Annabelle me mostra a lousa.

Nasci assim.

— Nunca conseguiu falar? Nada?

Eu me lembro de uma garota do Pântano que não falava, mas ela também era surda. É evidente que Annabelle ouve bem.

Ela balança a cabeça e bate um dedo na lousa uma vez. As palavras desaparecem.

— Uau, esse equipamento é legal!

Ela assente sem entusiasmo e termina de abrir meu vestido. Me livro da massa de tecido, e Annabelle me ajuda a vestir a camisola.

Vamos ao banheiro, onde ela remove minha maquiagem, e depois ao quarto. Ela me faz sentar na frente da penteadeira e começa a escovar meu cabelo. Pelo espelho, estudo sua figura. Sua pele é mais pálida que a minha e salpicada de sardas. Noto a fragilidade em seus pulsos e ombros, a ternura com que ela escova meu cabelo.

— Você nunca quis? — pergunto, e ela levanta a cabeça surpresa. — Falar, quero dizer.

Annabelle morde o lábio, e por um segundo penso que fui rude novamente. Em seguida ela deixa a escova de lado e pega a lousa.

Todos os dias.

Tento imaginar como seria não poder me expressar verbalmente e, assustada, percebo que aconteceu comigo naquela noite. E a experiência não foi nada boa.

Annabelle termina de pentear meu cabelo e se aproxima da cama para puxar as cobertas. Tenho a sensação de que passei a maior parte dos últimos dois dias dormindo, mas ainda estou cansada. Vou para debaixo do edredom de veludo, e minha cabeça afunda no travesseiro de penas. Annabelle aponta uma tira de tecido estampado pendurada na parede sobre o criado-mudo. Ela faz um gesto de puxar a corda, depois aponta para si mesma.

— Se eu puxar, você virá?

Annabelle faz que sim com a cabeça.

— Onde você dorme?

Ela aponta para baixo, depois escreve na lousa:

Boa noite.

De repente sinto medo de ficar sozinha neste quarto desconhecido, extravagante.

— Annabelle? Você não... não poderia ficar comigo mais um pouco?

Ela hesita, e lembro as instruções de Cora sobre eu ir direto para a cama. Mas Annabelle assente e se senta ao meu lado. Eu sorrio.

— Obrigada.

Deve ser m. estranho.

Entendo que *m* é de muito. É claro. Seria muito chato escrever tudo por extenso. Eu também usaria abreviações.

— Há quanto tempo mora aqui?

A vida toda.

Deslizo os dedos pela beirada bordada da fronha do travesseiro.

— É tudo tão bonito.

Annabelle move a cabeça numa resposta afirmativa, mas sem entusiasmo.

— Hoje à noite — começo, hesitante, sem saber se posso falar sobre o jantar —, as mulheres da realeza não pareciam... Quer dizer, elas não foram muito gentis umas com as outras. É sempre assim?

Annabelle faz uma careta, e deduzo que isso equivale a um sim.

— A Eleitora é muito jovem, né? Mais jovem do que parece nas fotografias.

Annabelle assente.

— A Duquesa não parece gostar muito dela.

Annabelle se agita, seu rosto fica vermelho. Mudo de assunto rapidamente.

— Eu vi o filho da Duquesa. — Um calor sobe pela minha nuca quando penso no garoto bonito e em sua aparência descuidada. — Ele não é nada parecido com a mãe.

Annabelle sorri de um jeito muito misterioso, como se minhas palavras a divertissem de um modo incompreensível.

— Qual é o nome dele?

Garnet.

— Certo. Garnet.

Lembro as palavras da Duquesa no estúdio, quando ela disse que não precisava de outro Garnet.

— Já fez isso antes? Cuidar de uma substituta?

Annabelle nega com a cabeça.

— Vou tentar não dificultar muito sua vida.

Ela sorri e afaga minha mão. Aquecida e confortável embaixo do edredom, não consigo evitar um bocejo.

Durma.

— Tudo bem.

Ela se levanta e começa a apagar as luminárias. Deito de costas e olho para a cobertura verde da cama de dossel. Penso na minha família. Imagino-os naquela casa pequena, minha mãe preparando o jantar, Hazel sentada à mesa fazendo o dever de casa, Ochre no quintal cortando lenha para o fogo. Imagino-os sentados em torno da mesa, comendo uma refeição minguada, rindo e falando com liberdade. Queria saber se pensam em mim. Um nó se forma na minha garganta.

— Boa noite, Hazel — sussurro. — Boa noite, Ochre. Boa noite, mãe.

Acho que escuto o ruído do giz na lousa de Annabelle, mas já estou pegando no sono.

NAQUELA NOITE EU SONHO QUE ESTOU NO PORTÃO SUL, NA sala de música, tentando tocar um dueto com Lily.

Mas não consigo segurar o violoncelo corretamente. Ele cai para um lado e o arco arranha as cordas. Lily abaixa o violino e me olha de um jeito condescendente.

— Devia ter me escutado, Violet — ela diz.

Olho para baixo e vejo meu ventre enorme, inchado com o bebê da Duquesa.

Grito.

ACORDO DE MANHÃ SUANDO FRIO, JOGO AS COBERTAS LONGE e passo as mãos na barriga.

Não estou grávida. Não estou grávida. Repito as palavras em pensamento muitas vezes, um mantra desesperado.

Vou ao banheiro e olho para o espelho sobre a pia. Meus olhos estão enlouquecidos, meu cabelo bagunçado, a pele mais pálida que de costume. Estou horrível. É assim que acordo todas as manhãs? Eca!

Encharco uma toalha de rosto com água fria, passo na testa e na nuca. Meu estômago ronca. Prendo o cabelo com uma fita e volto ao quarto, puxo a tira de tecido que serve para chamar Annabelle. Como será o café da manhã? Vou comer na cozinha? Ou na sala de jantar com a Duquesa?

Engulo em seco e toco a barriga outra vez, lembrando a minha imagem grávida.

Quando acontecerá?

Fecho os olhos com força e tento pensar em outra coisa, mas não tenho mais nada com o que me distrair. Tudo parecia muito distante, em um futuro que eu nem conseguia imaginar quando estava no Portão Sul. Mas, agora que estou realmente aqui, a ideia de ficar grávida, de ter o filho de outra pessoa crescendo dentro de mim, é aterrorizante.

As portas se abrem e Annabelle entra acompanhada pelo aroma delicioso de café. Ela deixa uma bandeja coberta sobre a mesinha.

O aroma da comida me faz sentir melhor. Continuo com fome depois do jantar decepcionante da noite passada. Minha mãe dizia que uma boa refeição acalma um coração perturbado. Annabelle me chama para sentar e descobre a bandeja.

Ovos quentes em pequenos cálices de prata, iogurte com fruta fresca, torrada com manteiga, fatias crocantes de bacon e um copo de suco de laranja gelado. Annabelle põe um guardanapo sobre minhas pernas e serve café em uma xícara de porcelana cor-de-rosa, enquanto eu ataco a comida.

Ela levanta uma sobrancelha.

Fome?

— Morta de fome — respondo com a boca cheia de torrada e ovo. — A Duquesa quase não me deixou comer ontem à noite.

Dormiu bem?

A fatia de bacon para no ar a caminho da minha boca. Dou de ombros e deixo o garfo sobre o prato, preferindo beber um gole de café.

— A cama é muito boa.

Quando termino de comer, Annabelle prepara meu banho. Depois ela me veste com um lindo vestido cor de pêssego maduro. Eu me sento diante da penteadeira no quarto, e ela faz cachos no meu cabelo, prendendo-os no alto da cabeça.

— Vou a algum lugar? — pergunto.

Ela dá de ombros.

— Você sabe... quer dizer, tem alguma ideia... — Não sei como formular a questão. Como perguntar a alguém quando vou ficar grávida? — Tenho uma agenda ou alguma coisa assim?

Espere a D. avisar.

— Ah! — Mexo no brinco de opala e topázio na minha orelha. — Certo.

Quando Annabelle termina de me arrumar, levanto e me olho no espelho. Com o cabelo preso e o vestido sofisticado, pareço mais velha que a garota que esteve na sala de preparação e olhou para o próprio reflexo como se fosse o de outra pessoa.

Bonita.

Abro e fecho a boca, sem saber o que dizer. Estou bonita mesmo. Só não tenho certeza se estou parecida *comigo*.

Passo a manhã conhecendo meus aposentos. Tenho três armários cheios de vestidos de todos os tecidos, cores e estampas, de simples trajes para o dia a dia até elegantes vestidos de baile. Annabelle abre as cortinas do quarto e vejo o exterior do palácio pela primeira vez. Uma alameda larga de cascalho contorna um enorme lago brilhante e sereno como um espelho de cristal, a água de um azul cintilante e sobrenatural. Vejo ao longe dois portões dourados.

Depois de um tempo, passamos para a sala ao lado do quarto. A sala de chá é muito agradável e ensolarada, com móveis estofados em tons de laranja e amarelo e buquês de margaridas e malmequeres intercalados sobre as mesas. Estantes de livros cobrem uma parede, e a coleção contém uma mistura de títulos familiares e desconhecidos. Um *História Completa das Casas Fundadoras* encobre uma cópia surrada de *O Poço do Desejo*, uma coleção de histórias infantis.

— Eu adoro este livro! — exclamo, e retiro *O Poço do Desejo* da prateleira. Estou surpresa por encontrá-lo na Joia, é uma agradável lembrança de casa. — Meu pai lia estas histórias para mim. Já leu?

Annabelle faz que não com a cabeça.

A história do Poço do Desejo era nossa preferida, minha e de Hazel. Abro o livro e sorrio lembrando como esperávamos meu pai voltar para casa da fábrica, sempre cheirando a fumaça e graxa, e implorávamos para ele ler para nós enquanto minha mãe preparava o jantar. A voz dele era linda quando lia. A história é sobre duas irmãs que encontram um poço mágico; elas libertam o espírito da água que vive dentro do poço e, em troca, podem fazer um pedido cada uma. Hazel e eu nos encolhíamos ao lado do meu pai e nos deixávamos levar pelas palavras, exclamando e gritando nos momentos certos. Eu devia ter dez anos, Hazel tinha seis. Um ano depois, meu pai morreu.

Enquanto estou virando as páginas para ler outra história, o almoço é servido. Uma jovem criada de vestido preto e avental branco aparece com uma bandeja repleta de comida. Se eu achava as refeições boas no Portão Sul, agora nem posso compará-las com as da Joia.

Depois do almoço eu começo a ficar entediada. Li todo *O Poço do Desejo*, mas minha atenção se esvai. Annabelle está sentada em uma poltrona bordando um lenço.

— Posso conhecer o resto do palácio? — pergunto.

Só quando a D. chamar.

— E quando isso vai acontecer?

Annabelle dá de ombros.

Suspiro e me jogo no sofá, mas a armação do vestido me machuca, então eu me sento corretamente. Annabelle deixa o bordado de lado e pega a lousa outra vez.

Halma?

— Você joga Halma? — pergunto, animada.

O sorriso de Annabelle se alarga.

— PENSEI QUE FOSSE UM JOGO DO PÂNTANO — COMENTO mais tarde enquanto olho fixamente para o tabuleiro em forma de estrela de seis pontas. — Como ficou tão boa nisso?

Annabelle já me venceu duas vezes, e parece estar se aproximando da terceira vitória. Quase todas as peças dela estão do meu lado, e as minhas continuam espalhadas no meio do tabuleiro, podendo servir de degraus para ela avançar.

M. velho, é da F.

— Sério? Da Fazenda? — Pulo duas pedras adversárias e finalmente consigo levar uma das minhas para o lado dela. — Não sabia.

Annabelle usa a pedra que acabei de mover para atravessar quase metade do tabuleiro.

Não é pop. na J, só criados jogam.

— Sim, eu sei — resmungo num tom sombrio. Não estou acostumada a perder no Halma, Raven sempre jogou muito mal. Ela não tinha paciência para isso. Jogávamos com Lily e ela sempre era derrotada.

Annabelle só precisa de mais três movimentos para acabar a partida.

— Revanche — peço automaticamente.

A porta do salão se abre. Um Militar para em posição de sentido e a Duquesa do Lago entra. Annabelle pula da cadeira, e eu me levanto depressa. A Duquesa usa um vestido vermelho, camadas e mais camadas de chiffon que descem até o chão, com a cintura marcada por cordões de seda trançada. Um leque está pendurado na corrente presa em seu pulso. Seu rosto é uma máscara cuidadosamente controlada, mas há nele uma energia frenética, como se fortes emoções borbulhassem sob a superfície.

Ela me observa da cabeça aos pés.

— Muito bom — diz, olhando na direção de Annabelle por uma fração de segundo, para indicar que está falando com minha dama de companhia. Talvez minha aparência seja uma espécie de teste para ela.

— Boa tarde, milady — cumprimento com uma reverência desajeitada.

— Sim — a Duquesa responde —, é uma boa tarde, não é? — Ela se aproxima de mim com um sorriso nos lábios. Tenho que fazer um grande esforço para não me encolher nem recuar. — Você se comportou muito bem ontem à noite. Fiquei impressionada.

— Obrigada, milady. — Preferia que ela desse um passo para trás. Não gosto dessa proximidade.

Ela ri.

— Não tenha medo. Já disse, prove que é digna de confiança e será recompensada. — Ela balança o leque para o Militar. — Pode trazer.

O Militar faz um sinal e dois lacaios entram carregando uma enorme caixa de madeira, que deixam no chão. Usando pés-de-cabra, eles removem a tampa, que fica apoiada à caixa.

— É só isso — a Duquesa diz, e os lacaios se curvam e saem.

Há um silêncio pesado durante o qual passeio os olhos pela Duquesa, pela caixa, Annabelle, e de novo pela caixa.

— Então? — a Duquesa diz. — Vá em frente.

Prefiro ficar sozinha para ver o que tem lá dentro, mas é claro que não tenho essa opção. Dou alguns passos hesitantes em direção à caixa e me ajoelho ao lado dela, tirando do interior punhados de palha de proteção. Noto um brilho de verniz, e de repente minha insegurança se transforma em entusiasmo. Meus movimentos agora são mais rápidos, arranco a palha do caixote para chegar ao violoncelo. Meus dedos tocam as cordas e uma confusão abafada de notas ecoa nos meus ouvidos.

Descubro o instrumento com carinho: é a coisa mais bonita que já vi (e foram muitas coisas bonitas que vi nos últimos dois dias). O verniz dá à madeira de bordo um brilho profundo e avermelhado, o alinhamento dos buracos é mais encurvado do que estou acostumada a ver. Deslizo os dedos pela borda decorada sem esconder a admiração. Passo os dedos pelas cordas mais uma vez, puxando cada uma individualmente. Sinto a garganta apertada ao ouvir aquelas notas familiares.

— Gosta dele? — a Duquesa pergunta.

— É para mim? — sussurro.

— É claro que é para você. Gostou? — ela repete a pergunta, impaciente.

Engulo em seco.

— Sim, milady. Gostei muito.

— Ótimo. Toque alguma coisa.

Pego o violoncelo pelo braço e o tiro da caixa, espalhando alguns fiapos de palha pelo chão. Vejo no interior da embalagem um arco e um bloco de resina. Recolho-os e me aproximo de uma das cadeiras de encosto duro. O peso do violoncelo é confortante. Acomodo o objeto com delicadeza entre os joelhos, enquanto o braço do instrumento descansa sobre meu ombro. Passo o bloco de resina no arco e o cheiro intenso libera uma enxurrada de lembranças. O dia em que escolhi aprender a tocar violoncelo, a primeira vez que segurei um arco, como tocava sozinha no meu quarto tarde da noite, os duetos que fazia com Lily na sala de música...

— Tem alguma preferência por algum compositor, milady? — pergunto.

A Duquesa levanta uma sobrancelha.

— Não. Toque o que você quiser.

Respiro fundo e posiciono os dedos sobre as cordas, percebendo que vou ter que cortar as unhas. Passo o arco pela corda dó.

O instrumento está perfeitamente afinado. A nota me envolve, invade a sala com um som rico, quente, vibrante. Fecho os olhos.

Toco o prelúdio de uma suíte em sol maior, uma das primeiras composições que aprendi. As notas fluem com facilidade, seguem umas às outras como água correndo entre pedras lisas, meus dedos se movem com destreza, seguros de sua posição. A sala à minha volta desaparece e tenho uma incrível sensação de libertação, todo meu ser se altera quando toco. Eu sou a música, e as cordas e meu corpo são tão ressonantes quanto o violoncelo. Somos um só instrumento, estamos em um lugar onde ninguém pode nos tocar, onde não há Joia ou substitutas, um lugar onde só existe a música. O ritmo e o passo aumentam quando me aproximo do fim do movimento, as notas sobem mais e mais até eu puxar o arco e produzir o acorde final, uma quinta perfeita que paira vibrante e impecável no ar.

Abro os olhos.

O rosto da Duquesa está petrificado, sua expressão é triunfante. O que vejo me assusta mais que a máscara.

— Foi... primoroso — ela diz.

— Obrigada, milady.

A Duquesa se abana algumas vezes, depois fecha o leque com um movimento firme.

— Ela vai cedo para a cama hoje à noite — a nobre diz a Annabelle enquanto se dirige à porta, antes de se retirar e sair acompanhada pelo Militar. — Vamos sair amanhã.

10

— SAIR PARA ONDE? — PERGUNTO A ANNABELLE PELA CENtésima vez enquanto ela escova meu cabelo naquela noite. — Dentro da Joia?

Ela deixa a escova de lado.

Ou no Banco.

— Você vai?

Ela dá de ombros. Seu rosto comprova que realmente não sabe.

— Isso é... uma consulta médica? — insisto com nervosismo.

Annabelle balança a cabeça.

O médico vem aqui.

— Ah! — Com a boca, arranco um pedaço de unha do polegar, e me sinto um pouco melhor.

Annabelle tira minha mão da boca e começa a espalhar creme hidratante nos meus braços.

— Nunca prestei muita atenção à Joia quando estava no Portão Sul. Era minha amiga Lily quem lia as revistas de fofoca e imaginava nossa vida aqui. Queria saber onde ela está agora. Uma menina tão doce! Espero que tenha sido comprada por uma boa pessoa.

Passo os dedos pela superfície brilhante da penteadeira e pela tampa de veludo de um dos meus porta-joias.

— Ela adoraria estar aqui. — É bom falar sobre Lily, me ajuda a lembrar que ela existiu, que ainda existe, que éramos amigas, e isso significava alguma coisa. — Ela ama coisas extravagantes, roupas exageradas, tudo isso. Teria um ataque do coração com este quarto. Mas ela era lote 53. Pode estar no Banco.

O Banco é bom.

Dou risada.

— Você não conhece a Lily. O que ela considera bom não é o que a maioria das pessoas acha que é bom. — Penso no jantar da noite passada. — Vi minha melhor amiga, sabe? Raven. No jantar de ontem. Foi comprada pela Condessa da Pedra. Sabe alguma coisa sobre ela?

Annabelle dá de ombros, mas morde o lábio inferior e aproxima as sobrancelhas.

— Raven é valente — digo, mais para me fazer sentir melhor do que para convencer Annabelle. — Mais durona do que qualquer uma que conheço. Ela vai ficar bem.

Annabelle assente distraída e abre um pote de creme facial.

Um pensamento me domina e seguro seu pulso.

— Você não sabe meu nome. — Ninguém sabe meu nome, mas é inquietante que eu nunca tenha nem pensado em me apresentar a ela.

Annabelle arregala os olhos e balança a cabeça com desespero.

— Ah, por favor — insisto. — Por favor?

Ela desvia o olhar, mas o rosto trai o sofrimento.

— Tudo bem. Desculpe. Deixa pra lá.

Seus ombros relaxam, mas eu pego a lousa e o giz e, antes que ela tenha tempo para recuperá-los ou olhar para o outro lado, escrevo:

Violet.

E bato na lousa para limpá-la.

NA MANHÃ SEGUINTE, ANNABELLE ME VESTE INTEIRAMENTE de preto.

Tem algo diferente no jeito dela, como se estivesse aflita, e raramente usa o giz, limitando-se a balançar a cabeça brevemente se pergunto alguma coisa. O vestido que ela escolheu para mim é parecido com o que usei no Leilão, longo e com cintura império. Ela prende uma gargantilha de veludo preto no meu pescoço.

— Para que isto? — questiono, tocando o material macio com a ponta dos dedos. A sensação é agradável. Annabelle não responde, apenas prende a parte da frente do meu cabelo, deixando solto o restante.

Cora entra no quarto carregando um véu de renda preta.

— Ela está pronta? — pergunta, e me examina da cabeça aos pés. — Muito bem — diz a Annabelle antes de prender o véu no meu cabelo.

— Para que isto? — repito.

— Não faça perguntas. Venha comigo.

— Annabelle não vem?

— Não — Cora responde secamente.

Annabelle sorri para mim enquanto sigo Cora para fora do quarto. A ansiedade vibra dentro de mim ao percorrermos o corredor das flores, depois o salão dos retratos e a escada larga e encurvada que desce até o saguão de vidro que vi antes do jantar. O sol entra pelo teto, fazendo brilhar a água da fonte. A Duquesa me espera cercada por uma muralha vermelha, sua guarda de Militares. Ela usa saia longa e preta, blusa de seda e blazer também pretos. Na cabeça, um chapéu pillbox com véu curto cobrindo os olhos que me estudam de um jeito crítico.

— Esse vestido é muito... simples — ela opina.

— Peço desculpas, milady — Cora responde. — Podemos trocar.

A Duquesa acena com desdém.

— Não, não há tempo. — E se aproxima de mim em sapatos pretos de salto alto, os olhos na mesma altura dos meus. Há um objeto prateado em suas mãos. — Não gosto disso, nem acredito que seja necessário — diz, segurando o objeto prateado. — Mas tem gente disposta a usar qualquer desculpa para me atormentar. Se você se comportar, não usarei novamente, a menos que seja absolutamente necessário. Entendeu?

Não entendi nada, mas estou assustada. A Duquesa solta o objeto prateado, e o desânimo me invade.

É uma coleira.

— Vai ser uma boa menina, não vai? — ela ronrona.

Meu cérebro grita que aquilo é errado, é horrível, mas os músculos travados me mantêm paralisada no lugar, enquanto o coração dispara como se tentasse fugir. Tudo que consigo fazer é olhar para a coleira.

Os Militares se aproximam como se sentissem que posso resistir, mas a Duquesa levanta uma das mãos.

— Não — murmura sem desviar os olhos escuros do meu rosto. — Não se aproximem. Ela entende.

Contra tudo que sou, contra cada impulso que tenho, permito que a Duquesa prenda a coleira na gargantilha de veludo no meu pescoço. Parte de mim ainda está em choque; a outra parte não quer apanhar de novo, nem sofrer a brutalidade dos Militares. Mas entendo tudo ao ver a Duquesa prender ao próprio pulso o bracelete na ponta da corrente de prata que agora nos une. Entendo que ela tem um propósito, que eu sou parte dele, e que esse gesto anuncia que agora pertenço a ela.

Entendo, mas não gosto. E a odeio por isso.

— O véu, Cora — diz a Duquesa, e Cora baixa a renda negra sobre meu rosto. O véu cobre meus olhos, o nariz, a boca, desce até os ombros.

Estou acorrentada, presa, escondida. Pela primeira vez me sinto uma prisioneira.

— Venha — a Duquesa diz ao começar a andar. A coleira estica e puxa meu pescoço. Então compreendo a razão para a gargantilha de veludo: ela serve para impedir que a corrente machuque minha pele.

Não tenho alternativa senão segui-la. A humilhação queima meu rosto e eu cerro os punhos com força, enterrando as unhas na palma das mãos. A dor me dá foco, então concentro nela minha raiva.

Dois lacaios abrem uma porta de vidro para permitir nossa passagem. A luz do sol penetra o véu. O sol é quente, apesar da brisa fria que acaricia minha pele e faz arrepiar braços e nuca. Por um momento esqueço a raiva, a vergonha e a injustiça da situação, porque estou no limite de um grande pátio circular no centro de um palácio que parece ter sido construído com folhas de diamante. A superfície multifacetada projeta vários arco-íris ao refletir a luz, e as torres têm no topo bandeiras azuis que tremulam ao vento. O lago azul se estende diante de mim, e consigo ver os portões ao longe.

Alguma coisa se move em uma das janelas do piso térreo. Vejo uma silhueta, uma menina em pé com os braços cruzados sobre o peito, olhando para mim. Ou ela olha para a Duquesa. É difícil dizer.

A coleira puxa meu pescoço novamente, e tenho de seguir a Duquesa para um veículo que só havia visto em pinturas. Um automóvel branco e reluzente, com a frente alongada e uma curvatura de metal cobrindo a parte de cima dos pneus dianteiros. Aquilo faz as carruagens parecerem desajeitadas e ultrapassadas. Um lacaio abre a porta, e a Duquesa se acomoda no banco traseiro. Eu a sigo meio desequilibrada, quase batendo a cabeça na porta baixa. Os assentos são estofados em couro macio e curtido, aquecidos pelo sol. O lacaio fecha a porta atrás de mim. Antes de dar a partida no motor, um motorista toca o quepe para cumprimentar a Duquesa. O cascalho range ao percorrermos a longa alameda. É um jeito muito confortável de viajar, e poderia até ser agradável, se eu não estivesse acorrentada a outra pessoa.

Olho para trás, para o palácio. A menina sumiu da janela.

A Duquesa me ignora, bate impacientemente com um dedo no apoio de braço. Ela pega um estojo na bolsinha de seda preta e aplica uma camada de batom vermelho. Depois estuda o próprio reflexo no espelho do estojo e suspira.

— Envelhecer é uma coisa horrível — diz.

Fico quieta. Eu nem saberia o que dizer. A Duquesa não parece ser velha.

No alto dos portões brilha o brasão da Casa do Lago, um círculo pintado de azul com dois tridentes cruzados sobre ele. Já vi aquela figura nos meus aposentos, em cima das lareiras e sobre alguns dos relógios, e também no uniforme dos militares. O veículo segue por uma estrada asfaltada, uma superfície tão lisa que tenho a impressão de que estamos deslizando. Lembro-me das estradas esburacadas de terra que percorri no Pântano naquela última viagem para visitar minha família, as casas de tijolos de barro, o cheiro de lama e enxofre no ar, a camada de pó que parecia cobrir tudo. Esta viagem não poderia ser mais diferente.

A Joia parece ser feita só de palácios, todos praticamente em cima uns dos outros, mas separados por muros altos e maciços que terminam em estacas de aparência ameaçadora.

Só é possível ver os palácios através dos grandes portões de entrada de cada propriedade. Quando deixamos para trás o palácio de diamantes da Duquesa, vejo uma construção de vários andares feita de mármore e ônix, com escadas externas em todos os pisos, conferindo ao prédio uma aparência geométrica. Lembra os blocos de construção com que Ochre e eu brincávamos quando éramos pequenos.

Outros automóveis circulam pela estrada, todos parecendo ir na mesma direção. Continuamos passando por diversos palácios, muitos deles feitos com cristais de cores diferentes: rosa, turquesa, esmeralda, topázio, granada. Alguns têm torres altas, alguns abóbodas, outros são construídos em formatos estranhos que eu nunca imaginei ver. Um palácio é como uma pilha de triângulos e lembra uma árvore sempre-viva, principalmente por ser de jade e ouro. Na frente desse palácio há um enorme jardim de roseiras, plantas adormecidas agora que o inverno se aproxima, mas alguns botões que desabrocharam tarde ainda enfeitam a paisagem como pinceladas de rosa e vermelho. O brasão sobre os portões é um diamante verde sob duas rosas cruzadas. Há um automóvel preto na alameda no interior da propriedade.

— Atrasada como sempre — a Duquesa resmunga.

A muralha então desaparece e esqueço que não quero falar com a Duquesa, esqueço a coleira e o véu, porque reconheço a incrível estrutura pela qual passamos e nunca imaginei que a veria de perto.

— É o Salão Real de Concertos! — exclamo. Uma imensa fachada de pedra rosada sob uma cúpula verde-claro e duas estátuas douradas de belas mulheres segurando trombetas longas e finas nas mãos estendidas. Com os olhos arregalados e boquiaberta, olho para o palácio e penso em todos os músicos famosos que tocaram nesse salão: Cornett Strand,

Gaida Balaban e meu favorito, Stradivarius Tanglewood. Não consigo imaginar a sensação de poder tocar naquele palco.

Olho para o Salão Real de Concertos até ele diminuir de tamanho ao longe e desaparecer de vista.

A estrada começa a subir e entramos em uma floresta, uma procissão de automóveis desfilam por entre as árvores cuja folhagem começa a mudar, fragmentos de vermelho, laranja e amarelo unem-se ao verde exuberante das folhas. Nosso motorista faz as curvas com destreza, mas, mesmo assim, me agarro à maçaneta da porta para não escorregar pelo banco e cair em cima da Duquesa. Ela olha pela janela, parecendo estar de mau humor.

— Eu amava esta floresta quando era criança — diz. — Mas meu pai nunca permitia que eu viesse brincar aqui. Dizia que era perigoso demais. — Balança a cabeça. — Homens, suas armas e seu ridículo desejo de atirar nas coisas por diversão. — É difícil imaginar a Duquesa criança, ainda mais brincando em uma floresta ou em qualquer outro lugar. — Gostava de fingir que podia conversar com as árvores, como a irmã mais nova em *O Poço do Desejo*. Conhece essa história?

A pergunta me surpreende. A Duquesa leu *O Poço do Desejo*?

— Fale — ela ordena.

— Sim — respondo. E acrescento, relutante: — Milady.

— Eu sabia. É bem... provinciano. Minha governanta lia a história para mim, e ela era uma mulher muito simples. Meu pai ficou furioso quando descobriu. Eu devia conhecer os clássicos, não os contos de fadas. Ele jogou minha governanta na masmorra. Nunca mais a vi. — A Duquesa diz isso num tom tão objetivo que sinto um arrepio pela espinha. — Sua mãe lia para você? Imagino que não havia governantas no Pântano.

— Meu pai lia para mim, milady.

— Ah, é? — Ela levanta uma sobrancelha demonstrando surpresa. — E em que círculo ele trabalha?

— Ele morreu — revelo num tom frio. E não acrescento "milady".

A Duquesa sorri.

— Ah, eu gosto de você. Tem um equilíbrio interessante entre obediência e desdém.

Ranjo os dentes e olho pela janela. Odeio que ela não me permita desafiá-la. Minha desobediência é, para ela, tão agradável quanto minha submissão.

A floresta acaba de repente e o choque me arranca do mau humor novamente. O automóvel segue lentamente por um imenso jardim de topiaria, onde criaturas enormes desenhadas em arbustos de três metros de altura ladeiam a estrada, algumas com trombas esticadas, ou garras levantadas, ou focinhos colados ao chão.

— Estamos quase chegando — a Duquesa comenta entusiasmada.

O motorista reduz a velocidade na estrada repleta de carros. A subida é cada vez mais íngreme e termina em uma grande praça com uma fonte no centro. No meio da fonte há uma estátua de quatro meninos de costas uns para os outros tocando trombetas; de cada trombeta jorra um jato de água que cai na fonte descrevendo uma curva. Do outro lado da praça há um palácio tão extravagante que só poderia ser da Eleitora e do Executor. É esculpido em metal dourado brilhante, quase como fogo líquido, com pilares e colunas, cúpulas e torres que são mais altas do que as de qualquer outro palácio que vi. Degraus largos e baixos revestidos com pedras cinzentas e lisas levam a uma imponente porta dupla.

Mulheres nobres vestidas de preto circulam por ali, muitas delas acompanhadas por uma substituta encoleirada, vestida de preto e com o rosto coberto por um véu, como eu. É uma imagem muito sombria. Gostaria de saber o que está acontecendo.

O motorista para o automóvel e desce apressado para abrir a porta para a Duquesa. Escorrego pelo banco quando a coleira estica, me esforçando para ficar perto da minha senhora. Odeio a sensação de ser puxada pelo pescoço.

As mulheres reais parecem derreter quando a Duquesa se aproxima, desmanchando-se em reverências e murmurando: "Sua Graça". Olho para os rostos cobertos das substitutas, procurando o de Raven. Ela deve estar aqui. Se este é um evento no palácio, as quatro Casas Fundadoras não foram obrigatoriamente convidadas?

— Bom dia, Iolite — a Duquesa cumprimenta uma mulher ruiva com uma estola preta no pescoço. Um bracelete prateado brilha em seu pulso, e dele sai a corrente que desaparece sob o véu de sua substituta.

— Pearl! — a mulher exclama. Ela e a Duquesa trocam beijinhos no ar. — Como vai?

A Duquesa responde educadamente, mas o mundo emudece de repente quando presto atenção à substituta presa à corrente.

Ela está grávida.

Não consigo ver seu rosto embaixo do véu, e ela mantém os olhos baixos. Mas não pode ser muito mais velha do que eu.

A realidade me atinge como um bloco de cimento.

Estou olhando para o meu futuro.

Os sons retornam numa enxurrada.

— ... muito triste por não ter podido ir ao Leilão — a mulher com a estola está dizendo.

— Bem, é evidente que não precisava ter ido — a Duquesa responde.

— Ah, eu sei, mas a lista parecia muito interessante este ano. — A lista. Sinto nojo. — Qual você arrematou?

— 197 — a Duquesa anuncia vaidosa.

— Ela foi bem disputada, não foi?

— O interesse foi grande. — A Duquesa olha de relance para a substituta grávida. — Ei, a sua deve estar quase no fim da gestação.

— Mais um mês. — A mulher passa a mão na barriga inchada da substituta, e eu sinto um arrepio. A menina mantém os olhos baixos, não demonstra nenhuma reação ao toque de sua senhora.

— Parece que foi ontem que a comprou — a Duquesa diz.

— Ah, é verdade. O tempo voa, não?

— Já escolheu o nome do seu filho?

— O Lorde do Vidro e eu decidimos esperar até ele nascer. Mas temos algumas opções em mente — ela comenta com uma piscada.

Essa mulher deve ser a Lady do Vidro. Uma coisa que me lembro do que estudei sobre a realeza é que, depois das quatro Casas Fundadoras, todos são Lorde ou Lady. Ela arregala os olhos e acena para alguém atrás de mim.

— Ametrine!

Penso em como são estranhos os nomes das mulheres da realeza. Vestindo um casaco de pele, a Condessa da Rosa se junta a nós caminhando com o auxílio de uma bengala preta. A leoa está escondida embaixo do véu, mas sinto a tensão que emana dela. Aposto que odeia a coleira mais do que eu.

— Muito triste, não? — a Condessa diz, mas sua expressão não combina com as palavras. Ela não parece triste.

— Sim — a Lady do Vidro responde em voz baixa, mas com um esboço de sorriso. — E muito... surpreendente.

— De fato — a Duquesa concorda num tom irônico.

Não sei sobre o que elas estão falando, mas alguma coisa no tom dessas mulheres me deixa incomodada.

O som de trombetas interrompe todas as conversas. Em seguida, as enormes portas do palácio se abrem. Um homem mais velho e de cabelo negro, já grisalho nas têmporas, aparece cercado por Militares. O silêncio é imediato e todos os presentes se curvam. Desta vez não preciso de nenhum estímulo para me curvar, porque esse rosto até eu reconheço. Já o vi centenas de vezes na capa das revistas de Lily, no selo real oficial, nos jornais que as cuidadoras liam...

O Executor.

Ele é alto, e seu rosto, mesmo marcado por rugas, é bonito. Suas roupas são uma inversão do uniforme Militar, uma jaqueta preta com botões vermelhos e o brasão da Família Real bordado do lado esquerdo do peito: uma chama coroada sob duas lanças cruzadas.

— Sua Graça Real agradece pelo apoio neste momento triste — ele diz. Sua voz é um rico tenor. — Mas ela não vai permitir nenhuma substituta dentro dessas paredes. Se quiserem fazer suas homenagens, terão que deixá-las aqui. Protegidas, é claro, por minha guarda pessoal.

Exclamações de choque e comentários ultrajados brotam da multidão depois do anúncio. Lady do Vidro franze o cenho, olha para a barriga da sua substituta, mas a Condessa da Rosa parece completamente aterrorizada.

— Deixá-las aqui? — ela cochicha para a Duquesa. — Sozinhas?

Os olhos da Duquesa estão cravados no Executor.

— Muito astuto — ela murmura. Depois puxa a coleira, obrigando-me a chegar mais perto. — Comporte-se — diz num tom gelado. — Ou será punida, entendeu?

Ranjo os dentes e concordo com a cabeça. A Duquesa me encara por um momento através do véu, depois tira o bracelete do pulso e o prende ao meu. Outras mulheres a imitam, algumas com hesitação.

Enquanto uma procissão de mulheres vestidas de preto atravessa a porta dupla, curvando-se para o Executor ao passar por ele, um rio vermelho cerca as substitutas. A guarda do Executor tem rifles e rostos frios. Talvez seja só minha imaginação, mas eles parecem maiores que os Militares do palácio da Duquesa. As substitutas mais próximas se encolhem tentando se afastar do círculo que nos espreme. Quando nos aproximamos, eu tropeço sem querer na substituta grávida, pisando no pé dela.

— Ai, me desculpe — digo apressadamente. A garota não diz nada, mas leva a mão ao ventre. — Está... está tudo bem?

— Ele está chutando — ela murmura, e não sei se está falando comigo ou sozinha, até que seus olhos encontram os meus. São olhos grandes e castanhos, parecidos com os de um cervo e ainda mais pronunciados pela magreza do rosto. A pele está esticada sobre os ossos da face e o queixo. Um sorriso fantasmagórico distende seus lábios.

— Isso é... bom? — Não faço ideia de como deve ser uma gravidez. Tenho uma vaga lembrança da minha mãe grávida de Hazel, mas o que me lembro com mais vivacidade é de pensar como aquela pessoa tão pequena afetaria minha vida, e não sobre o que minha mãe estava vivendo. E ela parecia sempre feliz e radiante, não esquelética como essa garota.

— Ele sabe que estou com medo. — A menina segura a barriga com ternura. — Sabe que não gosto de sair.

— Como ele sabe que você está com medo? — pergunto lentamente.

— Você vai ver — a menina diz. — Vai acontecer com você.

De repente alguém agarra meu braço.

— Fawn? — Outra substituta olha para mim através do véu.

— N-não — gaguejo. — Sou Violet. — É bom dizer meu nome em voz alta.

— Viu uma menina de cabelo castanho escuro e sardas? Do Portão Oeste?

— Não. Lamento, eu vim do Portão Sul. Fawn é sua amiga?

— É minha irmã. — Seus olhos se enchem de lágrimas. — Não consigo encontrá-la. — E se vira para agarrar o pulso da leoa. — Viu uma menina de cabelo castanho e com sardas?

A leoa arranca o braço da mão da garota.

— Não toque em mim — diz com frieza.

Lamentando-se, a garota se volta para outra substituta, para quem repete a mesma pergunta. A leoa me pega olhando para ela e franze o cenho.

— O que é?

— Não entendo você — digo. — Ela só queria ajuda.

A leoa ri.

— Eu é que não entendo você. Todas vocês. Comportam-se como covardes choronas com medo das suas senhoras. Nós fazemos os filhos delas. Nós temos o poder.

— Talvez — respondo. — Mas você, como eu, não escolheu esta vida.

— Violet!

Ouvir meu nome me impede de continuar falando.

— Raven? — exclamo.

— Violet!

— Raven! — repito em voz alta, atravessando o mar de garotas e tentando me aproximar da voz dela. A ousadia de Raven inspira outras meninas, que começam a gritar vários nomes.

— Fawn! — a menina que procura a irmã grita.

— Scarlet!

— Ginger!

A multidão de substitutas começa a se agitar como um monstro de muitas cabeças, movendo-se e esticando-se, empurrando, acotovelando, tropeçando umas nas outras. Grito o nome de Raven com toda minha força, e então a vejo. Eu me jogo em seus braços, em sua figura familiar.

— Você está bem? — Raven pergunta.

— Estou, e você...

Tiros ecoam no ar. Os Militares usam os rifles para conter a multidão. Nós nos encolhemos como um rebanho de cervos, quietas e tensas. Agarro a mão de Raven.

— Como é o palácio do Lago? — ela pergunta. — A Duquesa trata você bem?

— Eu... não sei. Ela me bateu. Mas depois me deu um violoncelo. E a comida é ótima. — Raven ri, e eu também acabo sorrindo. — Como é a Condessa da Pedra?

Ela bufa.

— Não acredito que a Condessa e eu vamos nos dar muito bem.

— Por quê? Como assim?

— Não se preocupe comigo, Violet. — Os lábios de Raven se curvam num sorriso perverso. — Vou fazer aquela mulher se arrepender do dia em que me comprou.

— Raven, não faça isso — peço. Adoro a coragem da minha melhor amiga, mas isso não é como aprontar no Portão Sul. — Ela pode machucar você.

— Sim. Eu sei. — Os olhos de Raven ficam distantes. — Já esteve com algum médico?

— Não.

— Mas vai estar. E então você vai ver. — Um músculo se contrai em seu queixo. Então ela suspira. — Ou não. Talvez a Duquesa seja diferente. Mas a Condessa é... Tem algo de errado com ela, Violet.

— Raven, você está me assustando.

Ela afaga minha mão.

— Eu vou ficar bem. Não se preocupe comigo.

Estou me preparando para responder quando outra rajada de balas explode no ar. As mulheres da realeza começam a sair do palácio.

— Não quero me separar de você — cochicho para Raven.

— Nem eu. — Ela sorri, corajosa. — Mas vamos nos ver de novo. Casas Fundadoras, certo?

— Certo — confirmo, tentando parecer mais confiante do que estou. As mulheres começam a recolher suas substitutas, prendendo novamente as correntes aos braceletes e levando as meninas encoleiradas para os automóveis.

— Ela não pode me ver falando com você — Raven avisa, tensa. A Condessa da Pedra, cuja silhueta enorme é fácil de reconhecer, está descendo a escada. Minha mão fica vazia, Raven desaparece no mar de véus negros.

— Então — a Duquesa diz, aparecendo repentinamente ao meu lado. Ela recupera o bracelete e o prende ao próprio pulso. — Você se comportou bem?

— Sim, milady — murmuro, com os olhos baixos.

— Ótimo. Vamos para casa.

A FLORESTA É UM BORRÃO DO OUTRO LADO DA JANELA DO carro. Tento compreender o que Raven disse. O que acontece com ela na Casa da Pedra? O que o médico fez?

— Viu alguma conhecida?

A voz da Duquesa interrompe meus pensamentos.

— Na frente do Palácio — ela continua —, viu alguma conhecida? Parece perturbada.

Tento manter a expressão serena.

— Não, milady.

— Você mente muito mal. — Ela remove o grampo do chapéu, deixando-o sobre os joelhos. — Pode levantar o véu agora, nosso período de luto acabou.

Aliviada, empurro o véu para cima.

— Por que estamos de luto, milady?

A Duquesa traça o canto da boca com um dedo longo.

— A substituta da Eleitora morreu ontem de manhã.

O mundo parece desabar, o ar sai do meu corpo como se eu tivesse levado um soco no estômago. Dahlia. Ela está falando sobre Dahlia.

— Você a viu, lembra? No jantar. Muito pequena. Espero que Sua Graça Real tenha mais cuidado no futuro. Títulos não te protegem de tudo.

Não consigo falar. Não consigo pensar. Dahlia era tão jovem... tão pequena...

— Como? — murmuro, quase sem conseguir formar a palavra.

A Duquesa sorri para si mesma.

— Sempre achei... impressionante como uma pequena gota de extrato de planta pode destruir por completo um ser humano. Somos tão frágeis, não somos? Um golinho de vinho, e depois... nada. A vida é uma chama fácil de apagar.

Meu coração dispara quando entendo o que ela diz.

— Por quê?

A Duquesa levanta uma sobrancelha.

— A Eleitora parece ter se esquecido de que eu estou aqui há muito mais tempo do que ela. Sou descendente de uma das quatro Casas Fundadoras, não de um comerciante do Banco. Ela achou que podia mudar as regras. É a desgraça para o trono e uma vergonha para o título que ostenta, e ontem ela aprendeu que *ninguém* é intocável. — Quando a Duquesa olha para o meu rosto chocado, seus lábios se distendem numa careta. — Bem-vinda à Joia.

11

AO CHEGARMOS AO PALÁCIO, ANNABELLE ESTÁ ESPERANDO para me levar de volta ao quarto.

A Duquesa tira a coleira, e eu me encolho, tentando escapar de suas mãos tão próximas do meu pescoço, do cheiro do seu perfume, da presença constante da sua guarda. Tudo parece estar estranhamente distorcido. Irreal. Sigo Annabelle pela escada como se estivesse em transe.

Dahlia está morta. A Duquesa matou Dahlia.

Minha senhora é uma assassina.

Chocada, percebo que poderia ter sido eu. A Eleitora deu um lance por mim. Podia ser meu o corpo velado pela realeza vestida de preto.

Não consigo entender as motivações da Duquesa. O único defeito de Dahlia foi ter sido comprada pela Eleitora, não foi?

Quando chegamos à sala de estar dos meus aposentos, a raiva supera o torpor e a incredulidade. Passo por Annabelle em direção ao quarto, retiro o véu preso ao meu cabelo e jogo no chão, ignorando a dor aguda causada por arrancar alguns fios de cabelo. Sem parar, sigo para o quarto de vestir tentando abrir o zíper do vestido preto. Annabelle se aproxima para me ajudar.

— Não — protesto, e a empurro com mais força do que pretendia. — Não quero sua ajuda. Não quero nada disso!

O zíper rasga, e o som é tão revigorante que o arranco do tecido. É bom destruir alguma coisa dela em sua própria casa.

E tenho três armários cheios de roupas.

Corro até um deles e abro a porta, pego um vestido bordado e o rasgo nas costuras, espalhando pelo chão uma cascata de contas coloridas. Jogo-o para o lado e pego outro, rasgo as mangas de renda, amasso as saias de seda. Quero destruir o armário inteiro, despedaçar todos os vestidos estúpidos de babados, renda, seda, enfeites, quero reduzi-los a tiras, destruir tudo até não restar nada.

Lágrimas correm por meu rosto, minha respiração é arfante, dolorosa, e percebo que meu comportamento é patético, inútil, infantil. Afundo na pilha de veludo, renda, contas, crinolina, pano de ouro e cetim... Mais que tudo, quero minha mãe. Quero que ela me abrace, que me envolva com o aroma tranquilizante da sua pele, que me diga que tudo vai ficar bem.

A gargantilha de veludo ainda está amarrada no meu pescoço. Desajeitadamente, eu puxo, tentando tirá-la. Sinto a dor quando uma unha fere a pele do meu pescoço, mas não me importo.

Uma mão pequena cobre a minha, segurando-a. Um puxão firme e o veludo cai.

Annabelle afaga meu cabelo, segura minha cabeça e a apoia em seu colo. Olho para o rosto claro, cheio de sardas.

— Ela morreu — conto num sussurro entrecortado. Uma lágrima brota no canto do meu olho, descendo pelo rosto até desaparecer no meu cabelo.

Annabelle assente, e compreendo que ela sabe de tudo. Por isso estava tensa hoje de manhã.

— O nome dela era Dahlia. — De repente acho importante que Annabelle saiba que Dahlia era uma pessoa, não só uma substituta sem nome que se tornou uma fatalidade. — Era do Portão Norte. Ela esperou comigo na sala antes do Leilão. Era... Ela era gentil, era...

Mas minha voz desaparece, mais lágrimas correm por meu rosto, e Annabelle me embala com suavidade, me balançando para frente e para trás sobre a pilha de vestidos.

NO DIA SEGUINTE EU ME RECUSO A SAIR DO QUARTO.

Não vou me arrumar só porque a Duquesa quer que eu me arrume. Não serei uma bonequinha para ela exibir por aí, não quando sei que alguém pode me matar por isso.

A ideia se finca em mim como uma rachadura no gelo, fria e afiada. Alguém poderia me matar. Lembro-me do jantar, de como as mulheres estavam divididas, e estremeço ao pensar que a Duquesa era minoria. A Eleitora, a Condessa da Pedra ou a Duquesa das Balanças, qualquer uma pode estar tramando minha morte neste momento.

Alguma coisa tem de ser feita. Não posso ficar aqui sentada esperando ser morta.

Annabelle tenta me fazer comer, jogar Halma ou tocar violoncelo, mas eu recuso todas as sugestões e mando-a embora. Não quero aproveitar nada que este palácio tem para me oferecer. Dahlia está morta. Alguma coisa está acontecendo com Raven, algo ruim, mas não sei o que nem como impedir. Penso na substituta grávida, em seus olhos transtornados, no rosto magro, em como ela segurava o ventre com tanta ternura. Não quero nada disso. Não quero ser ela.

Prefiro arrebentar as costas na Fazenda ou sufocar com fuligem e cinza na Fumaça. Seria feliz trabalhando como criada em alguma cozinha no Banco, lavando pratos até minhas mãos ficarem vermelhas e machucadas. Mas todos os caminhos que minha vida poderia ter seguido desapareceram com um exame de sangue.

Recordo a menina aflita cuja execução testemunhei. Talvez ela tenha tido a ideia certa. Talvez soubesse, por isso não sentia medo afinal.

— Isso é o começo — ela disse.

Talvez visse a morte apenas como outro caminho para a liberdade.

Penso até minha cabeça doer e meus olhos ficarem vermelhos, mas não consigo imaginar um jeito de sair deste quarto, do palácio, ou deste implacável círculo brilhante. Quando finalmente adormeço, sonho com o Portão Sul, com Raven, com um tempo quando a realeza era só um punhado de fotos em uma revista reluzente.

NA MANHÃ SEGUINTE, ACORDO DE REPENTE, COM AS COBERtas sobre mim sendo arrancadas.

— Annabelle! — protesto ao sentir o ar frio nas pernas.

Mas não é Annabelle que está em pé ao lado da cama.

É a Duquesa.

— Levante — ela ordena. Annabelle está parada na porta, e sua expressão é uma mistura de pânico e súplica. Penso em me rebelar, mas desafiar a Duquesa não é como desafiar Annabelle.

Depressa e em silêncio, levanto da cama e paro diante dela. Apesar de ser mais baixa que eu, o poder emana do seu corpo pequeno.

— Sente-se — ela diz, apontando uma poltrona. — Vamos ter uma conversa, você e eu.

A Duquesa olha para Annabelle, que se curva e fecha a porta para nos deixar sozinhas.

Sento na beirada da poltrona, e a Duquesa se acomoda no sofá, me examinando.

— Há duas escolas de pensamento com relação às substitutas — ela diz. — Uma afirma que a personalidade é um defeito que prejudica o desenvolvimento do feto. A outra acredita que ela é valiosa, uma ferramenta útil na criação de uma criança excelente. Felizmente para você, eu sou da segunda escola. Portanto, vou pedir sua cooperação durante o tempo que estaremos juntas. Não sou idiota, não espero seu amor, e certamente não sou sua mãe. Mas temos uma parceria, você e eu. A Joia pode ser um lugar maravilhoso e terrível. Espero que prefira a parte boa.

Olho para ela sem reagir, sem saber ao certo o que ela espera de mim.

— Você viu o que aconteceu quando se comportou bem no meu jantar. Ganhou um violoncelo. Continue comportada e garanto que sua vida aqui será tão agradável quanto for possível. Gostaria de ter uma vida agradável, não é?

Ela sorri para mim de um jeito que me faz ranger os dentes.

— O que a senhora quer? — pergunto.

A Duquesa comprime os lábios.

— Você parece ser uma garota bem inteligente. A conversa durante o jantar naquela noite não deve ter passado inteiramente despercebida.

Penso no jantar, mas me lembro, principalmente, da hostilidade generalizada, do rosto de Raven e do momento terrível quando Dahlia foi obrigada a se apresentar. A Duquesa parece desapontada.

— A Eleitora comemorou recentemente o nascimento do seu primeiro filho, um menino. Ele será o futuro Executor, e minha filha será sua consorte. Seu trabalho é garantir esse compromisso. Minha filha deve ser bonita, mas aparência não é tudo, como meu filho me mostra todos os dias. Ela deve ser inteligente e forte. Deve ter determinação, ambição e coragem. Quero que ela seja irresistível. Mas, é claro — ela balança a mão —, todas essas qualidades virão depois. Para fazê-la se destacar realmente na infância, você deve fazê-la crescer. Mais depressa que as outras.

Balanço a cabeça, como se assim pudesse sacudir as palavras da Duquesa e encaixá-las de um jeito que façam sentido.

— Eu não... entendo.

A Duquesa se senta mais ereta e irritada.

— Sabe quantas notas máximas no terceiro Presságio aconteceram na história do Leilão?

— Não.

— Sete. Uma a cada cinquenta anos, mais ou menos. Pesquisei o Leilão exaustivamente. Na verdade, a última nota máxima foi da substituta comprada por minha mãe, aquela de quem eu nasci. — Ela parece orgulhosa, como se tivesse alguma coisa a ver com a nota da substituta no Presságio. — É claro, minha mãe não tinha a menor ideia de como promover o potencial da minha substituta. Mas eu sei como. E espero por você há muito tempo.

— Então, quer que eu faça um bebê mais depressa do que todas as outras substitutas, e também que eu faça uma menina bonita, corajosa e com todas as outras qualidades? Aliás, como sabe que terei uma menina?

A Duquesa franze o cenho.

— Talvez não seja tão inteligente quanto pensei que fosse. A realeza só pode ter dois filhos, uma menina e um menino. Eu já tenho um menino.

— Mas a Eleitora... No jantar ela disse que faria a filha subir ao trono, não o filho.

— Bem, para que isso aconteça, ela teria que ter uma filha, não é?

É como se cubos de gelo inundassem meu estômago. Então, foi por isso que ela matou Dahlia. Para impedir a Eleitora de ter uma filha.

— E daí? Planeja matar todas as substitutas que a Eleitora comprar? — pergunto.

O silêncio que segue a pergunta é sombrio e ameaçador.

— É assim que quer começar nossa parceria? — a Duquesa pergunta. Mantenho a boca fechada. — Muito bom. E não seja tão dramática. A morte não será necessária. Não foi necessária dessa vez, tecnicamente, já que o Executor jamais permitirá que uma mulher o suceda ao trono. Mas pensei que Sua Graça Real precisava de ajuda para ser mais humilde.

Essa mulher me enoja. Ela matou uma criança inocente por inveja.

— Mas a Eleitora disse que poderia fazer o Executor mudar de ideia — insisto.

A Duquesa levanta uma sobrancelha.

— Ela disse? E como planejava convencê-lo?

Hesito, lembro que esse momento aconteceu quando a Duquesa estava fora da sala.

Os olhos dela endurecem.

— Fale!

Ranjo os dentes e levanto o queixo.

Ela se move tão depressa que não tenho tempo para reagir. Em um momento estava sentada na minha frente, no outro estava em pé com os dedos no meu pescoço. Sua força faz lembrar uma garra de ferro, e ela aperta minha garganta até eu quase não conseguir respirar. Agarro a mão dela, tentando me libertar, mas ela aperta com uma força cada vez maior, uma força inacreditável.

— Escute aqui — ela diz numa voz macia e perigosa —, deixei você chorar a morte da sua amiga. Deixei você destruir o equivalente a um ano de trabalho na confecção daqueles vestidos. Permiti que fosse autoindulgente e aceitei seu mau humor. Não pense que há uma emoção que sinta ou uma atitude que tome de que eu não tenha conhecimento e não possa mudar ou impedir, se for necessário. Mas não permitirei que me desrespeite. Entendeu?

Tento falar, mas o que sai da minha garganta é um uivo estrangulado. As unhas dela ferem minha pele e estrelas explodem atrás dos meus olhos. O esforço que faço para afastar a mão do meu pescoço é cada vez menor. Uma sensação de formigamento se espalha pelos meus dedos, minha cabeça fica leve e tudo ao redor fica confuso...

De repente o mundo recupera novamente a nitidez, quando a Duquesa me solta. Caio ofegante sobre um braço da cadeira, tentando respirar. Minha garganta dói. Inspiro o ar desesperadamente, sufocando na ânsia de respirar. Levo alguns segundos até devolver ao corpo um mínimo de controle, até braços e pernas pararem de tremer. Quando levanto a cabeça, a Duquesa está olhando para mim com aquela expressão impassível.

— Entendeu? — ela repete.

Respondo com um movimento fraco de cabeça.

— S-sim, milady — sussurro, ofegante.

— Ótimo. Muito bem. Agora, o que a Eleitora disse?

— Ela disse... disse que poderia usar o corpo para convencê-lo. — As palavras me deixam vermelha.

A Duquesa arregala os olhos por um segundo, depois ri.

— É mesmo? Bem, desejo a ela muita sorte com isso. — Uma expressão estranha passa por seu rosto, deixando os traços frágeis. Em seguida desaparece, e ela ri de novo. — Pegue seu penhoar. Vamos encontrar o médico.

O quarto parece rodar.

— Agora?

— Sim. Agora.

A Duquesa parece não perceber que estou desmoronando. Quando visto o penhoar, é como se meu estômago houvesse desaparecido e o coração ocupasse seu lugar. Meu corpo está vazio e ouço o pulsar das veias muito alto nos meus ouvidos.

Não esperava que acontecesse tão depressa. Não estou pronta para isso.

Seguimos pelo corredor das flores e atravessamos uma galeria ampla repleta de pinturas coloridas. Viramos à direita, depois à esquerda, passando por outro corredor revestido de carvalho. No fim dele há uma porta dourada e entalhada com desenhos florais, como uma grade. Ao nos aproximamos, percebo que aquilo é um elevador. Há um no Portão Sul, embora não seja tão ornamentado. A Duquesa abre a porta para entrarmos na cabine, o piso coberto por um grosso tapete azul. A Duquesa puxa uma alavanca de cobre para fechar a porta. O elevador desce rumo à escuridão.

Colada à parede, desejo desaparecer. No Portão Sul nos ensinaram que o processo de implantação seria indolor, mas, nesse momento, essa informação não me dá mais segurança.

Não quero nada da Duquesa dentro de mim.

Uma luz cobre meus pés, sobe por minhas pernas e ultrapassa os joelhos quando o elevador para.

A porta se abre e eu vejo uma sala de aparência estéril. É semelhante ao consultório no Portão Sul, porém menor, com acomodações para apenas uma pessoa. Vejo a bandeja com instrumentos prateados e brilhantes ao lado de uma cama branca de hospital, e há luminárias com muitas lâmpadas presas a suportes de metal. Penso em um inseto com muitos olhos.

Não consigo me mover. Parece que há alguma coisa dentro da minha garganta, algo que não consigo engolir.

— Doutor Blythe — a Duquesa chama, segurando meu braço e me puxando para fora do elevador. Eu o vejo debruçado sobre uma mesa do lado esquerdo da sala.

— Boa tarde, milady. Chegou bem na hora.

Como muitos médicos que já vi, o doutor Blythe é um homem de meia-idade, com rugas em torno dos olhos e da boca. Sua pele é marrom e ele tem sardas cor de chocolate sobre o nariz e as faces, uma característica estranhamente jovial para alguém da sua idade. Com mechas grisalhas, o cabelo é preto, que ele mantém penteado para trás e esticado, apesar de ser evidentemente crespo. Seus olhos castanhos têm tons esverdeadas, e há afeto neles, algo que não vi em outros médicos. Ele me faz sentir uma pessoa, não um tubo de ensaio.

— Ah! — o médico diz. — Olá.

Está sorrindo para mim. Não sei o que pensar. Minha cabeça está rodando, acho que vou desmaiar.

O sorriso dele desaparece.

— Milady já explicou à sua substituta que hoje faremos apenas um exame preliminar? Ela parece um pouco... pálida.

Exame preliminar. As palavras circulam na minha cabeça, o alívio enfraquece minhas pernas.

— Não pensei que fosse necessário — a Duquesa responde.

O médico balança a cabeça.

— Milady, já conversamos sobre isso. Prometeu que seguiria minhas instruções, e preciso insistir nisso.

Gosto desse homem. Qualquer pessoa que tenha permissão para dar instruções à Duquesa merece minha simpatia.

— Muito bem — ela concorda num tom seco. — Espero receber seu relatório hoje à noite.

O médico se curva.

— Certamente, milady.

Ela volta ao elevador, desaparecendo lentamente no poço. O médico espera a cabine subir para falar novamente.

— Sou o doutor Blythe, como já deve ter deduzido — ele se apresenta, estendendo a mão. — Serei seu médico principal.

Aperto a mão dele. É macia e quente.

— Como é seu nome? — ele pergunta. Eu hesito. — Tudo bem, pode falar.

— Violet.

— Lindo nome. Quem o escolheu?

— Meu pai. Por causa dos meus olhos.

O doutor Blythe sorri.

— Sim, eles têm uma cor bem incomum. Nunca vi nada parecido.

— Obrigada.

— De que internato você veio?

— Portão Sul.

— O doutor Steele ainda é o médico-chefe?

Afirmo com a cabeça.

— Um homem estranho. Excelente médico, mas... — O doutor Blythe balança a cabeça. — Vamos começar, Violet? Como eu disse, hoje faremos só um exame preliminar, mas vai ter que tirar a camisola. Pode manter as roupas íntimas, e tem um roupão que pode usar, se quiser.

Ele vira de costas enquanto tiro a roupa. O roupão não é como os descartáveis que eu usava no Portão Sul, mas de tecido branco e felpudo, apesar de não ter a faixa para amarrar na cintura. Cruzo os braços sobre o peito e olho nervosa para a bandeja com os instrumentos.

— Por favor, sente-se — o doutor Blythe me pede, apontando para a maca.

Relaxo um pouco enquanto ele conduz o exame, que é semelhante às centenas que já fiz no Portão Sul. Primeiro uma verificação de rotina de ouvidos, nariz, olhos, garganta, medida de temperatura e pressão arterial, dados que ele anota em uma prancheta antes de verificar meus reflexos. As perguntas são as de sempre, a mesma investigação desagradável sobre meu ciclo mensal.

— Não recebeu todas as informações dos médicos do Portão Sul? — pergunto.

O doutor Blythe sorri.

— Gosto de ser minucioso. — Ele anota alguma coisa na prancheta, depois começa a prender eletrodos nas minhas têmporas e na parte interna dos pulsos, e se aproxima para abrir meu avental. — Com licença?

Olho para ele assustada.

— Você é o primeiro que pede.

Ele sorri e coloca dois eletrodos, um de cada lado da minha barriga, logo abaixo da linha da calcinha, e mais um no peito, sobre o coração. Com cuidado, levanta uma perna de cada vez e coloca eletrodos na parte de trás dos meus joelhos, e mais dois nos arcos dos pés. Finalmente, prende um na nuca e outro na base da coluna.

— Presumo que tenha passado apenas pelo monitoramento de útero e cabeça — o doutor Blythe comenta, e eu confirmo com a cabeça. — Bem, queremos um pouco mais de precisão, agora que está entrando na fase mais... prática da sua vida de substituta.

— Vou usar os Presságios? — Sempre que os médicos do Portão Sul usavam os monitores, havia também um exame dos Presságios.

— Sim, mas não se preocupe. Só uma vez cada um. — Ele se aproxima da parede e aperta um botão vermelho. Uma tela plana e branca desce do teto sobre a parede ao lado da cama de hospital. O médico puxa uma banqueta, senta-se e bate com um dedo no canto da tela, que começa a brilhar. Quadrados de luz de cores diferentes criam um padrão xadrez na superfície lisa. Ele vira a tela para que eu possa vê-la.

— Violet, você é uma jovem muito especial.

Luto contra o impulso de revirar os olhos. O médico toca alguma coisa na tela, e uma luz amarela ilumina meu rosto.

— As substitutas confundem a comunidade médica há séculos, desde o início do Leilão. Imagino que conheça sua história.

— A realeza estava morrendo — digo, repetindo o que ouvi muitas vezes no Portão Sul. — Os bebês nasciam doentes ou deformados, e morriam. Algumas nobres nem conseguiam ter filhos. As substitutas permitem a sobrevivência da realeza. Os Presságios ajudam a reparar o dano cromossômico nos embriões reais.

— Exatamente — o doutor Blythe confirma. — A linhagem de sangue é muito importante para a realeza, mas quando há poucos peixes no mar... — Ele bate na tela. — Foi o doutor Osmium Corre, talvez o mais famoso médico na história da Cidade Solitária, quem descobriu as primeiras substitutas. — Desta vez não consigo me conter e reviro os olhos. Todos os médicos do Portão Sul adoravam falar sobre o doutor Corre. Raven costumava brincar que eles provavelmente mantinham altares em suas casas para o médico. — Ele identificou uma estranha mutação genética encontrada apenas em mulheres jovens no mais pobre dos cinco círculos, o Pântano, que permitiu à realeza continuar tendo seus filhos sem o risco de defeitos congênitos ou morte prematura. Mas há mais nos Presságios que o milagre de bebês saudáveis. Cada Presságio está relacionado ao desenvolvimento de um aspecto específico. Por exemplo — ele pega da bandeja de instrumentos uma grande pedra azul —, o primeiro Presságio, Cor, afeta determinados aspectos físicos da criança.

Ele me dá a pedra. É mais pesada do que eu esperava e muito lisa.

— Torne-a vermelha, por favor.

Um: ver o objeto como é. Dois: ver o objeto em sua mente. Três: submetê-lo à sua vontade.

Crio a imagem na minha cabeça, e fendas vermelhas aparecem na superfície azul e lisa. Em menos de um segundo a pedra fica completamente vermelha. Uma dor surda pulsa atrás da minha orelha esquerda, e eu massageio a área sem prestar muita atenção.

— Muito bom — o doutor Blythe diz, tocando mais algumas coisas na tela. — O primeiro Presságio pode influenciar a cor da pele, do cabelo, dos olhos... É o mais fácil dos Presságios. Bem superficial.

Nunca pensei que os Presságios pudessem influenciar alguma coisa além da saúde da criança. Ninguém falou nada disso no Portão Sul. Mas as instruções da Duquesa, as expectativas que ela tem em relação a mim, tudo começa a fazer sentido.

— Agora, pode fazer uma estrela para mim? — o doutor Blythe solicita.

A imagem da estrela surge na minha cabeça. Fecho a mão em torno da pedra. Meus dedos formigam, e eu sinto interferir no objeto, a pedra se tornando maleável como massa. Ao abrir a mão vejo que ela ficou transparente, como vidro vermelho. Desenho o contorno da estrela mentalmente, e a pedra estremece, assumindo o formato que desejo. A dor na cabeça piora.

— Excelente. — Mais anotações são feitas na tela. — O segundo Presságio, Forma, afeta, como já deve ter imaginado, as formas físicas da criança. Comprimento das pernas, formato do rosto, dos olhos ou do nariz. Também afeta o tamanho dos órgãos, por isso é muito importante para a saúde da criança. Muitas mulheres dão mais valor a este do que aos outros dois Presságios por essa razão.

O doutor Blythe pega a estrela da minha mão e a coloca de volta na bandeja. Minhas costas estão tensas, a dor de cabeça é forte e latejante como o bater de um tambor. Sei o que vem a seguir.

Ele me entrega uma flor, um pequeno botão com pétalas fechadas em torno de si mesmas. Deslizo os dedos pelo caule.

— Quer que eu faça a flor crescer? — pergunto antes de ouvir a sugestão.

O médico sorri e confirma. Eu respiro fundo.

A vida nesta flor não é tão forte quanto a do limoeiro, porque ela foi cortada. Logo morrerá. Atraio com facilidade os filamentos de vida, e a sensação conhecida de agulhas nos olhos é só uma irritação moderada quando o botão explode em uma flor, as pétalas se desdobram em ricas camadas de um tom escuro de rosa. Meu nariz nem sangra.

Deixo a rosa na bandeja. Por um segundo ainda posso sentir sua vida cintilando nas minhas veias. Depois a sensação desaparece.

O doutor Blythe levanta as sobrancelhas.

— Como se sente?

Ignoro a dor de cabeça e dou de ombros.

— Bem.

— Foi mais rápido do que eu esperava. Muito impressionante.

— Fui a melhor aluna de terceiro Presságio no Portão Sul. — Não consigo disfarçar meu orgulho.

— Foi a melhor aluna de terceiro Presságio no Leilão.

Puxo um fio solto no roupão.

— A Duquesa disse que não há muitas notas máximas no Presságio Crescimento.

— Ela está certa. Mas a classificação é cumulativa. O lote 200 tem um talento que se destaca nos três Presságios, especialmente se considerarmos sua idade. É uma tragédia que ela não tenha tido nenhum filho.

Meus olhos ardem quando penso em Dahlia.

— Você a conhecia bem? — o médico pergunta. — Soube que teve uma reação muito forte à notícia da morte dessa menina.

— Isso acontece muito? — pergunto. — As substitutas... morrerem?

Os lábios do doutor Blythe formam uma linha reta e tensa.

— Não se preocupe com isso. A Duquesa vai cuidar muito bem de você. — Ele bate na tela algumas vezes, depois pigarreia. — O terceiro Presságio, Crescimento, é muito complexo — continua. — Se for bem-sucedido, pode afetar inteligência, criatividade, ambição... A personalidade da criança pode ser influenciada.

— E por que é complexo? — É perturbador pensar que posso gerar uma criança "customizada".

— Ele nem sempre funciona bem. Não sabemos ao certo por quê, mas às vezes a criança nasce com as qualidades que a mãe sugeriu e desejou, e outras vezes o resultado é inteiramente diferente, às vezes desagradável. É comum as mulheres da realeza nem se preocuparem com o terceiro Presságio, porque é imprevisível. Mas, se funciona de acordo com o esperado, pode ser realmente extraordinário. Porém, normalmente isso acontece à custa dos outros dois Presságios. É um risco.

— E foi por isso que a Duquesa me comprou? Porque sou boa no terceiro Presságio?

— Ela já falou com você?

Faço que sim com a cabeça.

— Ela me deu uma lista completa de qualidades que espera ver no bebê. Mas não sei como criá-las.

— Não é só isso, Violet. Ela quer que a filha nasça *primeiro*. A Duquesa acredita que, com sua capacidade, a filha dela possa nascer bem antes dos nove meses habituais. E que será... mais avançada que uma criança típica. Você pode acelerar todo o processo de desenvolvimento, não só o aspecto físico.

Minha cabeça está girando.

— Em quanto tempo acha que posso ter esse bebê?

O doutor Blythe comprime os lábios.

— Nosso objetivo é um período de três meses. Um trimestre por mês.

Três meses. Sinto a histeria borbulhar dentro de mim.

— Quê? — disparo. — Isso é loucura!

O médico sorri.

— Veremos.

— Por que ninguém disse isso no Portão Sul? Os Presságios, quer dizer... O que realmente podem fazer.

O doutor Blythe registra mais algumas informações no sistema, depois começa a remover os eletrodos.

— Violet, eles não dizem nada no Portão Sul. Não permitem nem que vocês se vejam no espelho. Quanto menos souberem, menos identidade terão, e mais fáceis serão para controlar.

— Então, por que contar agora?

— Porque sua cooperação é fundamental para o processo. E porque agora não pode fazer nada em relação a tudo isso. Está isolada no palácio da Duquesa. Não terá mais nenhum contato com família e amigos. Nunca sairá da Joia. — O doutor Blythe pressiona o botão vermelho, fazendo a tela subir de volta ao teto. — Quando tiver a filha da Duquesa, será esterilizada e enviada para um internato muito parecido com o Portão Sul, onde passará o resto da vida com outras substitutas que cumpriram seu propósito.

Voltar para um internato? Quer dizer que vou passar a vida toda cumprindo regras criadas por outras pessoas, mesmo depois de terminar meu dever aqui?

— A Duquesa disse que a realeza só pode ter um filho e uma filha — lembro. — Eu controlo isso também?

— Não — o doutor Blythe responde. — Isso é responsabilidade dos médicos.

— Por que eles só podem ter dois filhos?

— Para manter a pureza do sangue e a exclusividade do clube, podemos dizer. Um filho fica com o título da família, enquanto o outro é casado para formar aliança com uma Casa desejável. As alianças estão sempre mudando por aqui. — Ele suspira e balança a cabeça. — A Duquesa está muito desapontada com o filho. Ela tem muitas esperanças e expectativas para a filha.

O médico vira de costas enquanto visto a camisola e o penhoar. O que acabei de ouvir ecoa na minha cabeça. Um bebê gerado em três meses. Mas como a Duquesa pode acreditar que eu a *ajudaria* de livre e espontânea vontade?

12

NA MANHÃ SEGUINTE, ESTOU NA SALA DE CHÁ, TOMANDO café e tentando não pensar sobre a consulta com o médico, quando a Duquesa aparece.

— Venha comigo — ela diz.

Está acontecendo, eu penso. *Ela vai me levar de volta ao consultório do doutor Blythe.* Não consigo ficar em pé.

— Aonde vamos, milady? — pergunto em voz baixa.

Annabelle olha para mim de um jeito que eu não entendo. A Duquesa franze o cenho, como se eu não tivesse permissão para fazer perguntas.

— Quero mostrar uma coisa. Vamos.

Meus ossos parecem não se sustentar enquanto a sigo para fora do quarto e pela galeria aberta. Sei aonde vamos, e meu coração começa a bater num ritmo apavorante. Mas a Duquesa segue por um corredor diferente, pela escada principal, e meu alívio é tão intenso que parece doer.

Na frente da escada vejo uma porta dupla com maçanetas douradas em forma de asas. A Duquesa olha para mim.

— O doutor Blythe está muito otimista, ele acredita que você vai conseguir executar a tarefa que propus. Isso me deixa muito satisfeita. Então... — Ela abre as portas com um floreio, e sinto alguma coisa quente, como madeira, tecido e poeira e um toque de pinho. O que tem além das portas faz meu queixo cair.

É um salão de concerto. Fileiras e mais fileiras de assentos estofados em veludo vermelho e um palco enorme emoldurado por cortinas vermelhas com cordões dourados. A admiração me faz seguir em frente, e meus pés afundam no tapete cor de vinho enquanto deslizo os dedos pelos braços macios das poltronas. O teto abobadado é enfeitado de dourado e cobre, luminárias em formato de globo banham a sala em uma luz quente e glamurosa. Um mezanino contorna todo o andar superior, onde há mais assentos em fileiras ascendentes. Eu não poderia ter um imaginado lugar mais incrível para tocar, exceto, talvez, o Salão Real de Concertos.

Dois lacaios aparecem no palco. Um deles carrega uma cadeira e um suporte de partitura, o outro traz meu violoncelo.

— Você pode tocar aqui sempre que quiser, com a frequência que desejar — a Duquesa diz. — Espero que isso lhe faça... feliz.

Ela não soa muito sincera, mas eu não me importo. Meus dedos querem segurar o arco. A acústica nesta sala deve ser incrível.

— Posso tocar agora? — pergunto, e acrescento apressada: — Milady?

— É claro — a Duquesa responde. Ela se retira e Annabelle ocupa seu lugar. Deve ter nos seguido até aqui. Desço pelo corredor carpetado e subo no palco.

Nunca estive em um palco antes. Olho para a imensidão de assentos vazios e sinto um arrepio de entusiasmo. Há muita expectativa neles. As únicas fotos das revistas de Lily pelas quais me interessei foram as de concertos. Ocupo minha cadeira e fecho os olhos, acomodando o violoncelo entre os joelhos. Imagino que estou no Salão Real de Concertos, as cadeiras todas ocupadas por pessoas bem vestidas, que esperam para me ouvir tocar. Escuto o barulho do papel dos programas, os cochichos que cessam assim que levanto o arco. Todos estão tão ansiosos pela apresentação que posso silenciar uma sala cheia com um único gesto. Toco uma corrente em dó maior e, quando termino, os aplausos são ensurdecedores. Escolho outra peça de muitas suítes que memorizei, depois outra, e outra. Toco durante horas. Aqui posso fingir que é esta minha ocupação, não uma produtora de bebês, mas uma musicista, uma profissional tão respeitada quanto Stradivarius Tanglewood.

A tarde está acabando quando eu finalmente paro. Estou eufórica. Annabelle aplaude, um som abafado e distante no salão enorme e vazio.

Acabou?

— Acho que sim, por hoje — respondo.

Lindo.

— Obrigada — agradeço, sorridente. — Espero que não tenha ficado entediada.

Annabelle sorri e nega com um movimento de cabeça. Ela aperta um botão na parede ao lado de um conjunto de portas menores, e no instante seguinte os dois lacaios surgem para levar o violoncelo e a cadeira de volta ao meu quarto.

— O que vamos fazer agora? — pergunto, descendo do palco para me juntar a Annabelle na plateia. Estou agitada depois de tanta excitação.

Visita?

— Conhecer o palácio?

Annabelle confirma com a cabeça.

— Eu adoraria!

O SALÃO DE CONCERTO NÃO É O ÚNICO ESPAÇO IMPRESSIONANTE do Palácio do Lago.

O andar de cima é ocupado principalmente por estúdios e salas de leitura. Há um cômodo cheio de urnas que Annabelle me diz conterem as cinzas dos antigos duques e duquesas do Lago, o que considero muito macabro, mas ela me conta que em todo palácio há uma sala como aquela. Há mais galerias de arte e acomodações para hóspedes, mas Annabelle mostra somente metade do andar de cima, evitando a ala leste.

— O que tem lá? — pergunto.

Aposentos masculinos.

— Ah... É lá que o Duque dorme?

Ela confirma.

E Garnet.

— Certo. — Penso no bonito filho da Duquesa e pergunto, incapaz de me conter: — Ele está aqui agora?

Na escola, volta hoje à noite.

— Ah! — Brinco com um botão do vestido. — Ele é muito bonito, né?

Annabelle fica vermelha.

Muito.

Ela sublinha a palavra e dá uma risadinha.

O andar térreo é ainda mais labiríntico que o de cima. Annabelle me mostra o salão de baile com seu piso de tacos e as amplas janelas em arco. Um mural foi pintado no teto, um céu azul e radiante salpicado de nuvens brancas e pássaros coloridos. Há uma sala de estar masculina com vista para o lago e uma ampla e arejada galeria cheia de esculturas de mármore branco. Passamos ao lado de uma porta fechada de onde exala um cheiro forte e desagradável.

— O que é ali? — pergunto.

Annabelle faz uma careta.

A sala onde o Duque fuma.

— Onde está ele, afinal? Quer dizer, o que o Duque faz?

Annabelle faz uma careta.

Tudo que a D. mandar.

Dou risada.

O último cômodo que ela me mostra é a biblioteca, pela qual me apaixono imediatamente. É enorme, com teto alto e janelas de vitral, um cheiro maravilhoso de papel velho, cola e couro. Escadas de madeira deslizam ao longo das estantes, e escadas douradas em espiral levam ao terraço.

Há uma área para leitura no centro do espaço, com poltronas de couro e sofás bem confortáveis espalhados em volta de uma enorme mesa circular. A mesa é cravejada de pequenos enfeites de pedras preciosas que parecem ser broches, mas, ao me aproximar, vejo que são brasões. Reconheço o círculo com os tridentes da Casa do Lago.

— O que é isso? — pergunto.

Casas Reais da Joia.

— Todas elas? — Deve haver centenas de brasões dentro de círculos de linhas finas e prateadas. No centro deles vejo a chama coroada do Palácio Real. Os quatro mais próximos dela devem ser as quatro Casas Fundadoras. Mas os outros... — Por isso nunca prestei muita atenção às aulas de estilo e cultura real. São muitas Casas, não dá para se lembrar de tudo.

Annabelle contém um sorriso e aponta o brasão no centro.

Executor.

— Esse eu sei — respondo. — E aquelas quatro são as Casas Fundadoras, certo?

Ela confirma e indica o círculo seguinte formado por quarenta brasões, mais ou menos.

Casas da primeira classe.

Depois o segundo círculo, no qual há cerca de cem brasões.

Segunda classe.

E, finalmente, o círculo mais externo, com o maior número de brasões.

Terceira classe.

— Sim, mas... — Aponto um brasão na segunda classe, um oval vermelho e brilhante sob duas linhas brancas cruzadas. — Esse parece... — e mostro um brasão na terceira classe, um oval branco cruzado por duas linhas vermelhas — aquele.

Annabelle levanta uma sobrancelha e balança a cabeça, mostrando o oval vermelho na segunda classe.

Casa da Chama.

Em seguida ela aponta o oval branco na terceira classe.

Casa da Luz.

— Tudo bem, então. Já que conhece tanto assim... Qual é aquele?

Aponto um círculo prateado cruzado por duas penas prateadas, na primeira classe.

Casa dos Baixos.

— Ah, esse foi fácil. E aquele ali? — Terceira classe, um retângulo verde-claro atravessado por duas linhas curvas e luminosas.

Casa do Véu.

Balanço a cabeça.

— Desisto, você venceu.

Annabelle sorri com pesar.

Ela me leva pelos corredores e mostra nas prateleiras onde ficam os livros de arte e história, os romances e as histórias infantis. Há uma fileira inteira dedicada à música. Estudo aquela seção com interesse, encontrando raridades e obras novas e animadoras que mal posso esperar para conhecer.

— Posso pegar alguma partitura?

É claro.

Pego uma pasta e me sento no chão, espalhando as páginas pelo tapete para tentar decidir quais partituras levarei comigo.

— Quem é você?

A voz fina e fraca me assusta, e levanto a cabeça. Ali está a menina que vi na janela no dia do funeral de Dahlia. Seus olhos redondos estudam as folhas de papel espalhadas no chão.

— Sou... — Quase digo "Violet", mas Annabelle levanta sua lousa. Imagino a palavra *substituta* escrita nela.

— Ah! — Ela me observa de um jeito crítico, assim como a Duquesa às vezes me analisa. — É melhor arrumar essa bagunça.

— Quem é você? — pergunto sem rodeios.

A menina faz uma careta. Queixo e nariz são pontudos e salientes, os olhos muito juntos.

— Não tenho que dizer nada a você. É só uma substituta.

Meu rosto queima, e eu volto a estudar as partituras, ignorando sua ordem. Vejo a bainha da saia da menina pelo canto do olho, sei que ela ainda está ali me observando. Espalho mais folhas de papel. A Duquesa pode me dar ordens, mas essa menina, não.

A saia desaparece e eu levanto a cabeça.

— Quem era? — pergunto a Annabelle.

A sobrinha da D.

— Está hospedada no palácio?

Mora aqui.

— Não é muito simpática, né?

Annabelle balança a cabeça de um lado para o outro.

Os criados a odeiam.

Em seguida ela leva um dedo aos lábios e pisca para mim. Eu sorrio.

Depois de mais alguns minutos me vendo estudar as partituras, Annabelle parece deduzir que ainda vou ficar ali por um tempo. Então aponta para si mesma e escreve:

Livros de arte.

— Tudo bem. Encontro você lá.

Quando finalmente reúno uma pilha de uns três centímetros de partituras, e ainda há mais para olhar e descobrir, guardo o restante e vou procurar Annabelle. Porém, entro em um corredor errado e vou parar ao lado de uma das escadas que levam ao terraço. Volto, percorro uma fileira bem longa de estantes com livros de capa de couro, e chego a uma porta simples que está apenas encostada. Há luz do outro lado, uma luminosidade dourada e clara projetando uma fina fatia no tapete. Ouço o barulho de folhear de páginas do outro lado. A curiosidade me domina e empurro a porta.

A sala é pequena, as prateleiras ali são ocupadas por livros que parecem muito antigos, lombadas desmanchando. Há pilhas de pergaminhos desbotados e amarelados. Vejo a mesa de madeira e, debruçado sobre ela, alguém conhecido.

— Lucien! — exclamo.

Ele levanta a cabeça e vejo seu rosto empalidecer com o choque.

— Ah, mas que surpresa agradável — ele diz. — Muito agradável. Mas venha, não pode ficar aqui.

Ele me segura pelo braço e me leva para fora da sala. Vejo rapidamente o pergaminho que Lucien estava estudando, noto as linhas azuis e as medidas. É uma espécie de planta. Voltamos à área comum da biblioteca, e ele fecha a porta da saleta quando saímos.

— O que está fazendo aqui? — pergunto.

— Vim trazer uma mensagem para a senhora da casa.

— Da Eleitora?

Ele inclina a cabeça.

— A Duquesa tem a biblioteca mais completa da Joia. Ela foi gentil o bastante para me permitir visitá-la antes de retornar ao Palácio Real. — Seus olhos bondosos ficam sérios. — Como tem passado até agora?

Abro a boca, mas não sei o que dizer. Lucien parece entender.

— Vamos nos sentar por um momento — ele sugere.

Eu o acompanho até um canto da biblioteca onde há uma mesinha e duas cadeiras estofadas. Ele puxa uma delas para eu me sentar, e as chaves penduradas em seu cinto tilintam.

— Sabe, sou perfeitamente capaz de puxar uma cadeira sozinha.

Lucien dá de ombros.

— Hábito.

Quando me acomodo, ele se senta na outra cadeira, tirando do cinto um objeto que eu não havia percebido que não era uma chave. Parece um diapasão prateado e pequeno. Lucien leva um dedo aos lábios, depois bate levemente com o diapasão contra a mesa e o solta. O objeto flutua cerca de três centímetros acima da superfície, paira no ar e emite uma vibração fraca.

— O que é isso? — pergunto. O diapasão gira lentamente no lugar.

— Vai impedir que alguém ouça nossa conversa — Lucien explica. — Depois de viver na Joia por tanto tempo, aprendi a ser cuidadoso.

— Há quanto tempo está aqui? — Presumi que Lucien havia nascido na Joia.

— Desde meus dez anos.

— É mesmo? De que círculo veio?

O rosto suave de Lucien fica tenso.

— Por que não falamos de algo mais importante? Como tem passado?

— Não sei — admito. — Bem, eu acho. Melhor que algumas outras. — Minha garganta fecha quando penso em Dahlia. — Você a conheceu bem?

Lucien não precisa perguntar sobre quem estou falando.

— Um pouco — ele diz com tristeza. — Parecia ser muito doce.

— Sim, ela era.

— Era do seu internato?

Balanço a cabeça numa resposta negativa.

— Eu a conheci na Sala de Espera.

Ficamos quietos por um momento.

— Foi a Duquesa — sussurro. — Ela... ela a matou.

Lucien assente.

— Sim. Eu sei.

Endireito as costas numa reação assustada.

— Sabe?

— Não foi difícil deduzir.

— A Eleitora sabe? — Meu coração começa a bater depressa, o sangue correndo mais rapidamente por minhas veias. — Vai haver... retaliação?

Ele toca minha mão.

— Não. O veneno usado é impossível de rastrear. A Eleitora não pode provar nada, e atacar uma das Casas Fundadoras a colocaria em desvantagem. Com a linhagem que tem, ela não pode se dar ao luxo de perder as alianças que fez. Não vale a pena correr o risco. — Sua boca se retorce. — Além do mais, ela pode simplesmente comprar outra substituta no ano que vem.

— Que lugar é este? Como é possível que ninguém saiba o que acontece? — Eu não esqueceria se ouvisse alguém comentando o assassinato de uma substituta quando estava no Portão Sul. A notícia teria se espalhado como fogo em palha seca.

Lucien olha para mim com ar penalizado.

— Ninguém se importa com a morte de uma substituta. — Fica em silêncio por um segundo, a expressão distante, os dedos traçando o contorno dos nós da madeira da mesa.

— Ontem estive com o médico — digo.

Lucien levanta a cabeça.

— E como foi?

— A Duquesa quer que a filha seja a próxima Eleitora.

Ele suspira.

— Sim, ela deve querer. Como querem todas as outras mulheres da Joia que não têm filhas e compraram uma substituta este ano.

— Mas a Duquesa acredita que sou capaz de uma coisa que as outras não podem fazer. Ela espera que eu tenha o bebê mais depressa para... não sei... apressar todo o processo. Isso é possível? Sabe se já aconteceu antes?

Lucien está paralisado, sua expressão é indecifrável. É como se ele fizesse um grande esforço para não revelar o que está pensando.

— Lucien? — pergunto, hesitante. — Está tudo bem?

Seus olhos encontram os meus, e percebo como são azuis e profundos.

— Eu gostaria muito de ajudar você — ele diz, e percebo em sua voz uma nota de urgência que me arrepia a nuca. — E parece que não tenho o tempo que acreditava ter.

— Tempo para quê?

— Para movimentar as coisas. Ter certeza de que posso confiar em você.

— Pode confiar em mim — digo, endireitando-me na cadeira, como se assim pudesse comprovar o que digo.

Lucien sorri.

— É, acredito que sim. — E se inclina para frente. — Posso tirar você daqui — ele cochicha.

As palavras pairam no ar entre nós.

— Do palácio? — cochicho de volta.

— Da Joia — ele explica.

Passos no corredor entre as prateleiras nos espantam. Com um movimento rápido, Lucien guarda o diapasão na argola pendurada em seu cinto. Dois segundos depois, Annabelle aparece no fim do corredor segurando um grande livro de arte. Ela olha para Lucien e se curva numa reverência. Lucien fica em pé.

— Ah, vejo que foi promovida — ele diz ao se curvar. — É a dama de companhia da nova substituta?

Annabelle fica vermelha e confirma.

— Sua mãe deve estar orgulhosa.

Annabelle repete o movimento afirmativo com a cabeça. Meu coração está disparado e tento manter uma expressão casual quando Lucien olha para mim.

— Foi bom ver você, 197. — Seus olhos brilham com uma promessa silenciosa. Ele acrescenta: — Tenho certeza de que nos encontraremos em breve novamente.

Estremeço quando ele usa meu número de lote, mas não tenho chance de falar nada, porque Lucien já está se afastando, desaparecendo no interior da saleta. Desta vez ele fecha e tranca a porta.

Annabelle olha para mim como se quisesse fazer perguntas.

— Ele me preparou — explico. — Para o Leilão. — Sinto-me desorientada com a conversa que tive com Lucien e como ela foi interrompida repentinamente. Parte de mim quer esperar naquela cadeira até ele sair novamente da sala, para exigir mais informações. Mas tenho certeza de que nem sequer devia ter conversado com Lucien. E se ele disse que nos encontraremos em breve, só me resta acreditar nisso. Tenho de ser paciente.

— Eu... já tenho tudo de que preciso. Gostaria de voltar ao meu quarto agora.

O trajeto de volta aos meus aposentos parece um borrão.

Sair da Joia.

Lucien acabou de me oferecer a liberdade.

13

ACORDO CEDO NO DOMINGO.

Estou no palácio da Duquesa há uma semana.

Liberdade. A palavra, provocante e arredia, circula pela minha cabeça desde que estive com Lucien na biblioteca e me instiga como algo desconhecido, até eu me lembrar de que ela existe. Quero desesperadamente acreditar em Lucien, quero crer que existe um jeito de sair daqui, mas a possibilidade de uma decepção retém meu entusiasmo. Se descobrir que ele mentiu, ou que se enganou, ou que imaginou tudo...

Penso na minha família. Domingo é dia de descanso. Ochre não tem que trabalhar, Hazel não vai à escola. Queria saber o que estão fazendo hoje. Espero que, seja o que for, estejam se divertindo. Espero que estejam felizes. O que pensariam se pudessem me ver agora cercada de todo esse luxo? Provavelmente, imaginariam que eu também estou feliz.

Talvez Lucien consiga me levar de volta para eles. Eu poderia encontrar minha mãe novamente e veria Hazel crescer. Tomaria minhas próprias decisões. Escolheria que tipo de vida quero ter.

Preciso conversar com Lucien mais uma vez. Ele tem de me prometer que isso é real.

Sento na cama e puxo a corda para chamar Annabelle.

— Então — digo, vendo que ela deixa sobre a mesa a bandeja com o café da manhã —, o que a Duquesa quer comigo hoje?

Tento parecer casual, como se não me importasse. Não sei se sou convincente.

Nada.

— Nada?

Annabelle sorri.

Festa ontem à noite, D. não se sente bem.

— Ah! — Bebo um gole de café. — Tenho consulta com o médico?

Annabelle nega com a cabeça.

— O que vamos fazer?

Ela pensa por um momento.

Jardim?

— Existe um jardim aqui?

Annabelle ri.

JARDIM NÃO É A PALAVRA CERTA.

O imenso quintal do palácio é uma explosão de cores, as folhas das árvores variando entre tons de laranja e dourado-avermelhado. Flores caídas forram as alamedas de cascalho cheias de estátuas, banhos de pássaros e fontes. Tudo fica ainda mais colorido na medida em que nos afastamos das paredes do palácio: as árvores ficam mais densas, a vegetação rasteira mais alta. Há um labirinto gigante no meio do jardim, cujos corredores são arbustos de dois metros de altura, no mínimo, e Annabelle e eu nos perdemos nele, brincando de uma combinação de esconde-esconde e pique-bandeira, rindo e correndo até ficarmos sem fôlego. No meio do labirinto há uma estufa gigantesca, na qual os jardineiros da Duquesa cultivam todas as flores para os arranjos que enfeitam o palácio. Lá dentro o ambiente é quente e úmido, e o ar tem cheiro de terra molhada e muitas fragrâncias florais misturadas. Passo os dedos pelas pétalas frágeis de uma orquídea, vejo os tons de lilás, roxo e bege se misturarem.

Parece que toda vez que a Joia me deixa zangada, preocupada ou triste, descubro nela alguma coisa bonita.

DURANTE A SEMANA SEGUINTE O MÉDICO ME EXAMINA DIAriamente. Lucien não volta ao palácio do Lago.

Annabelle me acompanha ao consultório do médico no lugar da Duquesa, o que é melhor. Todas as consultas começam da mesma maneira.

— Vai acontecer hoje? — pergunto.

O doutor Blythe sorri, balançando a cabeça.

— Não, Violet. Hoje, não.

Todas as consultas são parecidas com a primeira, com os Presságios e os monitores, mas uma delas inclui um exame invasivo.

Sempre odiei esses exames no Portão Sul. Fecho os olhos, me encolho ao sentir o metal frio do espéculo e tento fingir que estou tocando alguma música, examinando mentalmente notas e frases muitas e muitas vezes.

Com o passar da semana, porém, os testes de Presságio se tornam mais difíceis. Não me surpreende que o doutor Blythe se concentre cada vez mais no terceiro Presságio, Crescimento. As flores são simples, a vida delas é muito delicada e fácil de manipular. Plantas menores, como samambaias ou ervas daninhas, também não oferecem muita dificuldade. Árvores novas são um pouco mais difíceis. Na verdade, é a repetição que exige esforço, e o doutor Blythe começa a cronometrar meu tempo: quanto demoro para completar uma tarefa, quantas vezes consigo concluir um crescimento antes de meu nariz começar a sangrar, quanto tempo sou capaz de continuar depois do sangramento e até ele se tornar insuportável.

— Obrigado, Violet — o médico repete no fim de cada sessão. — Foi muito impressionante.

Nunca sei o que responder.

Mas a Duquesa cumpre o que prometeu, e minha vida, exceto por aquelas horas que passo no consultório médico, é bem agradável. Tenho permissão para andar pelo palácio com liberdade, apesar de Annabelle estar comigo o tempo todo. Minhas refeições são sempre soberbas, e tenho a sensação de que a cozinheira conhece minhas preferências e aversões. Vou à biblioteca todos os dias procurar Lucien, mas nunca encontro mais que uma criada ou um lacaio, e, às vezes, a sobrinha da Duquesa. Annabelle e eu sempre a evitamos. Também vimos Garnet uma vez, mas ele não ficou lá por muito tempo. Annabelle ficou tão vermelha que me fez esperar escondida com ela na seção de romances até o garoto ir embora.

Digo a mim mesma para ser paciente. Digo a mim mesma que Lucien não teria falado nada daquilo se não fosse verdade.

Às vezes, fico sentada na minha poltrona favorita ao lado da janela do salão de chá, de onde acompanho a movimentação de entrada e saída do palácio da Duquesa. Annabelle me informa sobre quem é quem. A Condessa da Rosa é uma visita frequente, e Annabelle me explica que Rosa e Lago são fortes aliados. Aparentemente, o Lago também era aliado da Pedra, mas houve uma cisão há cerca de trinta anos e, desde então, as duas Casas se odeiam. A informação é coerente com o que vi naquele primeiro jantar.

— Sabe o que aconteceu? — pergunto.

Annabelle dá de ombros e balança a cabeça.

Foi depois da morte do pai da D.

— Ah, e quantos anos tinha a Duquesa?

16.

Um sentimento parecido com pena brota no meu peito. A Duquesa e eu temos alguma coisa em comum, penso, nós duas perdemos o pai quando éramos jovens.

A ruiva Lady do Vidro é outra presença assídua no palácio, mas nunca mais vi sua substituta grávida.

O sonho de fugir é tão sedutor e impossível que algumas vezes penso que não passa disso, um sonho. Agarro-me a ele pelo tempo que posso, mas cada dia sem ver Lucien me afasta mais desse anseio.

UMA TARDE, ANNABELLE ME OFERECE UM CASACO AZUL-CLARO.

— Para que isso? — pergunto. — Pensei que fosse hora da consulta com o médico.

Annabelle assente e sacode rapidamente o casaco, insistindo para eu vesti-lo. Não seguimos o caminho habitual para o elevador. Em vez disso, vamos ao primeiro andar por uma das escadas menores. Depois do salão de baile, Annabelle me leva até uma porta, por onde saímos para o jardim. Percorremos as alamedas entre os canteiros bem-cuidados e passamos pelo labirinto de arbustos altos. A partir daquele ponto as árvores ficam mais densas. Algumas folhas já começaram a cair, e os galhos rangem no movimento causado pelo vento do começo de novembro.

O caminho termina em um imenso carvalho. O tronco da árvore é tão grosso que eu poderia me esconder atrás dele facilmente. A copa indomada começa a mudar, as folhas das extremidades se colorindo de laranja e amarelo fosco.

— Boa tarde! — O doutor Blythe sai de trás da árvore. Ele veste um terno marrom, uma das mãos descansa sobre uma bengala de cabo de prata, a outra segura uma maleta preta. É estranho encontrá-lo fora do consultório, e ainda mais estranho vê-lo sem o habitual jaleco branco.

— Por que estamos no jardim? — pergunto.

O doutor Blythe move a cabeça em direção a Annabelle, que se curva respeitosa e se afasta apressadamente.

— Bem, Violet, hoje vamos começar uma espécie de projeto especial. Suas habilidades são, realmente, as mais impressionantes que já vi, e ainda mal começamos a testá-las. Então, gostaria de propor um desafio. É bom ter objetivos, não acha?

Franzo o cenho sem entender aonde ele quer chegar.

— O que quer que eu faça?

Os olhos afetuosos do doutor Blythe se voltam para o carvalho.

— Faça-o crescer — ele diz com simplicidade.

Por um segundo, acho que o médico está brincando. Olho para a árvore, para a rede de galhos rígidos, para a casca endurecida e enrugada, para as raízes cravadas no fundo da terra. Deve ser muito velha.

Nunca tentei nada parecido antes.

— Como? — pergunto.

O doutor Blythe dá de ombros.

— Como fez crescerem as flores, as samambaias...

— Sim, mas... — Hesitante, eu me aproximo da árvore. Não é velha, apenas, é grande. Toco a casca áspera. Alguma coisa nesta árvore me faz sentir como uma criança. Ela não é como o frágil e estéril limoeiro naquele quintal de terra. Este carvalho tem presença.

Inspiro profundamente pelo nariz e seguro o ar por um segundo. Encontro uma saliência, um ponto onde um dos galhos menores brota do tronco, e fecho os dedos em torno dessa junção. A árvore tem cheiro de terra seca e folhas mortas.

Um: ver o objeto como é. Dois: ver o objeto em sua mente. Três: submetê-lo à sua vontade.

Nada.

Não tenho essa sensação desde minha primeira aula de Presságio no Portão Sul.

Fecho os olhos e me concentro.

"Vamos, Violet", digo a mim mesma. "Você consegue."

Um: ver o objeto como é. Dois: ver o objeto em sua mente. Três: submetê-lo à sua vontade.

A ponta dos meus dedos começa a formigar. O carvalho que enche repentinamente minha mente não é maior, mas cheio de cor, com folhas mais vibrantes que as que ele tem agora. A árvore está no meio de um campo, um espaço vazio e amplo sem nada além do vento soprando entre seus galhos. Não sei de onde vem essa imagem, mas, de repente, a árvore reage.

Surpresa, seguro o galho com mais força, porque não quero perder essa conexão. Nunca senti tanta energia antes, um poder tão antigo, tão vibrante. Meu corpo se alia a ele, a esse pulsar que se alterna ao meu. A vida na árvore é muito forte, muito presente. Não há nela fiapos frágeis de essência que podem ser extraídos e manipulados. O que sinto são cabos grossos e profundamente enraizados na terra. Sou dominada por essa pura e bela força da natureza.

Com muita gentileza, projeto a mente e tento isolar só aquele galho. No instante em que a árvore me percebe, a dor explode na minha coluna e sinto na boca o gosto de sangue. Grito e caio no chão, sentindo a mão arder na região que entrou em contato com a casca.

O solo balança embaixo do meu corpo, e consigo ouvir a voz do doutor Blythe, apesar de não entender as palavras abafadas. O sangue jorra do meu nariz, escorrendo para a boca, e por um segundo aterrorizante eu não consigo respirar. Vomito, espasmos violentos sacodem meu corpo. Fico encolhida esperando a tontura passar. Sinto-me imediatamente fraca, exausta, mas vibrante por uma vida desconhecida, e preciso de alguns segundos para compreender.

O carvalho é mais forte que eu.

O mundo volta a ficar estável, e a voz do doutor Blythe soa clara:

— Violet? Está tudo bem? — Ele me oferece um lenço para estancar o sangramento no nariz.

Sento no chão com cuidado, evitando tocar a árvore.

— Tudo bem — respondo, mas minha voz treme. Tenho a sensação de que minha coluna desmontou, como se alguém houvesse quebrado cada vértebra, e minha cabeça lateja de um jeito diferente do habitual. Não é bem uma dor, mas uma... consciência. Como se meu cérebro inchasse e não houvesse espaço para ele dentro do crânio.

Meu nariz para de sangrar. O doutor Blythe limpa meu rosto, mas o belo casaco que Annabelle escolheu para mim está manchado de sangue.

— O que aconteceu? — o médico pergunta.

Olho para o carvalho e tento imaginar o fluxo de vida dentro dele.

— Nada — respondo. — Não aconteceu nada. Não consegui... fazer a árvore crescer.

O doutor Blythe suspira.

— Acho que não devia ter esperado que conseguisse. Tudo bem.

Ele me ajuda a ficar em pé, e sou tomada pela irritação. Essa é a primeira vez que ele não diz que sou impressionante. Não quero o elogio, mas, nesse caso, acho que mereço.

— Doutor Blythe.

Cora se aproxima correndo pela trilha. Annabelle corre atrás dela.

— Boa tarde, Cora — o médico a cumprimenta num tom simpático.

— A Duquesa precisa vê-la imediatamente — ela anuncia.

— É claro. Já terminamos por hoje.

Cora comprime os lábios ao ver meu casaco ensanguentado.

— Tire isso — ela ordena.

Entrego o casaco sujo, que ela passa para Annabelle. Cora franze o cenho ao ver minhas roupas.

— Algum problema? — pergunto. Gosto do que estou usando, um vestido azul-marinho simples com alças finas e um suéter folgado de caxemira cinza.

Cora suspira.

— Vai ter que ser assim mesmo, não há tempo para trocar de roupa. Venha. — Ela se vira para Annabelle. — Quero esse casaco sem manchas.

Annabelle assente.

Cora me leva à sala de estar principal, que é decorada em tons de azul e prata. A Duquesa está sentada em um sofá ao lado da sobrinha. A menina parece aborrecida, e seu cabelo louro escuro está preso em um coque simples. Seus olhos se estreitam quando ela me vê.

— Ah... — a Duquesa diz. — Aí está ela.

Só então percebo que há mais duas mulheres na sala. Uma é da realeza, obviamente; o vestido é de cetim, lindos brincos enfeitam suas orelhas, e o rosto foi perfeitamente maquiado. A outra é uma substituta. Vejo a coleira prateada em seu pescoço e a corrente fina que a prende ao bracelete no pulso da nobre.

Meu estômago revira.

— Essa substituta fará minha filha extraordinária. A menina se destacará como nenhuma outra jamais se destacou — a Duquesa comenta. — Uma consorte indiscutível para o jovem futuro Executor. E você pode ter absoluta confiança de que uma aliança com minha Casa beneficiará a Casa da Chama, tanto em reputação quanto em riqueza.

A mulher deve ser Lady da Chama. A proprietária do laticínio no qual Ochre trabalha. Lembro imediatamente como naquele último jantar meu irmão elogiou a Casa e como ela trata seus empregados.

Olho novamente para a coleira.

Lady da Chama me examina da cabeça aos pés com ar cético.

— Não sei, Pearl. Não pode ter certeza.

— Tenho.

— E as Casas da Pedra e das Balanças? Também terão filhas este ano. Como quase todas as Casas que compraram uma substituta e ainda não têm uma filha. Eu mesma terei uma filha este ano, embora não alimente ilusões quanto a um enlace com o filho do Executor. Mas há muitas que têm essa expectativa. Como pode ter tanta certeza de que o Executor e a Eleitora escolherão a sua? — Sem fazer uma pausa, Lady da Chama dirige sua atenção para a sobrinha da Duquesa. — Além do mais, *ela* não é realmente nobre. Não quero que meu filho tenha essa desvantagem. Nosso querido Executor pode sobreviver ao estigma, mas minha Casa é...

— O sangue da Casa do Lago corre nas veias dela — a Duquesa a interrompe com firmeza. Ela nem olha para a sobrinha enquanto fala. — E o preço será apropriado.

— E quanto à minha reputação? No momento é imaculada. E todos sabem que a Casa do Lago não é o que costumava ser.

A Duquesa comprime os lábios numa linha fina.

— O que, exatamente, isso quer dizer?

Lady da Chama recua rapidamente.

— Apenas que não é segredo que o Palácio Real prefere as Casas da Pedra e das Balanças. Talvez a Casa do Lago tenha perdido um pouco de prestígio. Garantir o enlace com o futuro Executor pode ser mais difícil do que imagina.

Dou um passo para trás ao perceber a frieza que emana da Duquesa. Lady da Chama bebe um gole de chá com evidente nervosismo. A Duquesa pega um biscoito de uma bandeja sobre a mesa a seu lado e o gira entre os dedos.

— Garanto, Sapphire, que a Casa do Lago é tão poderosa quanto sempre foi. Se precisa de alguma prova de minha influência, será um prazer fornecê-la. — Ela mergulha o biscoito no chá antes de mordê-lo.

— Não, não será necessário — a outra nobre responde apressadamente. — Eu não tive a intenção... Só queria... Bem, tem a questão com Garnet...

— Você tem alguma questão relacionada a meu filho?

— Por favor, Pearl, não pode fingir que ignora o comportamento do rapaz. Todo mês surge um ou outro escândalo nos jornais. Ele é muito... muito... — Vejo que ela se esforça para encontrar uma palavra que não seja ofensiva. — Imprevisível.

Os lábios da Duquesa se distendem num sorriso irônico.

— Bem, o que é a vida sem um pouco de excitação?

— Mas todos sabem que você enfrenta dificuldades para encontrar uma esposa para ele. Não seria melhor esperar seu filho se casar, e então tentar encontrar um enlace para sua sobrinha?

— Sapphire — a Duquesa fala, e sou capaz de sentir a acidez em sua voz —, é tocante saber que se preocupa tanto com o bem-estar da minha família. Mas a maneira como administro minha Casa é problema meu, não seu. E estamos aqui discutindo o futuro do *seu* filho, não do meu.

Ela se levanta com um movimento gracioso e caminha em minha direção.

— Como não me deixou responder antes à sua pergunta, vou responder agora. Você queria saber como posso ter tanta certeza de que esta substituta fará minha filha se destacar. — Ela segura meu braço e me puxa para perto de uma mesinha lateral, onde há um vaso com uma planta entre uma coleção de miniaturas de cristal. A planta tem caules longos, folhas verdes e flores pequeninas em forma de coração. A Duquesa olha para mim com evidente expectativa. — Vá em frente — ela diz. — Faça-a crescer.

Cerro os punhos. É repugnante me exibir para essas mulheres como se eu fosse um animal adestrado. Especialmente depois de quase ter sufocado com meu próprio sangue há alguns minutos no jardim. Sinto-me fraca, a vida do carvalho ainda é um eco distante nas minhas veias, minha pele está quente e sensível. Mas os olhos da Duquesa previnem sobre o que me espera, caso eu a desobedeça.

Seguro os caules da planta, quebro alguns deles, esmago as pequenas flores.

Um: ver o objeto como é. Dois: ver o objeto em sua mente. Três: submetê-lo à sua vontade.

A vida do carvalho se agita dentro de mim e a planta explode.

Caules grossos se arrastam, subindo pelas estantes, derrubam pratos de porcelana e miniaturas de cristal. Lady da Chama pula do sofá e se afasta, puxando sua substituta, e a sobrinha da Duquesa se junta à janela com os olhos arregalados.

A planta continua crescendo.

Os ramos sobem e se espalham, destruindo mais prateleiras. Um espelho estilhaça, um quadro é rasgado e arrancado da parede, parte da moldura é esmagada, livros são arremessados ao chão. Pela primeira vez, não quero que o Presságio termine. Quero botar todo este lugar abaixo. Minha raiva injetou na planta uma vida nova, mais forte, e tenho a sensação de que minha cabeça está pegando fogo, cada fio de cabelo vibrando com a energia.

A Duquesa não se move. Finalmente, o fogo se extingue e a planta para de crescer. Removo a mão do caule e engulo a bile que sobe até minha garganta. A dor no pescoço e nas costas regride para um latejar surdo.

A Duquesa olha para Lady da Chama.

— Satisfeita? — pergunta.

Alguém bate na porta.

— Com licença. — A Duquesa diz, segurando meu braço. Olho por um instante para a substituta da Lady, noto que a menina parece ter medo de mim. Estranho. Esboço um sorriso, mas ela fica tensa e baixa o olhar enquanto a Duquesa me leva para fora da sala. — Ora, ora, ora — ela diz quando nos juntamos a Cora no corredor. — Aquilo foi... Bem, impressionante, no mínimo. Talvez eu deva dar um aumento ao doutor Blythe. Pensei que Sapphire ia desmaiar. "Não é o que costumava ser...", sei... Mulher idiota. — Ela suspira e massageia a testa com o dorso da mão. — Estou exausta com tudo isso, Cora. Neste momento, sinto que minha vida se resume a arranjar casamentos. Não sei qual tem sido mais difícil, o da minha sobrinha ou o do meu filho. — Ela olha para mim. — Devia agradecer por nunca ter os próprios filhos.

Estremeço. Ela fala de um jeito tão casual que é como se eu houvesse escolhido não ter filhos, e como se essa possibilidade não tivesse sido roubada de mim.

— Como estão as coisas, milady? — Cora pergunta.

— Como era de se esperar, horríveis — a Duquesa responde. — Ele já chegou?

— Sim, milady.

— Espero que justifique o preço. Não eram tão caros quando eu era criança.

— Tenho certeza de que ficará satisfeita, milady.

A Duquesa suspira novamente.

— É melhor acabar logo com isso. Em três minutos, vá me buscar com alguma mensagem importante. Sei que não teremos terminado, mas duvido que consiga suportar muito mais que isso.

— Sim, milady.

— E mande a cozinha preparar alguma coisa especial para ela — a Duquesa acrescenta, com um aceno na minha direção. — Ela merece.

— É claro, milady.

A Duquesa volta à sala de estar, e Cora olha para mim.

— Volte para os seus aposentos imediatamente — ela ordena sem rodeios.

— Tudo bem.

Cora se afasta apressadamente pelo corredor.

Fico ali, parada por alguns minutos. Pela primeira vez desde que cheguei ao palácio da Duquesa, estou sozinha.

14

MEU CORAÇÃO BATE ACELERADO QUANDO ATRAVESSO A PASsagem que termina no salão de baile.

Quero explorar um pouco mais este lugar, decidir por conta própria aonde ir e o que ver. Várias criadas estão limpando as janelas que dão para o jardim, e eu cruzo apressada as portas, parando entre elas para ter certeza de que ninguém me viu.

Passo por um solário e permaneço escondida entre a galeria de esculturas e o saguão principal. Um cheiro desagradável avisa que cheguei à sala onde o Duque costuma fumar. Ouço um murmúrio de vozes e passos pesados de botas. Escondo-me em um pequeno estúdio e, pela fresta da porta, vejo dois Militares andando em direção à biblioteca. Espero, escutando atentamente até ter certeza de que se afastaram, e vejo um retrato da Duquesa em uma moldura oval sobre uma escrivaninha.

Uma imagem surge na minha mente e estico um dedo, colocando gentilmente um sinal no rosto da Duquesa.

Um: ver o objeto como é. Dois: ver o objeto em sua mente. Três: submetê-lo à sua vontade.

Frisos verdes e horríveis se espalham por sua pele, substituindo a cor caramelo claro. Nunca usara o primeiro

Presságio, Cor, tão especificamente antes. Não gosto das consultas com o médico, mas é evidente que elas melhoram minhas habilidades. Sorrio. Agora a Duquesa é tão feia quanto o modo como se comporta.

Sei que é arriscado, mas decido deixar a mudança como uma pequena lembrança minha em meio a toda aquela opulência.

Volto ao corredor, cruzo a biblioteca e viro à esquerda, depois à direita. Passo pela sala de jantar principal e chego a um corredor que nunca vi antes. Feito inteiramente de vidro, ele é uma passarela que liga o palácio principal à ala leste.

De início a ala leste parece igual ao resto do palácio. Mas, na medida em que a percorro, noto que ela se torna mais simplória. As paredes são pintadas, não revestidas com papel, e os tons de bege e malva são discretos, sem graça. Os quadros nas paredes são paisagens imprecisas em molduras comuns.

Continuo andando sentido leste, sempre atenta. O silêncio me enerva. Meus passos soam muito altos.

— ... ainda acho que é injusto.

Uma voz feminina inesperada me assusta.

— Eu sei, Mary, mas não pode fazer nada — outra garota responde.

Não consigo determinar de onde vêm as vozes. Procuro um lugar para me esconder, experimento uma porta à minha esquerda, mas está trancada. A da direita também.

— A muda é dois anos mais nova que eu. *Eu* devia ter sido escolhida para ser a dama de companhia da substituta.

A muda. Ela está falando de Annabelle.

Volto apressada pelo corredor experimentando portas, mas todas estão trancadas.

— Talvez não dê certo com essa substituta — a segunda garota diz. — A da Eleitora está morta. E outras também já morreram. A Duquesa não usará a mesma dama de companhia duas vezes.

Elas se aproximam. Tento voltar pelo mesmo caminho que percorri até ali, mas a verdade é que não sei onde estou ou de onde vim.

— Ouvi dizer que essa é especial. A Duquesa está encantada com ela. Eu já começava a me perguntar se algum dia ela compraria uma substituta. Consegue imaginar alguém que vai ao Leilão e volta de mãos vazias durante dezenove anos?

Isso me faz parar. Elas falam sobre mim, é claro, mas as palavras não correspondem à realidade. A Duquesa não está encantada comigo.

— Você a viu? — a segunda garota pergunta.

Agora ouço seus passos. Chego ao fim do corredor e viro para seguir por outro, mas é um caminho sem saída. Estou encurralada. Só restam mais duas portas para tentar abrir.

— Uma vez, quando estava limpando a biblioteca. Ela tem olhos de uma cor muito estranha — a garota chamada Mary responde.

Tento a primeira porta. Trancada.

— Sim, eu ouvi alguém comentar. Ela é simpática?

Minha mão está escorregadia de suor quando seguro a maçaneta da segunda porta. Não posso ser pega! Que desculpa posso dar para estar aqui sozinha?

Por favor, por favor, por favor...

Giro a maçaneta. Por um segundo, fico atordoada demais para me mover. Então me atiro para dentro do aposento, fechando a porta atrás de mim depressa e sem fazer barulho.

Ouço o farfalhar de saias, o ruído de saltos. Colo o corpo à porta e espero as meninas passarem...

— Como posso saber? Ela não falou comigo. Não sou sua dama de companhia. — A voz de Mary soa diretamente do outro lado da porta.

— Pelo menos Carnelian logo estará casada. Não teremos mais que lidar com ela.

— Não vejo a hora desse casamento acontecer — Mary responde.

O som dos passos diminui, e quando ela volta a falar a voz soa distante.

— Ouviu falar sobre...

Elas vão embora.

Deixo escapar um suspiro profundo, apoio a testa na porta e levo uma das mãos ao peito, tentando fazer meu coração bater mais devagar.

— Oh, Violet — sussurro. — Idiota, idiota, idiota. Nunca mais.

Um segundo depois começo a gargalhar de um jeito histérico, boba com o alívio. Olho em volta e descubro que estou em um pequeno salão. À minha frente, há outra porta e um sofá de pés altos atrás de uma mesinha de café. O sol do fim de tarde entra pela única janela em arco na parede ao meu lado, e há uma grande pintura a óleo retratando um homem em uma jaqueta verde de caça, com um belo cachorro a seu lado.

Ainda estou rindo baixinho quando a porta do outro lado é aberta.

Meu coração sobe até a garganta, quase me sufocando. Não tenho onde me esconder. Alguém entra na sala e, de repente, não importa mais encontrar um esconderijo, eu não conseguiria me mover mesmo se quisesse. Uma forte tontura me domina.

Vejo o menino parado na porta. Não é um menino, é um rapaz. Deve ter a mesma idade do filho da Duquesa. É alto e esguio, tem cabelo castanho e desalinhado e um queixo marcante. A boca se curva um pouco nos cantos, como se ele tentasse conter um sorriso. Uma das mãos descansa no bolso da calça, e a camisa está aberta no colarinho.

Mas são seus olhos que me paralisam. São cinzentos-esverdeados, olham para mim de um modo como nunca fui observada desde que comecei minha vida na Joia, como se eu fosse uma garota, uma pessoa, não uma substituta. Mas é algo mais que isso. Aquele olhar me faz sentir vazia e estranhamente agitada.

— Oi — ele diz. Sua voz é suave, musical, mais linda que qualquer instrumento. Meu violoncelo soaria ríspido comparado a ela.

Ele olha para mim esperançosamente. Não sei o que dizer.

— Não ouvi você entrar — diz depois de um tempo. — Peço desculpas se a fiz esperar.

Continuo olhando para ele. Finalmente o rapaz sorri, e a contração nos pulmões prejudica minha respiração.

— É normal que fique nervosa. Não está aqui há muito tempo. A Joia pode ser um pouco opressiva.

Mal consigo concordar com a cabeça, mas é melhor do que não esboçar nenhuma reação. Como esse garoto sabe quem eu sou?

Ele fecha a porta. A sala parece ficar muito pequena para nós dois.

— Quer se sentar? — ele pergunta num tom gentil.

Não sei se consigo me mexer, meus lábios parecem estar colados. Quero dizer alguma coisa, mas meu cérebro não funciona direito. Só consigo observá-lo, analisar a elegância dos movimentos, a curva da boca, os olhos acinzentados com reflexos verdes. Ele ri, fazendo meu coração inflar como um balão, invadindo minha boca e a garganta.

— Sei que nunca teve um acompanhante antes, mas pode falar comigo. Tudo bem, estou aqui por você.

A esperança brota dentro de mim, espalhando-se pelo peito e as pernas. Ele está aqui por mim?

— Por quê? — pergunto, rouca, e fico muito vermelha ao ouvir o som da minha voz.

Ele parece estar muito feliz por ter, finalmente, conseguido arrancar de mim uma resposta.

— Sua mãe nunca conversou com você sobre acompanhantes?

Balanço a cabeça.

— Mas alguma amiga sua deve ter tido um, não?

Penso por um momento.

— Todos os acompanhantes... são como você?

Ele ri novamente, dessa vez mais alto.

— Não exatamente, mas, sim.

— Então, não! — respondo. — Definitivamente, não.

Ele fica pensativo.

— Por que não sentamos?

— Ah, sim. — Bato a canela na quina da mesinha de café quando me aproximo do sofá.

— Tudo bem? — o garoto pergunta.

— Tudo — balbucio, tentando ignorar a dor na perna. Sou sempre tão desajeitada? É como se meus membros se desligassem do resto do corpo e não soubessem o que fazer.

— Bem — ele continua —, por que não fala um pouco sobre você?

Ninguém me pede isso há muito tempo.

— O que quer saber?

Ele se reclina e apoia um braço sobre o encosto do sofá. Observo plenamente seu corpo, a forma das mãos e dos braços, a pele clara distendida sobre músculos rijos. Queria que meu rosto parasse de queimar. Queria poder abrir a janela.

— Qualquer coisa. Tudo. O que mais gosta de fazer?

— Eu... Tocar.

— É mesmo? — Seus olhos se iluminam. — Que instrumento sabe tocar?

— Violoncelo.

— É um dos meus favoritos. — Ele sorri. — Vi Stradivarius Tanglewood tocar no Salão Real de Concertos no ano passado.

De repente esqueço o nervosismo.

— Você viu? Ao vivo? Em pessoa?

— Vejo que é fã dele.

— *Fã*? Stradivarius Tanglewood é o violoncelista mais talentoso do último século! Ele é... Quer dizer, como alguém poderia não... — Não consigo formular a frase corretamente. *Fã* parece ser uma palavra muito comum. Quase gastei o gramofone ouvindo os discos de Tanglewood no Portão Sul. Ele foi uma inspiração.

— É uma pena que não tenha ido — o rapaz continua. — Foi um concerto incrível.

— Deve ter sido. Ele tocou o minueto em ré menor?

O rapaz ri, encantado.

— Tocou. Meu favorito é o prelúdio em sol maior. Sei que é bem simples, mas...

— É um dos meus preferidos também! — Não queria gritar. O garoto parece meio assustado. — Foi, ah, a primeira peça que aprendi a tocar — acrescento num tom mais ameno.

— Talvez ele se apresente outra vez nos próximos meses. Eu adoraria levar você. Mas confesso que prefiro Reed Purling.

— Reed Purling? — Meu queixo cai. — Está brincando? Purling é inferior a Tanglewood em todos os aspectos! Técnica, estilo... Sua composição é sempre muito truncada, ele tem o alcance emocional de uma maçaneta... — Eu costumava ter discussões parecidas com meu professor de música no Portão Sul. — É como comparar um diamante lapidado cuidadosamente a um pedaço de quartzo.

O garoto sorri.

— Nunca conheci uma menina do Banco com tanto conhecimento e amor pela música. — A mão dele atravessa o espaço entre nós e, delicadamente, seus dedos deslizam por um lado do meu rosto. — Mal posso esperar para conhecer você.

Uma comoção parece ter início no meu peito. Meu coração bate tão alto que é constrangedor, mas só consigo me concentrar na sensação dos dedos dele na minha pele, em como o contato provoca um calor estranho e vibrante que percorre minhas veias.

As palavras dele conseguem penetrar minha consciência.

— O que você quer dizer com uma garota do Banco?

Ele afasta a mão e me olha desconfiado.

— O que você quer dizer com "o que você quer dizer com"? Você é do Banco.

O desespero irrompe no meu peito, turva minha visão como uma névoa, desbota todas as cores da sala. É claro. Eu devia ter imaginado. Ele pensa que sou outra pessoa. Eu não devia nem estar aqui.

O garoto estuda minha expressão.

— Não veio do Banco?

Balanço a cabeça, minha garganta fecha.

— O Pântano — consigo sussurrar.

Ele pula do sofá como se tivesse sido eletrocutado.

— Não — lamenta-se, balançando a cabeça lentamente. — Não. — E aperta o alto do nariz com o polegar e o indicador. — Por favor, diga que não é a substituta.

A palavra me atinge como um tapa no rosto, e quando ele me encara novamente seus olhos estão diferentes. Agora ele me vê como todo mundo, daquele jeito que me identifica como o que sou, não quem sou. Ele não *me* vê mais.

A verdade está estampada em seu rosto. Posso senti-la ali, me traindo, gritando que sou proibida, que sou perigosa. Não sou permitida.

— O que está fazendo aqui? — ele murmura, olhando em volta como se pudesse ter alguém nos vendo.

— Eu... eu...

O rapaz segura meu braço.

— Você tem que ir. Agora.

Alguém bate na porta por onde entrei. Nós dois paramos, e vejo nos olhos dele o reflexo do pânico que sinto.

— Só um momento — ele diz, impressionantemente calmo, considerando a situação. Depois leva um dedo aos lábios, me puxa até um armário e me empurra para dentro, fechando a porta. Está escuro. Sinto cheiro de naftalina. Eu me abaixo e aproximo um olho do buraco da fechadura.

O garoto passa a mão pelo cabelo, ajeita a camisa e abre a porta.

— Olá — ele diz no mesmo tom leve e casual com o qual falou comigo pela primeira vez.

— Boa tarde. — A voz é fina e fraca, eu a reconheço imediatamente: a sobrinha da Duquesa.

Não. Ele não pode estar ali por *ela*.

— Minha tia está insuportável — a recém-chegada continua. — Peço desculpas pelo atraso.

— Não foi nada — o garoto diz com entusiasmo. — Por favor, entre.

Vejo um pedaço de tecido roxo, mas o corpo do rapaz me impede de ver a garota quando ele fecha a porta.

— Quer beber alguma coisa? — ele oferece.

— Não.

Eles saem do espaço que consigo ver pelo buraco da fechadura. Segue-se um longo silêncio.

— Não vai falar comigo? — a menina pergunta, petulante.

— Certamente. É claro. Peço desculpas. Por que não me fala sobre você?

Odeio de ele perguntar para ela o mesmo que perguntou para mim.

— Não devia me dizer coisas agradáveis? Todas as minhas amigas que tiveram acompanhantes contaram que eles passavam o tempo todo dizendo como eram bonitas.

Se eu não estivesse esperando por isso com tanto desespero, talvez não tivesse notado a breve hesitação na voz do garoto antes da resposta:

— Você é muito bonita.

Ocorre um farfalhar de saias, e a menina aparece no meu campo de visão pelo buraco da fechadura. Não consigo conter uma onda de satisfação vaidosa ao constatar que, definitivamente, ela não é bonita.

— Venha — ela ordena, e eu ranjo os dentes. Não gosto de como fala com ele. O garoto aparece novamente. — Nunca tive um acompanhante.

— Eu sei. Sua tia quer o melhor para seu futuro, por isso recrutou meus serviços.

Ela bufa.

— Minha tia não se importa comigo. Ela quer me casar e se livrar de mim o mais depressa possível.

O rapaz dá de ombros.

— Talvez... Não sei. Sua Graça não me faz confidências.

A menina brinca com um babado do vestido.

— Então... vai me ensinar como agradar um homem?

O quê? Não. Absolutamente não. Ele não pode estar aqui para isso. Pode?

O sorriso do rapaz é sedutor.

— Estou aqui para ensinar como um homem faz para agradar você.

Não posso culpá-la pela expressão em seu rosto, pelo modo como seus olhos redondos se abrem.

— Quando começamos? — ela pergunta.

O rapaz sorri.

— Em breve. Esta é só uma apresentação.

— Ah... — Ela franze o cenho, e eu suspiro aliviada. Em seguida a menina estende a mão. — Sou Carnelian, Carnelian Silver. Mas já deve saber disso.

Carnelian. Que nome idiota.

O garoto segura sua mão, levando-a aos lábios.

— É um prazer conhecer você, Carnelian. Sou Ash Lockwood.

Ash. O nome dele é Ash... Repito o nome em silêncio dentro do armário escuro, sorrindo.

— Podemos nos beijar, não podemos? Minha amiga Chalice teve um acompanhante, e ela me disse que podiam se beijar, se tocar e tudo mais.

Carnelian observa Ash com interesse, ansiosa para ouvi-lo confirmar suas esperanças.

É minha imaginação ou os olhos de Ash passaram pelo armário onde estou?

— Temos muito tempo para discutir as regras do meu serviço — ele diz. — Mas imagino que está quase na hora de você se vestir para o jantar.

— Você também estará no jantar esta noite? — Carnelian pergunta.

— Sim. Por isso também preciso mudar de roupa.

Carnelian o examina da cabeça aos pés.

— Acho que você está perfeito desse jeito — declara, um pouco tímida. — Morar aqui não será mais tão ruim, eu acho.

Em seguida, caminha até a porta e espera Ash abri-la.

— Foi muito bom conhecer você, Carnelian Silver — Ash diz.

Ela sorri de volta de um jeito que deve achar sedutor.

— Também gostei muito de conhecer você, Ash Lockwood. Vamos nos ver em breve.

Ele tranca a porta assim que a menina sai, apoia a testa e fecha os olhos. Por um segundo agonizante, me pergunto se ele esqueceu que estou ali. Mas ele se vira, atravessa a sala e abre a porta do armário.

— Tem alguma ideia de como aquilo foi difícil com você aqui? — diz.

— Não foi minha culpa. — Levanto, mas minhas pernas estão dormentes, e eu perco o equilíbrio. Ash segura meus cotovelos para me amparar, fazendo meu coração disparar.

— Saia daqui — ele diz. — Depressa. Não conte a ninguém que me viu, ou que falou comigo, ou... ou... nada. Entendeu? — Pela primeira vez vejo uma brecha em sua armadura. Ele parece realmente aterrorizado.

— A quem eu contaria? — protesto apressadamente. — Ninguém fala comigo. Ninguém me ouve.

Vejo nos olhos dele algo como piedade.

— Saia daqui — Ash repete.

Vou cambaleando até a porta e paro com a mão na maçaneta.

— Eu não... não sei como voltar.

Ash suspira.

— Nem eu — responde com um movimento displicente de ombros. — Desculpe. Não posso ajudá-la.

Olho para ele por um instante e me pergunto se algum dia voltarei a vê-lo.

— O que é?

— Nunca conheci ninguém como você antes — confesso. E fico muito vermelha. A explicação não soou como eu pretendia.

Mas alguma coisa nas minhas palavras o faz rir, uma risada fria e sem humor, e ele se senta no sofá e deixa a cabeça cair entre as mãos.

— Por favor — insiste, cansado. — Vá embora.

Meu rosto ainda queima de vergonha, e saio antes de dizer algo de que possa me arrepender.

15

PERCORRO OS CORREDORES ATORDOADA, ATRAVESSO A PASSArela de vidro, viro à esquerda, direita, direita, esquerda...

Tudo parece igual, mas, de algum jeito, diferente. Chego ao salão de baile sem lembrar muito bem como cheguei até ali. Meus pensamentos estão perdidos num par de olhos cinzentos-esverdeados.

Subo uma das escadas menores para o segundo andar e encontro Annabelle. Seu rosto reflete o pânico, a ansiedade silenciosa.

— Fui andar um pouco pelo palácio — explico, tentando parecer inocente. — Não é permitido?

Sozinha?

— Sim.

NÃO.

— Ah! Desculpe. — Espero que minha expressão seja de arrependimento. Annabelle leva uma das mãos ao peito, e percebo as gotas de suor em sua testa. — Annabelle, desculpe — repito, dessa vez com mais sinceridade.

Nunca sem permissão.

Ela escreve depressa e sem cuidado.

— Ou serei punida, certo?

Ela balança a cabeça e aponta para si mesma. Meu peito fica apertado.

— Você será punida?

Annabelle assente.

— Tudo bem, tudo bem. Não faço mais isso, prometo. — Fui egoísta ao não levar em conta o que poderia acontecer com ela se me pegassem.

A Duquesa espera por nós quando voltamos aos meus aposentos.

— Onde estava? — ela dispara.

— Estávamos no jardim — minto. — No labirinto — acrescento, caso ela tenha ido até lá e não tenha nos visto.

A Duquesa ignora a explicação.

— Esta noite haverá um jantar em família. Você estará presente. — E olha para Annabelle. — Arrume-a e leve-a para a sala de jantar às sete e meia.

Annabelle responde com uma reverência.

— ISSO SIGNIFICA QUE VOU CONHECER O DUQUE, FINALMENTE? — pergunto enquanto Annabelle amarra o espartilho de um vestido prateado com pequenas safiras aplicadas à estampa floral da saia.

Ela assente.

— Como ele é?

Annabelle dá de ombros e faz uma careta, dando a entender que não o considera interessante. Ela me faz sentar na frente da penteadeira para cachear e prender meu cabelo.

O rosto de Ash surge na minha mente pela centésima vez na última hora. O jeito como ele me olhou e falou comigo como se eu fosse alguém, mesmo que só por alguns minutos... Foi como soltar o ar depois de prender a respiração por muito tempo.

Olho para o meu reflexo. Faces coradas, sorriso contido, olhos brilhantes... A menina no espelho parece estar realmente feliz pela primeira vez.

Nunca pensei muito em beijar alguém, mas a ideia de sentir os lábios de Ash nos meus...

Dou uma risadinha. Annabelle olha para mim com curiosidade, e me esforço para apagar o sorriso do rosto.

Sei que é uma estupidez. Nunca poderei beijá-lo. Provavelmente, nunca mais o verei.

— Oh! — exclamo, lembrando de repente. Ash estará no jantar esta noite.

Annabelle olha para mim com um misto de confusão e preocupação.

— Ah, hmm... O grampo me espetou. Desculpe. Está tudo bem.

Annabelle morde o lábio e continua prendendo meu cabelo com cuidado desnecessário.

Tenho a sensação de que meus pulmões encolheram pela metade, enquanto o coração bate duas vezes mais rápido. Quando Annabelle aplica o perfume nos meus pulsos e anuncia que estou pronta, a ansiedade me consome.

— Perfeito — decreto. Minha voz soa um pouco estrangulada. O vestido brilha sobre minha pele como o luar, meu cabelo enfeitado com grampos de safiras e pérolas. Meus lábios estão rosados e cintilantes, os olhos foram realçados por sombra lilás, destacando ainda mais sua cor natural. Queria saber se Ash vai me achar bonita.

Pare com isso, Violet. Não interessa o que ele pensa, digo a mim mesma.

Quando chegamos ao saguão principal, estou pensando que queria não ter de participar do jantar. Meus nervos estão tensos como cordas de violoncelo. Quando paramos diante da porta da sala de jantar, Annabelle me analisa pela última vez e ajeita minhas saias.

Pronta?

Respondo com um movimento de cabeça, porque minha garganta fechou e não consigo falar. Annabelle inclina a cabeça para a porta e sorri.

Ótima comida.

Minha risada é nervosa. Ela assente para o lacaio vigilante. Ele abre a porta e anuncia:

— A substituta da Casa do Lago.

Meu estômago parece se dissolver quando entro na sala de jantar.

TUDO PARECE SIMILAR À MINHA LEMBRANÇA.

Móveis de carvalho polido, paredes marrons, um candelabro cheio de velas... A única diferença é a companhia. À minha esquerda, em um vestido de seda azul, está a Duquesa com dois homens de smoking. Vestindo luvas, ela segura delicadamente uma taça de champanhe. À minha direita, vejo a ruiva Lady do Vidro, Carnelian e — meu coração dá um pulo — Ash.

Apenas duas horas passaram desde que o conheci, mas ele é ainda mais bonito do que eu me lembrava. É como se todo meu corpo ficasse vermelho.

Todo mundo olha para mim quando entro, exceto Ash, que de repente fica muito ocupado com a bebida que serve para Carnelian.

Eu havia esquecido que Carnelian também estaria ali. Percebo, ressentida, que alguém a vestiu com uma bela túnica bordada com contas, e o cabelo está bem arrumado.

— Venha aqui — a Duquesa ordena.

— Então, esta é a substituta? — o mais alto dos dois homens pergunta. Ele é muito magro, tem pele cor de cobre e nariz grande. Seus olhos são escuros como os da Duquesa, mas redondos, e me estudam sob grossas sobrancelhas pretas. Ele bebe um gole do líquido cor de âmbar em um copo de cristal. — Estava me perguntando quando a conheceria.

— Ah, querido, você tem estado muito ocupado — a Duquesa responde. — O que acha?

O homem dá de ombros.

— Você entende dessas coisas melhor do que eu, minha cara. Ela é mais bonita que a jovem que teve Garnet.

Esse deve ser o Duque. Não gosto do seu tom de voz, nem de como olha para mim. Fico arrepiada.

— Minha esposa contou que tem planos grandiosos para ela — o outro homem diz. Ele é corpulento, os botões do colete parecem querer explodir em cima da barriga saliente, e as maçãs do rosto são avermelhadas.

— Sim — a Duquesa confirma. — Há algum tempo espero encontrar uma substituta como essa. Minha filha será excepcional.

— *Nossa* filha — o homem mais alto a corrige.

A Duquesa sorri com frieza.

— Sim, tem razão. Nossa filha.

A porta se abre, e o lacaio anuncia:

— Garnet, filho da Casa do Lago.

O rapaz entra num andar cadenciado, mais composto do que da última vez que o vi. Pelo menos não está bêbado. O cabelo loiro foi penteado para trás, as roupas são impecáveis. O paletó do smoking tem caimento perfeito sobre os ombros largos.

Olho para ele e para Ash. Os dois são muito atraentes, mas tem algo de natural na aparência de Ash. Os traços de

Garnet são perfeitos: lábios cheios, nariz reto, pele clara. Ele poderia ter saído das páginas de uma das revistas de fofoca de Lily. Não há nenhuma semelhança com os pais. Presumo que a substituta que o gestou era muito boa com os Presságios Forma e Cor.

— Mãe, pai — Garnet cumprimenta o Duque e a Duquesa com um breve movimento de cabeça antes de aceitar uma taça de champanhe oferecida por um dos lacaios. — Estou atrasado?

Um músculo se contrai no maxilar da Duquesa, mas no mesmo instante um sino soa ao fundo.

— Vamos nos sentar? — o Duque propõe, animado.

Eu me sento à direita da Duquesa, com o Duque à esquerda dela e depois Garnet. Lady do Vidro está ao meu lado com o marido, depois Carnelian e Ash. O resultado é que Ash e eu estamos praticamente frente a frente.

Ele nem olha para mim. Seus olhos parecem passar direto, como se eu nem estivesse ali. Como se eu fosse invisível.

A dor causada por essa atitude é intensa, quase física, como a consequência de um Presságio. Mas não é minha cabeça que parece ser perfurada por agulhas. Tento me concentrar em ajeitar o guardanapo no colo.

Não devia me sentir assim. É estúpido. Eu nem o conheço. Que importância tem se ele olha para mim ou não?

Um criado coloca à minha frente uma salada de espinafre, beterraba e queijo de cabra, mas, pela primeira vez desde a morte de Dahlia, não sinto vontade de comer. Minha boca parece uma lixa.

— Pearl — Lady do Vidro diz enquanto outra criada enche sua taça de vinho —, sua sobrinha me contava histórias encantadoras sobre a vida no Banco. Sabia que ela ajudava na gráfica do pai? Imagine!

As palavras soam sinceras, mas o tom não combina. Tenho a impressão de que a Lady e a Duquesa compartilham algum tipo de piada particular à custa de Carnelian.

Manchas vermelhas de constrangimento surgem no rosto da menina.

— Só uma vez — ela explica à tia. — Quando o aprendiz estava doente.

— Bem, tenho certeza de que foi muito bom para a construção do seu caráter — a Duquesa responde.

Lady do Vidro disfarça o riso bebendo um pouco de vinho.

— Vejo que finalmente encontrou um acompanhante para ela — Garnet comenta com a mãe entre duas garfadas de beterraba. Ele limpa a boca com o guardanapo e estende a mão para Ash. — A propósito, sou Garnet.

Ash aceita o cumprimento educadamente.

— Ash Lockwood.

— Ele é bonitão, não acha, prima? — Garnet pergunta a Carnelian movendo as sobrancelhas. — Quanto está custando, mãe?

A Duquesa infla as narinas, mas Ash interfere com tranquilidade.

— Carnelian me levou para conhecer a biblioteca antes do jantar — diz. — Vocês têm a maior coleção que já vi, milady. É impressionante.

— Obrigada, sr. Lockwood — a Duquesa responde.

— Sim, minha esposa tem a mais incrível preocupação com o passado — o Duque comenta. — Devo admitir que não a entendo.

— Nem eu espero que entenda, querido — a Duquesa murmura. — Os únicos livros que lê são os contábeis.

— Alguém tem que cuidar das finanças — o Duque responde com um olhar significativo para o Lorde do Vidro. — Não é verdade, Beryl?

— Ah, sim, sim — o Lorde responde com uma piscadela.

— A Casa do Lago é uma das quatro Casas Fundadoras — a Duquesa anuncia num tom ríspido. — Meus ancestrais ajudaram a construir a Grande Muralha, sem a qual esta ilha há muito teria sido destruída pelo mar. Sou descendente direta da primeira Eleitora, que fundou a Cidade Solitária e criou os cinco círculos, inclusive nossa amada Joia. Não é simplesmente minha honra, mas meu dever preservar a literatura de seu tempo. É claro, entendo por que nada disso seja de interesse daqueles cujas linhagens sanguíneas não são tão antigas.

Lady do Vidro se move com desconforto, e o marido dela se ocupa com a salada. A mão do Duque aperta o garfo com mais força.

— Ah, por favor, mãe, não diminua meu pai por ter subido de posição social — Garnet diz, bebendo um grande gole de vinho e chamando um lacaio para encher sua taça. — Teria feito o mesmo se tivesse nascido na Casa do Vidro.

— Obrigado, filho — o Duque responde, contrariado.

Carnelian interfere:

— Minha mãe sempre dizia que o que importa não é quem você é, mas o que faz.

— Sua mãe dizia muitas coisas — a Duquesa diz, irritada. — E nenhuma delas precisa ser repetida à minha mesa.

Um silêncio gélido se instala na sala. Enfio dois pedaços de beterraba na boca só para ter o que fazer. Acho que o último jantar foi menos desagradável que este. Pelo menos, Raven estava lá. E Lucien.

— Já soube sobre Lady das Trancas? — Lady do Vidro pergunta, inclinando-se para frente em direção à Duquesa.

— O que tem ela?

— Sabe que ela comprou a primeira substituta este ano? — A Duquesa confirma. — Aparentemente, ela a leva a todos os lugares! Em excursões de compras, almoços... Até à minha casa para o chá. Não sei onde está com a cabeça.

— Que constrangedor — a Duquesa diz. — Acha que ela está se exibindo?

A mulher ri, maliciosa. O Duque, Lorde do Vidro e Garnet conversam sobre um novo imposto que o Executor planeja exigir à Fazenda, e Carnelian conta para Ash seus planos para o fim de semana. Sinto-me terrivelmente sozinha.

— Qual lote ela era? — a Duquesa pergunta.

— 102 — Lady do Vidro responde.

— 102? E ela a exibe como se fosse uma das dez primeiras?

— É verdade. Alguém precisa falar com ela.

— Suponho que não seja uma questão de segurança. Não imagino que alguém possa se importar com a substituta de uma Casa da terceira classe. É só falta de elegância.

— Talvez seja uma estratégia para atrair a atenção da Eleitora — Lady do Vidro sugere, e as duas começam a rir novamente.

— Ela também terá uma filha, suponho?

— É claro. Mas não acredito que o Executor considere uma aliança com a Casa das Trancas.

— Falando nisso, já tem vestido para o Baile do Executor? — a Duquesa pergunta.

— Sim. Tive receio de que a Eleitora cancelasse o baile depois da história toda com a substituta. Que decepção deve ter sido!

Ranjo os dentes ao ouvir a menção casual à morte de Dahlia. Eu me pergunto se Lady do Vidro sabe que está falando com a mulher que é responsável por aquilo. Duvido que se importe.

O lacaio retira a louça suja e serve o próximo prato: carneiro com geleia de hortelã e batatas assadas. A comida é deliciosa, mas não consigo saboreá-la. Preferia estar comendo no meu quarto com Annabelle a ouvir essas mulheres falarem sobre suas substitutas como se fossem animais de estimação ou um novo par de sapatos.

Meus olhos continuam procurando Ash, e eu realmente queria que fosse diferente. É como se eles estivessem empenhados em notar tudo nele: o jeito que sorri como se tivesse um segredo, a maneira que seus olhos parecem mudar de cor, passando do cinza ao verde. Ele é paciente enquanto ouve Carnelian, nunca se mostra entediado nem a interrompe. Ash segura a taça de vinho, e eu só consigo pensar em como foi bom sentir aqueles dedos sobre a minha pele. O que está acontecendo comigo? É só um garoto. Só um garoto incrivelmente bonito que conhece música e conversou comigo por alguns minutos como se eu fosse alguém, me fez vibrar e...

Bebo um gole de vinho.

— É claro, a Eleitora não é a única que sofreu uma perda. — As palavras da Duquesa me trazem de volta ao presente. — Soube da Lady do Sino?

— Sim — Lady do Vidro murmura. — Ouvi dizer que encontraram a substituta no banho, afogada. Ela agora não tem mais nenhuma chance de conseguir uma aliança com o Palácio Real. Vai ter que esperar mais um ano para comprar outra substituta.

A Duquesa dá de ombros.

— Ela merece o castigo por não proteger sua casa como deveria. Em tempos como o que vivemos, todo cuidado é pouco. — A Duquesa come um pedaço de carneiro. — É por isso que nunca permito que minha substituta tome banho de banheira. Ninguém se afoga no chuveiro, não é verdade?

— Ah, já começou a temporada de caça à substituta? — Garnet pergunta do outro lado da mesa. Seu rosto está vermelho, os olhos brilham quando encontram os meus. — É melhor tomar cuidado, menina nova. Este ano vai ser duro. A mão do pequeno Executor está em jogo aqui.

Meu rosto fica pálido, e percebo os ombros de Ash ficarem tensos. A Duquesa se levanta e bate com as duas mãos abertas sobre a mesa, causando um sobressalto em todos os presentes.

— Saia da mesa imediatamente — ela diz, e sua voz é tão fria que sinto a temperatura da sala cair alguns graus.

Garnet termina de beber o vinho.

— Com prazer — responde, levantando-se e fazendo uma mesura exagerada para a mãe. Em seguida ele se vira e caminha para a porta.

A sala é dominada por um silêncio congelante. A Duquesa continua em pé. Os músculos do seu queixo contraem e relaxam, como se ela tentasse pensar em alguma coisa para dizer.

— Todos sabem quanto fui paciente durante esses anos — ela anuncia para ninguém em particular. — Tomei várias providências para garantir a sobrevivência da minha substituta. Não vai acontecer nada com ela. Não permitirei que aconteça.

Sinto que fala comigo sem se dirigir realmente para mim. Como se fosse constrangedor tentar me confortar na frente de outras pessoas.

A sobremesa chega e eu tento saborear o cheesecake com calda de framboesas frescas, mas continuo pensando em quantas substitutas foram mortas desde o Leilão. Penso especialmente em Raven e Lily.

— Diga, sr. Lockwood, há quanto tempo é acompanhante? — a Duquesa pergunta.

Olho para o garfo e escuto com atenção.

— Há três anos, milady — Ash responde. — Desde os quinze anos.

— Em que círculo você nasceu?

— Fumaça, milady.

Levanto a cabeça. Fumaça? Pensei que ele fosse do Banco, ou da Joia. Mas é de um dos círculos inferiores... Temos algo em comum. A ideia provoca um calor no meu peito, mas então eu recordo que não devia me importar.

— Em que Quadrante mora sua família? — o Duque pergunta.

— No Leste, milorde.

— Ah, temos várias fábricas no Quadrante Leste. Como é mesmo seu sobrenome?

— Lockwood, milorde. Meu pai faz armários na Marcenaria Joinder.

— É uma subsidiária da Casa da Pedra, não é?

— Sim, milorde.

— Querido — a Duquesa diz —, precisamos tentar encontrar um trabalho mais adequado para o pai desse jovem rapaz em uma de nossas fábricas.

— É muita gentileza, Sua Graça — Ash diz, mas percebo a tensão em torno dos seus olhos.

— Estava comentando com a Lady do Vidro mais cedo, é impressionante que a concepção natural ainda produza resultados tão... excelentes. Seus pais devem ser muito bonitos. — A Duquesa olha para Ash com uma expressão faminta, enquanto bebe um generoso gole de vinho.

Lady do Vidro muda de assunto rapidamente.

— Carnelian, querida, qual era o número do lote da substituta que sua mãe usou para ter você?

A questão parece causar desconforto na jovem.

— Ela não dava importância para classificações. Sempre dizia que só queria que eu fosse saudável.

— Bem, tenho certeza de que ela teve o melhor que pôde comprar — Lady do Vidro diz.

— Beryl, essa conversa sobre substitutas é coisa de mulher, não acha? — o Duque pergunta. — Vamos tomar um conhaque na sala de fumar?

Nesse momento a porta se abre e James, o mordomo, se curva ao entrar.

— Peço desculpas, Sua Graça, mas chegou uma mensagem urgente da Casa do Vidro. — Ele vira e se curva para a visitante. — Sua substituta está em trabalho de parto.

— Oh! — Lady do Vidro exclama. — Mas só devia acontecer dentro de duas semanas.

Há uma comoção generalizada com os criados puxando cadeiras e correndo para pegar casacos, enquanto o Duque e a Duquesa parabenizam o casal.

— Vai dar tudo certo — a Duquesa garante à Lady do Vidro. — Garnet nasceu prematuro duas semanas e meia e... Bem, nasceu saudável. Use meu automóvel para voltar para casa, é mais rápido.

— Ah, obrigada, obrigada! — Lady do Vidro agradece, beijando o rosto da Duquesa. O Lorde e o Duque trocam um aperto de mão, antes de o casal correr para a porta.

— Minha querida — o Duque diz —, creio que vou me recolher.

Sem nem sequer olhar para a esposa, ele sai da sala.

A Duquesa se senta novamente.

— Isso é tudo por hoje — ela diz com um gesto displicente. — Saia.

Obedeço com satisfação.

Ash, Carnelian e eu nos dirigimos ao corredor. Uma criada de vestido preto e avental branco espera por Carnelian, mas Annabelle não está ali.

— Sua dama de companhia voltará logo — a criada avisa, e reconheço a voz que ouvi na ala leste. A garota chamada Mary. — Ela está servindo Garnet na biblioteca.

— Ah, obrigada — respondo.

— Como foi o jantar, senhorita? — ela pergunta a Carnelian.

— Horrível. O sr. Lockwood pode me acompanhar aos meus aposentos?

— Não seria apropriado — Ash diz, antes de beijar a mão dela. — Mas verei você amanhã.

Carnelian sorri e aceita a companhia da criada.

Agora somos apenas eu e Ash no corredor.

Percebemos no mesmo instante que estamos sozinhos, e ele recua um passo, como se não quisesse ficar muito perto de mim. Não sei o que dizer, mas quero dizer *alguma coisa*. Ele começa a se afastar, mas acaba retornando.

— É sempre assim para você, não é? — diz. — Sempre foi assim para as substitutas. Eu que nunca percebi antes.

Abro a boca, mas antes de ter uma chance de perguntar o que ele quer dizer, Ash dá as costas e desaparece pelo corredor.

16

— TEM QUE SER TÃO APERTADO?

Alguns dias depois do jantar em família, fui informada de que deveria comparecer ao Baile do Executor com a Duquesa e sua família. Nunca pensei que ir a um baile significava passar uma noite inteira sem conseguir respirar direito.

Annabelle revira os olhos e termina de amarrar as faixas do meu espartilho. Traço o contorno da armação com os dedos. Nunca usei um igual antes, e tenho certeza de que não sentirei saudade da experiência.

Annabelle me vira de costas para o espelho e me ajuda a vestir mil saiotes, depois segura uma quantidade infinita de tecido brilhante. Com cuidado para não estragar o penteado, ela me ajuda a entrar no vestido. Depois recua para admirar seu trabalho e aplaude.

— Posso olhar agora? — resmungo. A preparação para o Baile do Executor levou horas, quero acabar logo com isso. Annabelle ri silenciosamente e me vira de frente para o espelho de três faces.

— Ah! — exclamo. — Ah, Annabelle...

O vestido é lilás com reflexos dourados, a saia cheia desce graciosamente até o chão, o corpete é justo sobre o espartilho que, admito relutante, acentua minha silhueta. Talvez até demais. É como se meu corpo fosse espremido para cima, de modo que exibo mais pele do que estou acostumada. Meu cabelo foi cacheado e levantado de um jeito que deixa as pontas soltas sobre um ombro, e estou usando mais maquiagem que de costume, especialmente em torno dos olhos.

O rosto de Annabelle aparece sorridente sobre meu ombro.

— Não fique tão convencida — digo com um sorriso. — A Duquesa vai ficar muito impressionada.

Annabelle me leva ao saguão principal, onde a fonte cintila alegremente sob a luz da noite. Ash e Carnelian já estão lá, fazendo meu coração dar um salto.

— Não sabia que *você* ia — Carnelian diz.

Seu vestido cor-de-rosa é mais luxuoso que o meu, com mangas de renda e uma saia muito mais cheia.

— Eu também não sabia que *você* ia — respondo.

Ash não olha para mim, mas seus lábios se distendem sutilmente.

O Duque e a Duquesa chegam, seguidos por Cora.

— Estamos atrasados — a Duquesa diz sem cumprimentar ninguém. — Onde está Garnet?

Ela olha de um jeito austero para cada um de nós, como se pudéssemos ter escondido seu filho no bolso, ou alguma coisa do tipo. Depois suspira, irritada.

— Não sei por que me incomodo em perguntar. Vamos.

Seu vestido azul-escuro brilha embaixo do manto de veludo, e a mão enluvada repousa sobre o braço do Duque quando ela o guia para a porta. Annabelle amarra o manto sobre meus ombros enquanto Ash faz o mesmo por Carnelian.

— Onde está Garnet? — sussurro.

Annabelle faz uma careta e dá de ombros.

Dois automóveis esperam por nós na alameda do lado de fora. O ar é gelado, o céu é de um azul profundo e escuro.

Puxo o manto contra o corpo. O Duque e a Duquesa se dirigem ao primeiro automóvel, e Cora conduz Ash, Carnelian e eu ao segundo.

O trajeto até o Palácio Real parece levar uma eternidade. Carnelian e eu estamos lado a lado, Ash no banco oposto, de frente para nós. Olho pela janela, tentando ignorar Carnelian e suas perguntas sobre um ou outro palácio e o modo como ela ri de tudo que Ash diz. Mas ele está sempre lá, no canto do meu campo de visão, um contorno preto e branco que não consigo apagar ou ignorar.

Os palácios são ainda mais incríveis à noite. Reluzem em cores suaves como velas cravejadas de pedras. O Salão Real de Concertos é luminoso, todo rosa e dourado. Ash menciona para Carnelian o concerto de Stradivarius Tanglewood, e eu me irrito quando ela pergunta:

— Quem?

Quando chegamos à floresta, onde não há mais luzes além dos faróis dos carros, olho para o céu. Centenas de milhares de estrelas se aninham na escuridão. Lembro-me daquela noite quando olhei para esse céu e me confortei pensando que Hazel e eu estaríamos sempre juntas sob ele. Pergunto-me se ela está olhando para o céu agora. Espero que sim.

Então me ocorre que esta noite verei Lucien de novo. Como sou idiota por não ter pensado nisso antes. Todos aqueles pensamentos estúpidos sobre Ash dominaram completamente minha mente. Balanço um pouco a cabeça, como se assim pudesse realmente limpá-la. Tenho que estar focada. Preciso encontrar um jeito de falar com Lucien. Sozinha.

Passamos pelo jardim de arbustos esculpidos, salpicados por centenas de luzinhas brancas, e saímos do outro lado da praça com a fonte em seu centro.

O Palácio Real brilha como fogo líquido. Suas cúpulas, torres e colunas cortam a escuridão, projetando uma luz vermelha e dourada sobre a praça. O motorista para diante dos largos degraus onde lacaios aguardam para abrir as portas da frente e oferecer ajuda aos convidados. Ash, Carnelian e eu seguimos o Duque e a Duquesa pela escada até as portas de entrada. Um criado recolhe nossos mantos e outro nos leva por um corredor de tapete dourado adornado com enormes pinturas a óleo. Ouço as notas tênues da música que vem de algum lugar próximo.

Mal posso esperar para ver Raven. Faz quase um mês que a vi pela última vez, no funeral de Dahlia. Parece que faz séculos. Ela deve estar aqui com a Condessa da Pedra.

Chegamos a um conjunto de porta dupla ornamentada, que o criado abre com um floreio. Outro criado, um homem velho com um grande cajado, espera do outro lado. Ele bate o cajado no chão três vezes e anuncia em voz alta:

— O Duque e a Duquesa do Lago.

O salão de baile está cheio de homens de smoking e mulheres em vestidos coloridos, cujas saias balançam quando elas se movem de um lado para o outro, girando e rodopiando para dançar a valsa tocada por uma pequena orquestra sobre uma plataforma elevada na extremidade da sala próxima à parede de janelas. Do outro lado, o Executor e a Eleitora estão sentados lado a lado em tronos iguais. Eles formam um par estranho, ela parece uma bonequinha ao lado dele, animada e sorridente, enquanto ele se mantém sério e segura uma taça de vinho.

A Duquesa segue na frente, abrindo caminho entre os grupos de homens e mulheres aglomerados em torno da pista de dança, a maioria se curvando em reverência a ela. O Duque pega duas taças de champanhe de um garçom que passa por eles e entrega uma à esposa. Vejo a Duquesa das Balanças observando a Duquesa do Lago. A bolo confeitado está ao lado dela, dócil e silenciosa. Procuro Lucien e Raven. A Condessa da Pedra é enorme, eu devia vê-la com facilidade...

O salão de baile é iluminado por um enorme lustre com globos de luz pairando ao seu redor, como planetas em torno de um sol cravejado de pedras. As paredes são revestidas de papel dourado, cobre e bronze, e o piso é um zigue-zague de madeira polida. Outro garçom passa com uma bandeja de champanhe, e Ash pega duas taças, uma pra ele, outra para Carnelian.

— É incrível — Carnelian diz olhando para o teto. — Já esteve aqui antes?

— Algumas vezes — Ash responde. Sua voz tem um tom diferente, talvez de tristeza ou pesar, e me pergunto quais lembranças ele tem do salão.

— Sempre quis ir a um baile — Carnelian comenta, alheia às nuances da fala de Ash. — Mas minha tia nunca permitiu.

— É por isso que estou aqui. Você precisava de um acompanhante — Ash explica.

— Garnet me acompanhou a uma festa certa vez, a da Noite Mais Longa — ela comenta. — No Banco. Não era nada tão bonito quanto este salão.

Continuo procurando Lucien ou Raven, atenta a qualquer bandeja de canapés que passe por mim. Aposto que a comida aqui é incrível. O Duque desapareceu, e a Duquesa conversa com a Condessa da Rosa.

A música muda.

— Quer dançar? — Ash convida Carnelian.

Ela fica vermelha:

— Eu... adoraria — gagueja.

Ash a leva para a pista de dança. Sinto uma onda de raiva irracional quando o vejo passar um braço pela cintura de Carnelian e aproximar seu rosto do dela.

A Duquesa não presta atenção em mim, por isso pego uma taça de champanhe e dou um grande gole. As bolhinhas atingem meu nariz.

Outro casal é anunciado na porta. Não consigo ouvir os nomes, mas a mulher traz uma substituta na coleira. Antes de entrar no salão, porém, ela a liberta e entrega a coleira ao lacaio. Desvio o olhar. O que vi de coleiras como aquela é suficiente para toda uma vida.

Há outros jovens casais dançando, e muitos rapazes são bem bonitos. Pergunto-me se são acompanhantes também ou apenas a realeza aprimorada por substitutas. Analiso a multidão. As pessoas da realeza se portam com uma arrogância casual, olhando pela sala como se procurassem uma conversa melhor ou alguém sobre quem falar.

As substitutas são fáceis de identificar, todas estamos ao lado de nossas donas, sem saber o que fazer, deslocadas. A leoa está perto de mim, com o cabelo trançado formando uma elegante coroa. Ela estreita o olhar ao ver a taça na minha mão, e eu bebo rapidamente o resto do champanhe, devolvendo a taça a um garçom de passagem. Percebo a bolo confeitado olhando com ar sonhador para os convidados na pista de dança. Mas, ainda, não vejo Raven ou Lucien.

De repente a conversa da Duquesa chama minha atenção.

— Em breve — ela diz à Condessa. — O doutor Blythe está muito satisfeito com os resultados até agora.

A Condessa ri.

— Sim, Sapphire está contando sobre sua última visita a quem quiser ouvir. Soube que sua substituta destruiu uma coleção de cristais.

A Duquesa dá de ombros.

— Quinquilharias, na verdade, nada que não possa ser substituído. E valeu a pena. Espero que o relato chegue aos ouvidos certos.

— Ouvi a Duquesa das Balanças comentando com a Lady...

— Alexandrite não me preocupa — a Duquesa interrompe com desdém. — Ela não pertence a nenhuma Casa Fundadora, e está casada com o Duque há apenas dois anos. Não, é com Ebony que estou preocupada.

Ebony. A mulher que comprou Raven. Eu me aproximo um pouco mais da Duquesa e escuto com atenção.

— Sim, ela tem sido muito sigilosa — a Condessa concorda. — Não é um bom sinal.

— Para mim, tudo estará bem se minha filha nascer primeiro — a Duquesa anuncia. — Esse é o fator mais importante. Não pode ser ignorado. Ela será única desde o nascimento. O Executor não vai poder ignorar esse fato.

— E a Eleitora? — a Condessa questiona.

— A decisão não cabe a ela, no final — a Duquesa responde. — Ele decide. E por mais que ela minta, fique se exibindo e finja ser igual a nós, ela não é, nunca será. — A Duquesa olha com frieza para o Executor em seu trono. — Lembre-se disso, Ametrine, ninguém o conhece como eu.

A Condessa da Rosa parece desconfortável. Eu também me sinto incomodada, como se estivesse invadindo um momento de privacidade da Duquesa.

— Como vão os preparativos para o casamento? — a Condessa pergunta, mudando de assunto.

A Duquesa solta um gemido.

— Que casamento? A Casa dos Baixos deve me dar uma resposta esta semana. Pelo menos Garnet tem um título.

Carnelian... — Sigo o olhar das duas nobres até a pista de dança, onde a garota dança sem nenhuma coordenação nos braços de Ash. — É simples, ela não tem nada de positivo, tem?

— O acompanhante que arrumou para ela é *muito* agradável. Um dos melhores que vi em anos — a Condessa elogia.

A Duquesa faz uma careta.

— Ah, sim, de fato. — Ela tem aquela expressão faminta ao olhar para Ash. Sinto-me desconfortável novamente. Por falta de coisa melhor para fazer, pego outra taça de champanhe e bebo metade. Minha cabeça está leve. Uma bandeja de torradas com cream cheese e salmão defumado passa por mim. Enfio uma na boca enquanto a atenção da Duquesa está voltada para a pista de dança. Mantenho a taça de champanhe escondida entre as dobras do vestido.

A dança termina, e Ash conduz Carnelian até nós.

— Ah, que divertido! — Carnelian exclama. — O sr. Lockwood disse que esta semana vamos trabalhar nas minhas habilidades de dançarina.

— Uma ideia sensata — a Duquesa responde num tom seco.

— Vocês formam um casal encantador — a Condessa afirma, quase sem disfarçar o sarcasmo.

Reviro os olhos. Por um segundo, juro que vejo um fulgor jocoso passar pelos olhos de Ash, mas ele se vira para a Duquesa.

— Poderia me dar a honra de uma dança, milady?

A Duquesa aceita, e Ash a leva à pista de dança.

Perfeito. Já é suficientemente ruim vê-lo com Carnelian, mas vê-lo dançar com a Duquesa é de arrepiar. Esvazio minha taça no mesmo instante em que a leoa leva a dela aos lábios. Ela também pegou uma taça de champanhe escondido. Levanto uma sobrancelha. Ela dá de ombros e bebe um gole enorme.

De repente alguém tropeça em mim, e ouço uma gargalhada estrondosa. Derrubo a taça e quase caio em cima de Carnelian. Alguns grampos se soltam, vários cachos caem sobre minha nuca.

— Ai! — grito, desequilibrando-me por causa do champanhe.

— Garnet — a Condessa da Rosa reage.

A gravata borboleta de Garnet está torta e seu rosto está corado. Parece que ele também já bebeu muito champanhe. Os outros quatro rapazes que o acompanham, todos da mesma idade, mais ou menos, também dão sinais de embriaguez. Eles tentam parecer sóbrios para a Condessa, mas o esforço é inútil.

Garnet nem sequer tenta.

— Minhas sinceras desculpas, Sua Graça — ele pede com uma reverência afetada. — Não lhe vi aqui.

— Francamente, é tão difícil assim se comportar? — a Condessa pergunta. — Não acha que sua mãe já tem muito em que pensar?

— Refere-se às minhas núpcias? Ou à falta delas? — Garnet ri, virando-se. — Quem poderia imaginar que isto — e aponta o próprio rosto — seria tão difícil de vender?

Carnelian ri.

— Você é um porco — ela o acusa.

— E você, prima, é um desastre das relações públicas, mas quem se importa? — Garnet pega uma taça de champanhe. — Aposto dez mil diamantes que ela encontra um casamento para mim antes de achar alguém para você.

Carnelian fica séria.

— Não tenho dez mil diamantes.

— É verdade. — Ele olha para os amigos. — Vamos sair daqui antes que Sua Graça Real volte da pista de dança. Tem um jardim no fundo.

— Garnet — um dos amigos dele chama, movendo a cabeça na minha direção. — Não vai se desculpar?

— Pelo quê? — O olhar desfocado de Garnet repousa em mim. — Ah, essa é só a substituta da minha mãe. Vamos.

Eles se movem pelo salão cheio, as gargalhadas soando mais altas que a música. Os grampos se soltaram em toda a parte de trás da cabeça.

— Tudo bem aqui? — uma voz conhecida pergunta.

Viro e vejo Lucien sorrindo com simpatia. Abro a boca para responder, mas ele move a cabeça sutilmente, e eu a fecho depressa.

— Garnet acaba de ser encantador, como sempre — a Condessa responde. — Ele parece ter aborrecido essa substituta.

— Oh, céus — Lucien diz ao examinar meu cabelo. — Que constrangedor. Não se preocupe, vou dar um jeito nela antes de o baile acabar. Você... — diz num tom ríspido, me assustando. — Por aqui.

Sigo Lucien pelo salão movimentado, mantenho a cabeça baixa e tento parecer o mais dócil e despretensiosa possível. Ele me leva para fora do salão, para um corredor. Ouço o tilintar das chaves quando ele destranca a porta de uma sala. Lá dentro, uma parede inteira é revestida de espelhos, e há uma pia e uma bancada de pedra coberta de produtos de maquiagem, grampos de cabelo e perfumes.

— Lucien! — eu grito quando ele fecha a porta. — Onde você...?

Lucien leva um dedo aos lábios e eu me calo. Ele pega o diapasão do chaveiro e bate sobre a bancada. O objeto flutua no ar, vibra baixinho. Então ele sorri para mim.

— Você está linda.

Não consigo conter um sorriso.

— Obrigada. Estive na biblioteca procurando você. Onde esteve?

— Não é inteligente encontrar alguém na Joia duas vezes no mesmo lugar — ele explica.

— Era séria aquela conversa sobre me tirar daqui?

— Sim. Mas não há tempo para respostas agora. — Lucien analisa meu cabelo, levanta os cachos soltos. — Eu tinha um plano para tentar falar com você em particular, mas o filho da Duquesa e suas maneiras horrendas criaram uma oportunidade melhor.

Os olhos dele encontram os meus no espelho. Ele segura outro diapasão como o que flutua no ar. Cuidadosamente, prende o objeto no meu cabelo, escondendo-o entre os cachos.

— Esconda-o quando voltar ao palácio. Vai precisar dele amanhã à meia-noite — Lucien sussurra no meu ouvido. — Agora, vamos voltar para junto da sua senhora.

Ele devolve o outro diapasão ao chaveiro e eu o sigo silenciosamente de volta ao salão, atordoada com os acontecimentos e por pensar que há um segredo escondido no meu cabelo.

17

A DUQUESA AINDA ESTÁ NA PISTA DE DANÇA COM ASH QUANDO voltamos ao salão de baile.

— Volte para perto da Condessa e espere sua senhora — Lucien me orienta num tom firme e autoritário, agora que estamos em público. Concordo, vendo ele atravessar o mar de gente em direção à Eleitora. Quando ele se aproxima do pódio real, ela o chama ao trono. Ele se inclina, e ela sussurra em seu ouvido. Gostaria de saber o que ela está falando.

— Violet?

Dou um salto ao ouvir meu nome pronunciado numa voz rouca, sussurrada. Raven está escondida atrás de um pilar e usa um belo vestido vermelho, além de braceletes dourados reluzentes.

— Raven! — exclamo, aproximando-me dela rapidamente, mas com cuidado.

— Shhh! Ela não pode saber que me afastei.

Raven inclina a cabeça num movimento rápido por cima de um ombro. Vejo as costas enormes da Condessa da Pedra, que conversa com uma mulher conhecida. É Lady da Chama.

— Procurei você em todos os lugares — Raven diz.

Supero o choque de vê-la e percebo o quanto está magra. Emaciada até, com os ossos do rosto mais salientes e círculos escuros em volta dos olhos.

— Você está bem? — sussurro.

Raven sorri, os lábios esticados rigidamente no rosto.

— Está bonita — ela comenta. — Exatamente como me lembro de você. — Seus olhos perdem o foco. — Às vezes me pergunto se a vida no Portão Sul era um sonho. Também sente isso?

— Não — respondo. — Do que está falando?

Mas Raven parece não me ouvir.

— Tinha outra garota. Ela era nossa amiga. Bonita, ingênua, com cabelo loiro. Como era o nome dela?

Um nó se forma na minha garganta.

— Lily — eu digo. — O nome dela é Lily.

Raven suspira.

— Sim. Lily. Acho que fui cruel com ela algumas vezes.

Raven massageia os braços distraída, e percebo que os braceletes dourados são algemas, na verdade, e que uma fina corrente os une.

— O que é isso? — pergunto, horrorizada.

O sorriso de Raven é assustador.

— Ela não gosta muito de mim. Já disse que não vou dar o que ela quer. Ela acha que pode tirar minhas lembranças, mas não vou deixar. Não vou esquecer você. Prometo, está bem? Não vou esquecer você.

— Raven, está me assustando.

— Você também não vai me esquecer, não é, Violet? — Raven pergunta enquanto se afasta.

— Não — respondo com lágrimas nos olhos. — Nunca.

Raven corre para perto da sua dona no instante em que a Condessa da Pedra se vira para pegar um canapé de uma bandeja.

Dou outro salto ao sentir uma mão segurar meu braço.

— Achei que você já teria encontrado sua senhora a essa hora... — Lucien olha para mim como se me prevenisse. — Por favor, deixe-me ajudar.

Sigo Lucien com a mente dominada pela imagem de Raven: o rosto magro, as algemas nos pulsos, a insistência para que eu não me esquecesse dela.

— Aqui está ela, milady — Lucien diz, e eu pisco. Estamos novamente com a Condessa da Rosa e Carnelian. — Inteira.

A música termina e os casais começam a deixar a pista de dança. A Duquesa e Ash estarão aqui a qualquer momento. Mas eu não consigo me recompor.

— Aqui — Lucien diz, pegando uma taça de uma bandeja que passa. — Beba alguma coisa. Não precisa ficar tão constrangida. Tudo vai ficar bem.

A voz dele tem uma nota tensa, e percebo o duplo significado nas palavras. Pergunto-me se ele sabe sobre Raven, mas Lucien se curva e desaparece na multidão.

— Você dança muito bem, sr. Lockwood — a Duquesa comenta, rindo quando se junta a nós.

— Digo o mesmo, milady — Ash responde.

Carnelian faz um biquinho. Os olhos da Duquesa estudam os convidados.

— Acho que devo ir procurar meu marido. Ametrine, conversamos novamente antes de irmos embora.

— É claro — a Condessa responde.

A Duquesa olha na minha direção, e me sinto grata pelo champanhe. A taça ocupa minhas mãos, servindo de desculpa para eu esconder o rosto. Além de justificar o rubor no meu rosto e o brilho nos meus olhos. Ela arranca a taça das minhas mãos.

— Você não bebe sem minha permissão — ela diz num tom seco enquanto entrega a taça a um garçom. Um estrondo repentino interrompe a música. A Eleitora e o Executor se levantam e todos ficam em silêncio. Os homens se curvam, as mulheres se abaixam até o chão. Minha saia se abre como um lago à minha volta quando faço a reverência, o corpete apertado espeta o quadril.

— Agradecemos a todos por comparecerem ao nosso baile anual — o Executor diz, e sua voz ecoa pelo salão repleto de convidados. — Todos são muito queridos por nós e cruciais para a sobrevivência de nossa grande cidade. Brindamos a todos vocês em gratidão.

O Executor e a Eleitora levantam suas taças. O sorriso da Eleitora é um pouco forçado. A multidão se levanta e os imita.

— Este ano certamente será muito excitante para nossa família — ele continua. — Quero apresentar a todos vocês... meu filho e herdeiro, o futuro Executor.

Uma enfermeira de quepe branco aparece entre o Executor e a Eleitora segurando um bebê nos braços. Ele está enrolado num manto de ouro bordado com rubis e pérolas. O rosto pequenino está contraído, e quando a realeza aplaude e ovaciona, ele começa a chorar num grito agudo e longo. O Executor olha carrancudo para a enfermeira, e o bebê é levado do salão. Seus gritos desaparecem em meio aos aplausos.

— Agora, vamos nos divertir! — a Eleitora anuncia. — Há muitas substitutas novas aqui esta noite. Vamos ver qual delas é a mais talentosa?

É incrível a capacidade da realeza de fazer perguntas que não são perguntas. Talvez por isso a Duquesa tenha me dado o violoncelo, não como um presente ou recompensa, mas para me preparar para algum tipo de competição entre substitutas. Olho para ela temendo que me ofereça como voluntária, mas encontro seus olhos cravados no Executor.

— A minha é dançarina, Sua Graça — a Duquesa das Balanças informa. — A melhor que já vi. — Ao lado dela, a bolo confeitado fica pálida.

A Eleitora ri, animada, e bate palmas.

— Maravilhoso! Esvaziem a pista.

Sinto pena ao ver a garota ser levada para uma parte da pista de dança bem na frente do pódio real. A multidão se aglomera para ter uma visão melhor. Os cachos dourados da bolo confeitado tremem, os olhos procuram sua senhora, que assente, autoritária. Não quero pensar no que pode acontecer com ela em casa, se não dançar bem.

A menina para na extremidade da pista e tira os sapatos. Depois, sob um coro de exclamações e gritos chocados, ela desamarra a saia e a deixa cair no chão, mantendo apenas o saiote e o corpete.

— Oh, céus! — a Eleitora exclama.

A Duquesa das Balanças parece satisfeita com a atenção.

— Ela só consegue dançar desse jeito, Sua Graça — diz. — A saia é longa demais.

A Eleitora ri.

— Entendo. Ela precisa de alguma música especial?

— Não, Sua Graça — a Duquesa responde com um sorriso superior. — Ela sabe dançar tudo.

A Eleitora chama a atenção da orquestra.

— Toquem um noturno.

Soa a primeira nota de um violino solitário, depois uma sequência de notas melancólicas seguida rapidamente por um segundo violino, uma viola e um violoncelo. Não posso deixar de perceber que a viola está um pouco desafinada, a corda A soa aguda demais.

A bolo confeitado fecha os olhos, levanta os braços e começa a dançar.

Ela é bonita. Nunca vi ninguém se mover com tanta graça e fluidez. É como se os ossos fossem feitos de borracha, como se pudessem se dobrar e alongar e criar formas que, certamente, nenhum corpo normal conseguiria reproduzir. Tenho a sensação de que ela me conta uma história com cada giro e cada salto. De um jeito estranho, aquilo me lembra o que sinto quando toco violoncelo.

A música termina, e a bolo confeitado se curva em uma delicada posição final. A Eleitora começa a aplaudir. Rapidamente, a multidão a imita, e eu também aplaudo. Ver a bolo confeitado foi como estar em um sonho que não era meu. Gostei muito da experiência.

A bolo confeitado se curva em uma reverência, recolhe apressada a saia e os sapatos e vai se juntar a sua senhora.

— Foi deslumbrante — a Eleitora declara, e os aplausos cessam repentinamente. — Não foi, meu querido?

— Deslumbrante — o Executor concorda.

— Não consigo imaginar nada mais agradável. — A Eleitora sorri para a Duquesa das Balanças, que enrubesce de contentamento e se curva. — Alexandrite, creio que pode ter comprado a substituta mais talentosa do Leilão.

— Sou forçada a discordar, Sua Graça.

A multidão reage surpresa, e um arrepio gelado sobe por minhas costas. A Duquesa do Lago ainda olha para o Executor, seus olhos negros brilhantes à luz do lustre. Vejo um esboço de sorriso se formar nos lábios dele.

Se a Eleitora percebe a mudança sutil, não demonstra. Pelo contrário, parece muito satisfeita.

— É mesmo? Acredita que sua substituta pode ofuscar a de Alexandrite?

A Duquesa praticamente irradia arrogância.

— Tenho certeza de que pode.

— Ah, eu adoro uma boa competição. Ela deve se apresentar imediatamente, não concorda, querido?

O Executor bate com um dedo em sua taça de vinho.

— Qual é o talento dela, Pearl? — ele pergunta.

Alguma coisa ganha vida nos olhos da Duquesa.

— Ela toca violoncelo, Sua Graça.

O Executor assente.

— Levem-na ao palco — ele ordena aos lacaios. Uma garra de ferro segura meu braço. — Não me desaponte — a Duquesa avisa, e depois, quase como uma lembrança tardia, acrescenta: — Por favor.

Sou conduzida até a orquestra, sinto a ansiedade da multidão diante do desafio, o desejo pervertido de me ver fracassar. O palco fica mais próximo, e eu tropeço nas saias quando sou puxada escada acima. Ouço as risadas e sinto meu rosto queimar.

Um homem de bigode grisalho me entrega seu violoncelo com relutância. Pego o instrumento, seguro o braço de madeira polida e estendo a outra mão para pegar o arco.

Respiro profundamente e viro de frente para a plateia. O Executor e a Eleitora deixaram o pódio, estão em pé diante da escada, a poucos passos de mim. A Duquesa está atrás do ombro direito do Executor, e o Duque ao lado dela. Carnelian e Ash estão juntos, perto dos nobres. E atrás deles vejo um mar de rostos, todos voltados na minha direção, todos os olhos acompanhando meus movimentos. O arco treme na minha mão. Nunca toquei diante de tanta gente. Minha plateia imaginária na sala de concerto da Duquesa é sempre simpática e encorajadora. Acanhada, sento-me na beirada da cadeira, ajeito as saias para acomodar o violoncelo confortavelmente entre os joelhos. Seu formato me acalma um pouco. Apoio o braço de madeira sobre meu ombro.

— Tem alguma preferência por compositor, Sua Graça? — a Duquesa pergunta, mas não sei se ela está falando com o Executor ou com a Eleitora.

A Eleitora responde:

— Gostaria muito de ouvir o que ela mais gosta de tocar.

Percebo que a multidão se agita, vejo que algumas mulheres riem e fazem caretas, mas não sei de que maneira isso pode ser ofensivo e, então, deixo de me importar. Tenho que tocar como nunca. Respiro fundo novamente e penso.

O que eu mais gosto de tocar...

Em um lampejo, toda cena diante de mim se modifica, porque sei exatamente o que quero tocar e não tenho mais medo.

O prelúdio em sol maior. A primeira peça que aprendi. Tenho certeza de que a Duquesa prefere uma peça mais complicada, algo capaz de impressionar ou intimidar. Mas o prelúdio me faz lembrar de Raven, de Lily e de todas as garotas que viajaram comigo naquele trem. Me faz recordar o refeitório do Portão Sul, meu quarto minúsculo e um bolo com o nome de Hazel, um tempo em que risada significava alguma coisa, amizade e confiança.

Puxo o arco sobre as cordas e começo. As notas se sucedem sem nenhum esforço, uma cascata sonora. Deixo o salão e flutuo para longe, para uma sala simples de música com cheiro de madeira encerada, onde os únicos rostos à minha frente são os das garotas que não querem nada além de me ouvir tocar. E não porque sou talentosa, não porque isso me torna diferente ou especial de algum jeito, mas porque tocar é minha paixão. As lembranças queimam dentro de mim como a chama de uma vela, e o arco desliza sobre as cordas produzindo notas cada vez mais altas. Sinto-me livre, realmente livre, porque nesse lugar ninguém pode me tocar, ninguém pode me ferir, e quando puxo o arco pela quinta final, um acorde reverbera pela sala cavernosa, e percebo que estou sorrindo, com lágrimas correndo pelo meu rosto.

A sala está em silêncio.

Levanto a cabeça e encontro um par de olhos cinzentos-esverdeados, não mais suaves, mas ardentes. Ash não desvia o olhar, nem eu. O rosto dele é determinado, franco, e me faz sentir viva. Ele não está olhando para uma substituta, está olhando para *mim*.

O Executor começa a aplaudir. O aplauso ganha força, e logo o barulho é ensurdecedor, mas sinto-me estranhamente distante da situação. As palmas soam abafadas nos meus ouvidos, porque um brilho de ouro atrai meu olhar. Vejo o único rosto que pode me fazer deixar de olhar para o de Ash.

Raven.

Ela se destaca claramente naquele mar de rostos e, com as mãos algemadas apertadas contra o peito, parece feliz, realmente feliz. Nossos olhos se encontram, cruzo dois dedos da mão direita e os coloco sobre o coração, o símbolo de respeito das substitutas do Portão Sul e um sinal de que, independentemente do que acontecer, eu nunca a esquecerei.

18

O BAILE FICA MAIS ANIMADO NA MEDIDA EM QUE A NOITE AVANÇA. O champanhe circula abundante, as danças são mais vibrantes, risadas e conversas atingem níveis ensurdecedores.

A Duquesa recebe muitos elogios por minha apresentação, o que é ridículo, considerando que ela não fez nada. Toda vez que vejo Raven, ela está de cabeça baixa ao lado da Condessa da Pedra, as mãos algemadas unidas diante do corpo.

O calor de todos aqueles corpos em movimento e o champanhe começam a me deixar meio tonta. A Duquesa está na pista de dança com o Duque. Perdi de vista Carnelian e Ash, e Lucien conversa com vários lacaios. Garnet e os amigos riem e olham para um grupo de meninas. Preciso de ar fresco. Vejo uma porta na parede das janelas e saio por ali.

O ar frio faz minha pele arrepiar. Respiro profundamente, ou tão profundamente quanto é possível neste espartilho estúpido. Passo a mão pela testa. É muito bom ficar sozinha por um momento.

Estou em um pequeno jardim com uma fonte no centro. Vejo duas pessoas em um banco do outro lado, duas silhuetas enroscadas. Há um arbusto alto à minha direita, e nele me escondo, evitando ser vista pelo casal e fugindo do barulho e das risadas no salão de baile.

A lua brilha sobre um pequeno lago, onde noto um caramanchão na parte de trás. É tudo muito quieto, tranquilo. Eu me abaixo à margem do lago, tomando cuidado para não molhar as saias, e toco a superfície vítrea com um dedo. O reflexo da lua dança e se espalha em um círculo trêmulo que se torna mais largo, e aos poucos a água recupera a placidez.

— Olá — uma voz diz.

Quase caio no lago. Levanto depressa e vejo Ash sentado no caramanchão, uma parte iluminada pelo luar prateado, outra envolta pela escuridão. Ele está sem o paletó do smoking e enrolou as mangas da camisa.

— Oi — falo num tom baixo de voz.

Por alguns segundos nós apenas nos olhamos.

— O que está fazendo aqui? — ele pergunta.

— Eu... não sei. Estava quente. E lá dentro é muito barulhento.

— Sim. É. — Ele abaixa o olhar. — Não devia estar aqui.

— Não. Provavelmente não.

Mas ele não me manda ir embora. E não se mexe.

— Aquilo foi incrível — diz, e seus olhos encontram os meus novamente. — Nunca ouvi ninguém tocar daquele jeito.

— Ah... — murmuro. E acrescento, tarde demais: — Obrigada.

— Eles não entendem — Ash comenta olhando na direção do salão. — Acham que você *deve* a eles sua música. Como se o dinheiro que têm garantisse o direito a ela.

— E não garante? — respondo ironicamente.

Ele me encara, e sua expressão é difícil de interpretar.

— Não — diz.

— Bem, não sou uma Stradivarius Tanglewood — comento, tentando deixar o clima mais leve. — Nem Reed Purling, eu acho.

Ash desvia o olhar e seu rosto se torna pensativo.

— Nunca fiz isso antes, sabe? Discordar de uma cliente. Não é permitido.

— Por que discordou de mim?

— Não sei ao certo. Eu só... — Ele suspira. — Senti que tinha que dizer a verdade, acho.

— Fala como se isso fosse uma coisa terrível.

— Na minha profissão é.

— Minha profissão me impede de falar de qualquer jeito — retruco. — Portanto, pode me dizer a verdade sempre que quiser. Não posso falar nada mesmo.

— Tem razão — ele ri. — A verdade é que... odeio abacate.

Dou risada.

— O quê?

— Abacate. Detesto. É pegajoso e tem gosto de sabão.

— Abacate não tem gosto de sabão. — Dou outra risada. — Odeio este espartilho — digo, cutucando o corpete com um dedo. — Por que os homens não são forçados a usar coisas idiotas como esta?

— Não acredito que o Duque ficaria tão bem nele quanto você.

Fico vermelha.

— Não fico tão bem nele quanto a maioria das mulheres aqui.

— Não se compare a elas — ele fala num tom firme. Fico assustada, paralisada. Ele pisca. — Desculpe. Desculpe, eu...

— Tudo bem — respondo. — Não estava me comparando. — Olho para o palácio. — Não tenho nada parecido com elas — murmuro.

— Não — Ash concorda. — Não tem. — As palavras me ferem como um insulto, até ele acrescentar: — E isso é um importante elogio.

— Quantas vezes esteve aqui?

— No Palácio Real? Esta é a décima segunda ocasião para a qual tenho a honra de ser convidado.

Não posso deixar de sorrir.

— Não precisa ser tão formal. Sou só uma substituta, lembra?

Ash corresponde ao meu sorriso.

— Hábito, acho. — E faz uma pausa. — Aquilo soou bem ridículo, não foi? Às vezes acho que nem escuto mais o que eu digo. Não tenho certeza de que alguém me escuta.

— Eu escuto — declaro em voz baixa.

Silêncio. Ele não se move.

— Em que estava pensando? — Ash pergunta. — Enquanto tocava. Foi como se estivesse em outro lugar.

— Imaginei que estava novamente no Portão Sul, meu internato, e que tocava para as meninas. Elas gostavam de me ouvir tocar.

Ash se levanta. Sinto que nosso momento chega ao fim, e não quero que ele acabe. De repente, as palavras começam a brotar da minha boca:

— Se algum dia quiser ouvir a música, bem... às vezes toco na sala de concerto. Não, quer dizer... só por diversão, não é um concerto de verdade, mas... — Minha voz morre.

Ash passa uma das mãos pelo cabelo, parece frustrado. Ele sai do caramanchão e caminha em minha direção até estar bem perto, tão próximo que posso sentir o calor do seu corpo na minha pele. Meus dedos anseiam por tocá-lo, quero sentir as linhas do seu rosto, deslizar as mãos por seu peitoral. Também quero que ele me toque, que pressione os lábios contra os meus e mergulhe as mãos no meu cabelo. O desejo é dominador e irracional, e eu adoro essa sensação.

— Por que foi aos meus aposentos? — ele pergunta. — O que estava fazendo lá?

— Eu... me perdi — explico.

— Você se perdeu — ele repete, mas a voz parece insinuar outra coisa. Os olhos estão cravados nos meus. Depois de um instante ele balança a cabeça e, sem dizer mais nada, vira e me deixa sozinha, sem ar.

NA MANHÃ SEGUINTE ACORDO COM UMA DOR DE CABEÇA latejante.

— Ai! — solto um gemido, tocando a testa com cuidado. Minha boca está seca e tem um gosto horrível. Eu não devia ter bebido tanto champanhe.

Antes de chamar Annabelle, abro uma gaveta da penteadeira e pego um pequeno porta-joias esmaltado onde, na noite passada, enquanto Annabelle pendurava meu vestido, escondi o diapasão. O porta-joias tem um compartimento secreto, de onde eu tiro brincos, braceletes e pingentes para remover o fundo falso. O diapasão descansa sobre o forro de veludo. Toco o objeto com um dedo. Não sei o que vai acontecer hoje à meia-noite, mas estou ansiosa para descobrir.

Coloco o fundo falso de volta, guardo as joias e escondo a caixa na gaveta. Depois puxo a corda para chamar Annabelle.

Sinto-me melhor depois do café da manhã. Annabelle e eu passamos um dia tranquilo nos meus aposentos. Ela ganha de mim algumas vezes no Halma, e eu finjo ler um pouco, mas meus pensamentos voltam a todo instante para Ash, o encontro no caramanchão e a promessa do diapasão à meia-noite.

A porta da minha sala de chá é aberta repentinamente, com tanta violência que bate na parede. Annabelle e eu pulamos de susto quando a Duquesa entra escoltada por seus guardas.

— Saia — ela ordena a Annabelle, que desaparece apressadamente.

A Duquesa me encara.

— Tenho tratado você bem, não é? — ela pergunta.

— Si-sim, milady — gaguejo.

— E sua vida tem sido agradável como prometi, não tem?

Confirmo com a cabeça, tentando imaginar o que fiz de errado. Ela sabe sobre Lucien? Ou me viu conversando com Ash?

— Então, por favor, me explique por que uma das criadas encontrou *isto*. — E joga sobre a mesa de café um objeto pequeno e oval.

É o retrato que transformei com o Presságio Cor. A pele da Duquesa ainda é verde na pintura. Tudo dentro de mim encolhe e endurece e, ao levantar a cabeça, sinto a culpa estampada no meu rosto.

— Eu... eu... — Não há defesa.

— Você o quê? — a Duquesa ronrona. — Achou que isso era engraçado?

Balanço a cabeça.

— Vandalizou mais alguma coisa na minha propriedade?

Ela está muito calma. Sinto o suor se acumulando nas minhas axilas.

— Não, milady — murmuro.

A Duquesa levanta uma sobrancelha.

— Vamos descobrir se está dizendo a verdade.

Estou tão concentrada nela, que não prestei atenção nos Militares. Dois deles me arrancam da cadeira e me colocam de joelhos, enquanto outro empurra e segura minha cabeça para a mesa, para perto da pintura. Sinto a pressão nos meus tornozelos, como se alguém pisasse neles. Imobilizada em menos de trinta segundos. É totalmente desorientador.

Só consigo ver o que está à minha frente, e a Duquesa desaparece por um momento. Tento me debater contra os homens que me seguram, mas os movimentos só servem para provocar uma dor aguda em um ombro e fazer a pressão nos tornozelos e na cabeça aumentar.

A Duquesa volta com meu violoncelo e um martelo. Tenho a sensação de mergulhar na escuridão, como se o chão sumisse embaixo de mim. O choque me deixa anestesiada.

— Vandalizou mais alguma coisa na minha propriedade? — a Duquesa repete a pergunta.

Tento balançar a cabeça, mas a mão que me segura é muito forte.

— Não — digo. Não consigo desviar os olhos daquele martelo. — Não, milady. Juro que não.

A Duquesa considera minha resposta por um longo instante.

— Tudo bem — ela declara. — Acredito em você.

E bate no meio do violoncelo com o martelo. Um buraco enorme se abre na superfície envernizada, e as cordas emitem um som triste e dissonante.

— Não! — eu grito, mas ela levanta o martelo novamente e bate mais uma vez, e outra, quebra a ponte, rasga o corpo, arranca as cordas que pendem soltas e balançam no ar, apenas pedaços de arame arrancados de sua beleza. A Duquesa bate no meu violoncelo até deixá-lo irreconhecível. Depois larga os restos no chão com um gesto casual.

Minha visão é ofuscada pelas lágrimas, por isso não vejo que gesto ela faz, mas meu braço é esticado sobre a mesa de café e preso pelo pulso, meus dedos são estendidos sobre a superfície de madeira. A Duquesa se ajoelha até seu rosto estar quase na altura do meu.

— Quero que lembre o que eu disse sobre me desrespeitar — ela diz. E aperta a superfície fria do martelo contra meus dedos. Não consigo conter um soluço. Quero ser corajosa, mas não sei como. O medo é muito forte, muito *real*.

A Duquesa levanta o martelo, e eu me preparo para sentir a dor.

O martelo para a menos de dois centímetros dos meus dedos.

— Se isso acontecer de novo, eu quebro sua mão. Fui clara? — ela diz.

Meu corpo treme da cabeça aos pés, a respiração é intermitente.

— Sim — digo num murmúrio. — Sim, milady.

A Duquesa sorri, deixa o martelo cair ao lado dos pedaços do meu violoncelo, e então sai.

NAQUELA NOITE, QUANDO A ESCURIDÃO AVELUDADA ENVOLVE MEU quarto, sento na cama girando o diapasão entre as mãos.

Não consigo ver o relógio sobre a lareira, por isso não tenho ideia de que horas são. Não que seja importante. Não sei como poderia dormir, de qualquer maneira. Pela milésima vez, massageio os dedos da mão esquerda. Ainda posso ver o martelo erguido, ainda sinto o medo paralisante. Tenho de lembrar que não aconteceu, e ficar repetindo para mim mesma que estou bem.

O diapasão começa a vibrar. A surpresa é tão grande que o solto. Ele cai sobre o edredom com um ruído abafado, depois se eleva no ar, gira devagar e emite um som baixo, vibrante. Olho para ele sem saber o que fazer, e é então que escuto uma voz.

— Olá?

— Lucien? — sussurro. — Onde você está? — Ele soa distante, como se falasse do fim de um longo túnel.

— No Palácio Real — ele responde. — Onde mais poderia estar?

— Mas... mas... como?

— Eu chamo de "minha arcana". Eu a inventei. Ela nos permite falar em segredo sem que ninguém nos escute ou monitore.

Examino o diapasão com atenção.

— Então... estamos falando por essa coisa?

— Sim. Eu tenho o mestre. O seu responde ao meu. Eles formam uma conexão. — Faz uma pausa antes de continuar. — Mas temos coisas mais importantes para discutir.

Os cabelos na minha nuca ficam em pé.

— Posso presumir que está disposta, senão ansiosa, a fugir da Joia?

— Sim.

— Pense bem: se for pega, certamente será executada. Pode pôr sua família em perigo. Aceita esses riscos?

Esfrego os dedos da mão outra vez. Estou disposta a arriscar a segurança da minha família pela minha? Não sei. Mas não posso dizer não a Lucien, não agora.

— Sim — respondo em voz baixa. — Quando?

— Neste momento estou desenvolvendo um soro que a colocará em um coma profundo, tão profundo que vai dar a impressão de que está morta. Ninguém vai questionar nada. Substitutas morrem frequentemente por complicações médicas. Ou são assassinadas por uma Casa rival, como você bem sabe. A Duquesa tem muitos inimigos que adorariam ver você morta.

Estou atordoada.

— Isso é seguro?

— Vou ser bem claro: nada nesse plano é seguro. Mas, se concordar com ele, também vai ter que concordar com tudo que eu disser. Qualquer instrução que eu der, você tem que seguir, mesmo que não goste. Entendeu?

— Sim — respondo.

— Muito bem. O Baile de Inverno da Noite Mais Longa vai acontecer no Palácio Real. — A Noite Mais Longa é o feriado mais antigo da Cidade Solitária. Acontece no meio de dezembro, daqui a várias semanas. — Eu levarei o soro. Você o tomará na noite seguinte. Quando for pronunciada morta, será levada para o necrotério, de onde eu tirarei seu corpo e o esconderei em um trem que vai levar material para a Fazenda. Quando chegarmos à Fazenda, eu a levarei para um local seguro.

— Onde? — pergunto. Não imagino nenhum lugar na cidade que seja realmente seguro contra a realeza.

— Não posso dizer, é perigoso demais, melhor você não saber. Agora escute com atenção. Enquanto estiver no Palácio da Duquesa, obedeça a todas as regras que ela estabelecer. Não só isso, quero que seja um modelo de substituta. Vai ser obediente e submissa. Não quero mais ouvir falar em retratos mudando de cor ou estantes destruídas, entendeu?

Abro a boca para protestar, mas Lucien continua falando.

— Ela *precisa* acreditar que você está ao lado dela. Tem que fazer a Duquesa confiar em você. É sua melhor chance de escapar daqui o mais depressa possível e com segurança.

— Tudo bem — concordo, ressentida.

— Sei que é difícil, meu bem, mas prometo que não vou desapontar você.

— Violet — eu digo.

— Como?

— Meu nome. É Violet.

— Violet — Lucien repete, e ouço um sorriso em sua voz.

Torço o edredom entre as mãos.

— Por que está me ajudando?

Há um longo silêncio.

— Alguma coisa precisa ser feita — ele declara. — Ninguém merece essa vida. Ninguém merece ser privado da chance de fazer suas escolhas.

Penso em Raven algemada no Baile do Executor, em como ela prometeu não me esquecer.

— Lucien, farei tudo que quiser sem reclamar, mas pode fazer uma coisa por mim?

Ele faz uma pausa antes de responder:

— O que você quer?

— Vi minha melhor amiga no baile ontem à noite. Outra substituta. Estava pensando se... se pode descobrir alguma coisa sobre ela. Onde está, como está ou... qualquer coisa. Seria muito importante para mim.

Prendo a respiração enquanto espero por uma resposta. Ela demora muito.

— Em que Casa ela está?

Solto o ar.

— Na Casa da Pedra.

— Casa da Pedra? — Para minha surpresa, Lucien começa a rir.

— O que é? — pergunto, magoada.

— Desculpe — ele diz, e para de rir imediatamente. — É que... a propriedade da Condessa da Pedra fica na fronteira ocidental da Casa do Lago.

Levo um segundo para entender o significado do comentário.

— Espere... está dizendo...

— Estou dizendo que sua amiga mora na casa vizinha — ele confirma num tom bondoso.

19

RAVEN MORA NA CASA VIZINHA.

Isso, mais que o plano de fuga de Lucien, é o que está na minha mente ao acordar de manhã.

Todo esse tempo ela esteve tão perto.

— Gostaria de ir ao jardim — digo quando termino o café. Annabelle concorda e escolhe um dos meus vestidos que melhor aguenta a baixa temperatura, além de um casaco com gola de pele. Saímos para enfrentar o frio de novembro.

O ar gelado tem um cheiro delicioso de fim de outono. Algumas folhas marrons e secas ainda se agarram aos galhos das árvores ao longo das alamedas, mas a maioria já caiu. Elas rangem sob meus pés quando ando em direção ao muro ocidental, em direção oposta ao grande carvalho.

Annabelle se senta em um dos bancos e abre um livro. Passeio pela parte mais selvagem do jardim, saio da trilha e me mantenho por perto, mas parcialmente escondida.

Minha respiração faz surgir uma névoa branca no ar quando olho para cima, para a barreira que me separa de Raven. Se pelo menos eu tivesse um jeito de falar com ela! Se tivéssemos um par de arcana, ou algum tipo de sinal, sinais de fumaça, qualquer coisa que mostrasse a ela que estou bem perto. Se pudesse, eu subiria no muro coberto de hera e gritaria o nome dela.

Então tenho uma ideia. A hera.

Seguro um pedaço fino, sentindo a saliência rígida no ponto em que uma folha deve ter morrido e caído.

Um: ver o objeto como é. Dois: ver o objeto em sua mente. Três: submetê-lo à sua vontade.

Sinto a vida da trepadeira e a atraio, um pequeno gomo brota na minha mão. Ele escapa por entre os dedos e começa a subir pelo muro. Os fios de vida nesta trepadeira são maleáveis, fáceis de manipular, prontos para crescer de acordo com minha vontade. Quase nem percebo a dor ardida de agulhas invisíveis que perfuram a base do meu crânio. É fácil continuar concentrada.

A imagem na minha mente é clara, e minha mão fica quente em comparação ao ar frio. Empurro a hera pelo muro, sempre para cima. Minhas costas começam a doer, mas não desisto até terminar.

A trepadeira chega ao topo do muro, e eu a forço a continuar, a conduzo por entre duas hastes de aparência cruel, concentro-me, mantendo a imagem mental bem perto da superfície. Faço todos os fios de vida se unirem, se retorcerem e enroscarem, formando uma flor, cujas pétalas desabrocham em um rico círculo de cor.

Criei uma violeta.

Uma gota de sangue pinga do meu nariz e cai no solo, deixando nele uma mancha escura. A violeta balança com a brisa, inofensiva, mas cheia de significado. Espero que Raven a veja. Espero que entenda que eu a criei.

Ando um pouco por aquele trecho do jardim antes de voltar lentamente para perto de Annabelle. Ela fecha o livro e se levanta ao me ver, em seguida indica o palácio.

— Hora de voltar? — pergunto.

Hora do dr.

— OLÁ, VIOLET — O DOUTOR BLYTHE DIZ QUANDO CHEGO À sala de exames. — Como foi o fim de semana?

Seja obediente e submissa, recordo.

— Foi bom, obrigada. E o seu?

Ele ri.

— Ah, normal, nada muito excitante. Muito bem, presumo que lembre qual era o objetivo da semana passada.

— Sim, quer que eu faça aquela árvore crescer.

— Isso.

— Não tenho certeza de que vai acontecer. — A vida do carvalho... é forte demais.

O doutor Blythe dá de ombros.

— Veremos. — Ele prende os eletrodos em várias partes do meu corpo e abaixa a tela que desce do teto.

Desta vez, no entanto, em vez de me dar um objeto para a prática do primeiro Presságio, ele pega uma seringa na bandeja de instrumentos e prende nela uma agulha grande. Sinto a boca secar.

— Para que isso? — pergunto.

— Você é muito talentosa, Violet, e acredito realmente que suas habilidades podem produzir e manter os resultados pelos quais a Duquesa e eu temos trabalhado. Mas não temos muito tempo. Isto vai ajudar a acelerar um pouco as coisas. Por favor, tire o roupão e deite-se com o rosto voltado para a cama.

— O que... o que vai fazer?

— Deite-se, por favor — repete o doutor Blythe.

Não consigo engolir. Preciso de toda energia que tenho para mover as pernas, me levantar e virar. Deixo o roupão cair de cima dos ombros e deito sobre o lençol branco que cheira a limão e amônia. Minha pele parece se encolher, tentando fugir do toque do médico. Ele apoia uma das mãos sobre a parte inferior das minhas costas. Percebo que dessa vez ele não pôs nenhum eletrodo naquela região.

— Quero que respire fundo algumas vezes, Violet. Relaxe.

Ele deve ser maluco, se acha que vou conseguir relaxar neste momento. Mas respiro fundo assim mesmo.

— Muito bom. É melhor se você ficar quieta... Isso dói um pouco.

No instante seguinte, a agulha perfura meu corpo, fazendo minhas costas queimarem. Eu grito, e o médico pressiona a mão, tentando me manter quieta. Instintivamente, giro o corpo para o lado e uma agonia insuportável rasga minha coluna.

Depois a dor desaparece.

— Pronto — o médico diz. — Acabou.

Lágrimas transbordam dos meus olhos, deixando pontos escuros no lençol branco. Meu corpo está mole, a respiração é rasa e ofegante.

O doutor Blythe espalha alguma coisa fria sobre a parte inferior das minhas costas e diz:

— O potencial das substitutas é ilimitado. Porém, às vezes elas se atrapalham. Dúvida, raiva e medo podem interferir em sua capacidade, seja de maneira positiva ou negativa. Graças à medicina moderna, encontramos um jeito de estabilizar essa interferência. Hoje, então, vamos ver pela primeira vez do que você é realmente capaz. — A animação na voz dele me enoja. — Por favor, fique na posição em que está.

Mesmo que eu quisesse, acho que não poderia me mover. Ouço o ruído de um pote sendo destampado, o ranger do metal sobre o vidro.

— Muito bem. — O médico aparece. Em uma das mãos ele segura um estranho objeto prateado parecido com uma arma, mas, no lugar do cilindro, há um círculo branco e brilhante. — Esta é uma pistola estimulante. Ela estimula os Presságios e ajuda a liberar todo seu potencial.

Ele coloca alguma coisa na minha mão, uma semente do tamanho de uma castanha.

— Consegue sentir? — o médico pergunta. — A vida aí dentro?

É claro que consigo. É como o pulsar de um pequeno coração, leve e rápido como as asas de um beija-flor.

— Sim — digo num murmúrio.

Os olhos verdes do doutor Blythe entristecem.

— Excelente — ele aprova em voz baixa.

Depois levanta a arma e apoia o cilindro brilhante nas minhas costas, onde a agulha perfurou.

Devo gritar, mas não consigo ter certeza.

A dor está em todos os lugares. Ela me consome. Um punhado de agulhas explode dentro do meu cérebro. As veias são inundadas por lâminas que rasgam meu corpo cada vez que respiro. Os olhos estão em chamas. A pele queima.

Sinto a semente reagir. Ela se abre na minha mão e começa a crescer numa velocidade tremenda, mas não vejo nada, porque as lágrimas turvam minha visão. Ouço um estrondo de metal e um estalo alto. Alguma coisa quente e molhada jorra do meu nariz e escorre para dentro da boca. Engasgo com o gosto do meu sangue.

Então, tudo para. Engasgo e sufoco, vomito sangue e saliva.

— Pronto, pronto — o doutor Blythe diz, enquanto limpa meu nariz e meus olhos com um pano macio e úmido. — Ei, ei...

Ele se afasta, e escuto o ruído do seu dedo batendo na tela.

— Pode sentar quando estiver pronta — ele diz.

Demora um pouco até minha respiração voltar ao normal. Volto ao meu corpo pouco a pouco, sinto o lençol embaixo da pele e o cabelo roçando a nuca e os ombros. Muito devagar, viro de lado e me esforço para sentar.

A cama inteira está coberta de ramos verdes e grossos que contornam o formato do meu corpo. A bandeja de instrumentos prateados foi derrubada, as ferramentas mais delicadas estão em pedaços. Ramos sobem pela viga que conecta a tela ao teto. Parte do lençol está manchada com o vermelho do meu sangue. Ainda posso sentir dentro de mim a vida da planta. Meu corpo está esgotado, machucado de dentro para fora, e minha cabeça lateja.

— Você se saiu muito bem — o doutor Blythe diz ao me entregar o roupão. Tenho medo de tentar falar e vomitar. — Só preciso colher uma amostra de sangue, e então teremos terminado por hoje.

Nem sequer sinto a picada da agulha no braço.

Pensei que esse homem fosse um amigo. Como pude ser tão idiota? Ele trabalha para a Duquesa. Não se importa comigo.

O doutor Blythe termina de extrair meu sangue, depois olha em volta para a sala coberta de vegetação.

— Em vinte e nove anos como médico, nunca vi nada parecido com isso — murmura.

Quero enrolar um ramo em seu pescoço e estrangulá-lo com a planta. Mas a voz de Lucien ecoa nos meus ouvidos. *Seja uma substituta modelo.*

Mesmo assim, não consigo me conter.

— Odeio você — declaro em voz baixa.

Os olhos do doutor Blythe estão tristes novamente quando encontram os meus.

— Sim — ele diz. — Imagino que sim.

PASSO O RESTO DAQUELE DIA E O DIA SEGUINTE NA CAMA.

O menor movimento provoca dor. Meus ossos parecem quebradiços, como se fossem de vidro. Annabelle me traz chá e sopa, mas não sinto fome.

Serei obediente, continuo repetindo para mim mesma. *Não vou reclamar. E vou sair daqui.*

Alguns dias mais tarde eu sinto que me recuperei, apesar de ainda sentir a parte inferior das costas dolorida. Annabelle e eu estamos sentadas na minha cama, jogando uma partida de Halma antes de dormir. De repente, batidas na porta precedem a entrada da Duquesa.

Não me lembro de ela ter batido na porta antes. Nunca. Muito menos na minha porta.

— Deixe-nos — ela diz. Annabelle pega o tabuleiro com as peças e sai apressadamente, não antes de lançar um rápido olhar preocupado na minha direção.

O vestido da Duquesa brilha à luz fraca do fogo quando ela se mexe para sentar no sofá. Parece exausta. Quando fala, sua voz soa baixa, quase gentil.

— Por favor — ela pede, e apoia a mão no espaço vazio a seu lado no sofá. — Sente-se aqui comigo.

O sofá é tão pequeno que nossos joelhos quase se tocam quando me sento. O cheiro do perfume da Duquesa revira meu estômago.

Ela ajeita as saias.

— Tenho tentado lidar com tudo isso do jeito certo, mas não sei bem... Tenho tido dificuldades... — Ela balança a cabeça e sorri. — Não é sempre que não sei como me expressar. Você é muito importante para mim. Às vezes tenho problemas com meu temperamento. Peço desculpas por isso.

Não consigo pensar em nada para dizer. Por alguma razão, essa Duquesa estranha e de fala mansa me perturba mais que a outra, a fria e zangada.

— Invejo você — ela confessa. — Suas... habilidades. — Deve ver a incredulidade nos meus olhos, pois solta uma risada. — Ah, talvez não acredite em mim, mas é verdade. Todas nós invejamos as substitutas. Nunca pensou que eu faria isso sozinha, se pudesse? Tenho riqueza, sim, e um título e poder. Mas você tem um poder que eu não tenho. Eu não posso criar a vida.

Lembro as palavras da leoa no funeral de Dahlia. *Nós temos os filhos delas. Nós temos o poder.*

— Então transformamos vocês em propriedade — a Duquesa continua. — Exibimos vocês por aí, enfeitando com roupas bonitas e transformando vocês em nossos bichinhos de estimação. É assim que a Joia funciona. *Status* é nossa única ocupação. Fofoca é nossa moeda. — Ela me encara com um olhar penetrante. — Você é capaz disso. Li o relatório do médico, vi os resultados da pistola estimulante. Suas habilidades vão muito além do que ousei sonhar. Tem alguma ideia do que podemos conseguir juntas? Vamos fazer história, você e eu.

É muito difícil engolir a resposta, lembrar que sua única participação no processo é fornecer um embrião. Não vamos fazer nada *juntas*.

A Duquesa me analisa como se pudesse ler meus pensamentos.

— Deixei você brava — ela deduz.

Respiro antes de responder:

— Eu só não entendo, milady — digo cautelosamente —, essa obsessão. Ser a primeira. Por que não ter um bebê normal no tempo normal?

Os olhos se tornam distantes ao encontrarem as chamas na lareira. Por alguns instantes tudo fica quieto.

— Eu devia ser a Eleitora — ela fala em voz baixa.

Arregalo os olhos.

— Eu tinha um mês de idade quando o arranjo foi feito, dezesseis quando foi rompido. O Executor e eu éramos... muito próximos. Era uma união perfeita. Uma Casa Fundadora e o futuro Executor. Minha vida era destinada à grandeza. — Agora ela parece mais jovem, vulnerável, e parece haver alguma coisa brilhando no canto do seu olho. — Minha vida devia ser feliz — sussurra.

— O que aconteceu? — pergunto, hesitante.

A Duquesa dá de ombros.

— Os homens não são dignos de confiança. Tem sorte por não ter que descobrir isso sozinha. — A Duquesa funga uma vez e brinca com um pingente da pulseira. — Como era sua vida? Antes do Portão Sul, quero dizer. Era feliz?

Não quero dividir isso com ela. Não quero que ela toque nenhuma parte do que fui antes de chegar aqui.

— Sim, milady. Eu era muito feliz.

— Conte-me como era.

Olho para o fogo e finjo que estou na sala de estar do Portão Sul, conversando com Raven.

— Tenho um irmão e uma irmã mais novos. Eu cuidava deles quando meus pais estavam trabalhando. Minha irmã e eu gostávamos de pregar peças no meu irmão. — Era o suficiente.

— Eu também tive uma irmã. A mãe de Carnelian. Não nos dávamos bem.

Franzo o cenho.

— Pensei que a realeza só pudesse ter um menino e uma menina.

— Sim, mas algumas mulheres têm gêmeos. Normalmente, a solução é eliminar um deles, mas minha querida mãe não tinha a força necessária para tomar essa decisão, e meu pai fez como ela queria. — Sua boca se contorce como se ela comesse alguma coisa de gosto ruim. — Você amava sua mãe, imagino.

— Ainda amo.

A Duquesa sorri, mas é um sorriso quebrado, pela metade.

— É claro. — Ela olha para mim com uma expressão indecifrável. — Tudo que quero é que minha filha seja feliz. Farei tudo para dar a ela uma vida melhor. Isso é ruim? — E ri. Não há mais tensão ou nervosismo na risada. — Pareço terrivelmente sentimental, não é? Meu pai deve estar se virando no túmulo.

De repente ela levanta, toda suavidade desaparece, e vejo retornar a máscara dura com a qual já havia me acostumado.

— Queria que aqui você se sentisse em casa. Por isso, não precisa mais de acompanhante quando estiver dentro do palácio. Seu novo violoncelo chega amanhã. Espero que goste dele. — Caminha até a porta e para, com a mão sobre a maçaneta. — Esperança é algo precioso, não é? No entanto, não damos a ela o devido valor até que a perdemos.

A Duquesa sai e fecha a porta. Eu caio contra o encosto do sofá, tentando entender o que acabou de acontecer.

20

MEU VIOLONCELO CHEGA NO DIA SEGUINTE, CONFORME PROmetido.

Não conto a Annabelle sobre minha conversa com a Duquesa, mas ela já sabe que não preciso mais de acompanhante para andar pelo palácio. Quando digo a ela que vou tocar na sala de concertos, Annabelle simplesmente sorri e balança a cabeça, e continua trocando os lençóis da minha cama.

Toco por vinte minutos, mais ou menos, mas não estou concentrada na vibração das cordas ou no movimento do arco. Aquela pistola estimulante deixou o médico e a Duquesa felizes... muito felizes. Vou perguntar a Lucien sobre isso na próxima vez que conversarmos.

Queria saber se era isso a que Raven se referia quando me perguntou se eu já havia estado com um médico. A pistola estimulante é a causa de seus olhos fundos? Ela é torturada com esse instrumento na Casa da Pedra?

Tenho que checar minha violeta. Preciso saber se ela ainda está lá para Raven.

Deixo o violoncelo no palco, desço a escada correndo e saio pela porta dos fundos para o jardim. Não trouxe um casaco, e o vento sacode meu cabelo em torno do rosto e passa pelo tecido fino do vestido. Vou até o muro ocidental e vejo a violeta lá em cima, balançando ao vento.

A respiração para na garganta. Há outra flor enroscada nela. Um lírio. Mas, em vez de branco, ele tem pétalas pretas.

A esperança brota no meu peito. Raven viu minha violeta.

Agora, penso enquanto crio outra violeta para juntar-se à primeira, *ela sabe que estou perto*.

VOLTO À SALA DE CONCERTOS O MAIS DEPRESSA POSSÍVEL.

Lucien provavelmente não aprovaria a decisão de mandar flores como mensagens para minha melhor amiga, mas eu não me importo. Ninguém mais pode saber o que significam, ou se significam alguma coisa. E agora sei que Raven está bem.

Inspiro o cheiro de veludo e cera do assoalho. O violoncelo se encaixa entre meus joelhos, toco algumas notas só para ter certeza de que ainda está afinado.

Começo com uma sarabanda em ré menor, depois passo para um corrente no mesmo tom, e continuo com outra sarabanda em fá maior. Enquanto toco, minha mente se aquieta. Não tenho que pensar na dor pela qual o doutor Blythe me fez passar ou nas exigências feitas pela Duquesa. Enquanto estou tocando, não sou uma substituta, posso simplesmente existir.

Lembro o que Ash disse na noite do Baile do Executor. O modo como a realeza agiu como se fosse dona da minha música. Como se pudessem *possuir* algo assim.

Termino a sarabanda. Ouço aplausos fracos que me fazem olhar em volta, assustada.

Ash está na coxia, logo atrás da cortina, e por um segundo penso que ele pode ser produto da minha imaginação. Ele para de aplaudir e põe as mãos nos bolsos.

Eu devia ir embora. Preciso ir agora. Não posso falar com ele, não aqui, onde qualquer um pode ver.

Mas o violoncelo faz um barulho surdo quando o apoio no chão, e meus chinelos de cetim fazem um ruído delicado enquanto me aproximo dele. A escolha não é consciente, vem de um lugar dentro de mim onde não existe lógica ou medo.

Atrás da cortina é quente e escuro. Estamos tão próximos que é como se alguém houvesse injetado adrenalina nas minhas veias. Sinto uma vertigem. Minha pele formiga.

— O que está fazendo aqui? — pergunto.

Ele usa uma camisa de colarinho com as mangas enroladas. Sinto um forte impulso de deslizar os dedos pelo seu antebraço.

— Queria ver você tocar. Pensei que tivesse me convidado. — Ele parece nervoso.

— Ah... — Minha capacidade verbal desaparece quando Ash está por perto. O espaço entre nós é carregado de eletricidade. — Certo. Gostou?

— Muito.

Ele dá um passo na minha direção, e me surpreendo ao ver pequenas fagulhas de luz explodindo à nossa volta. Isso é errado, eu sei que é errado, mas, no momento, não consigo lembrar por quê.

— Eu... eu... — Ele balança a cabeça e baixa os olhos. — Não consigo parar de pensar em você — confessa.

Estamos tão próximos que a barra da minha saia toca a ponta dos sapatos dele.

— É mesmo? — pergunto.

Ele ri.

— Pensei que fosse óbvio.

— Eu... não tenho muita experiência com isso.

— Não. — Sua voz é suave. — Não imagino que tenha.

— Nenhuma, na verdade — admito.

— Para ser honesto, também não tenho muita experiência nessa área em particular.

Franzo a testa.

— Não é isso que faz com Carnelian?

Assim que digo o nome dela, me arrependo. Uma sombra passa pelo rosto de Ash.

— Não sabe do que está falando — ele responde.

— Eu pensei...

— Que seduzo todas as mulheres que vejo? — Agora ele soa cansado.

— Não. É que... Vi vocês juntos.

Seu olhar arde numa chama cinzento-esverdeada, como no dia do Baile do Executor.

— Já acatou uma ordem da Duquesa mesmo sem querer?

— É o que faço o tempo todo.

— E nunca a desobedeceu?

Mordo o lábio, lembrando-me do violoncelo destruído no chão do meu quarto.

— Eu sei. Há consequências. — Seus dedos tocam de leve o dorso da minha mão. — Quer que eu vá embora?

"Seja uma substituta modelo", Lucien sussurra.

— Não — respondo.

Um sorriso contido ilumina o rosto de Ash.

— Posso fazer uma pergunta?

Tenho a impressão de que meu coração vai explodir. Sinto o cheiro de sabonete, roupas limpas e alguma coisa que deve ser de garoto.

— Qualquer uma.

— Qual é seu nome?

Meu coração explode em um milhão de fragmentos cintilantes que se espalham pelo meu peito como fogos de artifício.

— Violet — sussurro.

Ele fecha os olhos e respira fundo, como se a resposta fosse um enigma ou uma chave secreta.

— Violet — murmura. Em seguida sua boca toca a minha.

Sinto-me completamente nova. Os lábios de Ash são suaves e se movem sobre os meus de maneira desconhecida, excitantes. Descubro uma nova Violet, uma que nunca imaginei que existisse. Como meu corpo pode conter todos esses sentimentos? É como se eu não me conhecesse de verdade até aquele momento.

Ash se afasta, segura meu rosto entre as mãos com ternura e apoia sua testa na minha.

— Isso é perigoso.

— Sim.

— Aqui não é seguro.

— Não — concordo, mesmo sem saber se ele se refere à sala de concertos, ao palácio ou à Joia.

— Pode me encontrar na biblioteca em quinze minutos?

Posso encontrá-lo na lua, se ele pedir.

— Sim.

— Fique na última fileira do lado leste perto das janelas. Procure *Ensaios sobre Polinização Cruzada*, de Cadmiun Blake.

Dou risada daquelas instruções bizarras.

— O quê?

Ele sorri.

— Confie em mim. — O rosto dele se torna solene. — Pense nisso com cuidado. A escolha é sua. Eu entenderei, se decidir não ir.

Balanço a cabeça numa resposta afirmativa, e ele desaparece pela porta dos fundos.

Encontrá-lo na biblioteca não vai me causar problemas apenas com Lucien. Se a Duquesa descobrir... Não quero nem pensar no que pode acontecer. Alguma coisa muito, *muito* ruim. Eu disse a Lucien que ele podia confiar em mim. Prometi a ele que ia me comportar.

Mas tudo que faço é seguir ordens. Ordens da Duquesa, ordens de Lucien ou ordens do médico, eu nunca estou no controle. E se vou fugir e me esconder pelo resto da vida, bem, antes vou fazer uma coisa por mim. Podem chamar de egoísmo, desrespeito ou estupidez, não importa. Pelo menos poderei me lembrar disso, de ter estado com Ash, e dizer que fiz uma escolha.

Sinto tontura ao levar o violoncelo de volta aos meus aposentos.

O céu escureceu, e as lareiras foram acesas para afugentar os ventos frios de novembro. Dois lacaios estão acendendo as lamparinas quando chego à biblioteca. Eles se curvam para mim antes de continuar com a tarefa. Ash disse que eu deveria ir até a ala leste, do outro lado, perto das janelas. O caminho mais fácil é pela área de leitura no centro. Presto muita atenção nos meus movimentos quando passo pelo amplo círculo de cadeiras. Observo como meus braços se movem, o tamanho de cada passo.

Paro repentinamente, atingida por um forte cheiro que faz meu nariz coçar.

O Duque está sentado em uma das cadeiras perto da mesa com os brasões, fumando um charuto e estudando um livro caixa aberto sobre as pernas. Ao lado dele há um copo com um líquido cor de âmbar. Seus olhos estão vermelhos. Ele faz uma anotação no livro e resmunga alguma coisa que soa como “mulher frívola”. Fico paralisada. Nunca vi o Duque aqui antes.

Ele levanta a cabeça.

— Ah, é você.

Não sei o que dizer, por isso me curvo desajeitada.

Ele dá uma longa tragada no charuto e sopra uma nuvem de fumaça fedida.

— Então?

Meus olhos se abrem um pouco mais. *Então o quê?*

Ele ri.

— Não é muito esperta, é? — O Duque bate o charuto em um cinzeiro de cristal, depois balança a mão no ar. — Não veio buscar um livro? — Pergunta um pouco alto demais, como se eu fosse uma criança que não entende sua linguagem.

— S-sim, milorde — digo, gaguejando.

— Vá em frente, então. — Ele bebe o restante do líquido no copo e volta ao livro. Faço uma nova reverência e sigo diretamente para os corredores, o coração disparado, aflita para me afastar dele. Não tinha outro dia para ele vir aqui?

Estou tremendo ao chegar à ala leste, andando entre as estantes em direção às janelas. Este pequeno canto da biblioteca é deserto, e posso entender por quê. Todos os livros parecem incrivelmente chatos: dissertações sobre plantas, cultivo e irrigação. Não entendo nem por que a Duquesa tem livros como esses. Deslizo os dedos pelos títulos até encontrar o que estou procurando: *Ensaios sobre Polinização Cruzada*, de Cadmiun Blake.

— Está atrasada.

Dou um pulo. Ash está apoiado em uma prateleira do outro lado do corredor, com os braços cruzados e uma expressão brincalhona no rosto.

— Oi — sussurro.

Ele sorri e se afasta da estante, dá alguns passos na minha direção.

— Foi difícil encontrar o lugar?

— Não, eu... — Faço uma careta. — Encontrei o Duque.

— Sim, achei que tinha sentido o cheiro daqueles charutos horríveis. — Ash torce o nariz. — Um dia desses a Duquesa vai matá-lo em sua cama, eu acho.

Dou risada, mas ele não, e eu paro. Isso é sério?

— Então, hum... O que estamos fazendo aqui? — pergunto. É um lugar isolado, com certeza. Mesmo assim... temos que pensar no Duque, nos lacaios acendendo as lamparinas e em qualquer um que decidir pegar um livro. A sala de concertos era mais privada.

Vejo os lábios formarem um sorriso contido.

— Consegue guardar um segredo?

Tenho que rir.

— Sim, consigo.

Ele se aproxima de mim e, com cuidado exagerado, puxa a parte de cima do exemplar de *Ensaios sobre Polinização Cruzada*, inclinando-o. A estante inteira se mexe, se abre e revela um espaço escuro atrás dela.

Globos luminosos pendem do teto e iluminam as paredes de pedra comum, rústica. Um túnel se desvanece além de uma curva diante de nós.

Sinto o choque estampado no meu rosto, e fecho a boca rapidamente.

— Para onde isso vai? — cochicho.

Ash segura minha mão, me fazendo sentir um arrepio de excitação.

— Vamos — ele diz, me puxando para frente e fechando a estante atrás de nós.

Depois leva um dedo aos lábios e aperta minha mão, levando-me pelo túnel repleto de curvas, até eu perder todo senso de direção. Às vezes, outros túneis partem daquele onde estamos.

Em algum ponto começamos a subir, até que a luz lá na frente me deixa ver uma porta de madeira lisa com uma pesada maçaneta de ferro.

Ash vira a maçaneta e uma luz cinza e fraca se derrama para dentro do túnel. Ele faz um gesto me convidando a entrar primeiro.

Reconheço o salão imediatamente. É o lugar onde Ash e eu nos encontramos pela primeira vez. Lembro-me do sofá de pés altos, da mesinha de café, da poltrona ao lado da única janela que se abre para o lago, mas de um ângulo diferente daquele do meu quarto. Gotas de chuva escorrem pela vidraça.

Um estalo me faz virar. Ash fechou a porta secreta, que está escondida atrás do retrato do homem de jaqueta verde com o cachorro.

Olho para as duas portas visíveis. Lembro que passei por uma delas. Isso significa que a outra é do quarto dele? Sinto as orelhas quentes.

O silêncio é desconfortável. Ash passa a mão pelo cabelo e pigarreia.

— Quer beber alguma coisa? — ele pergunta educamente.

— Ah, sim. Obrigada.

Tudo parecia ser sigiloso e seguro na penumbra da sala de concerto e na escuridão do túnel. Na luz fria e cinza desta sala, não sei bem como me comportar. Sento-me no sofá enquanto Ash serve chá de um bule sobre a mesa lateral.

— Bem — ele diz ao me entregar a xícara e sentar-se ao meu lado.

— Bem — repito por falta de ideia melhor.

O relógio sobre a lareira faz um ruído alto. Bebo um gole de chá.

— Talvez seja bom nos apresentarmos formalmente — ele sugere. — Sou Ash Lockwood.

— Violet Lasting — digo, e sorrio.

— Qual é a graça?

— Nenhuma, é que... consigo lembrar o momento exato em que pensei que Violet Lasting havia desaparecido para sempre.

O que estou falando? Por que trazer de volta essa lembrança agora?

— Quando?

Pisco.

— O quê?

— Quando foi esse momento?

— Ah... — Abaixo os olhos e falo na direção da xícara de chá. — Na cerimônia na plataforma do trem no Portão Sul. Antes de vir para cá.

O momento é muito claro na minha mente: o homem gordo com o anel de rubi, todas as outras substitutas, as cuidadoras...

— Antes de ir para o Leilão?

Concordo com a cabeça.

— Naquela manhã.

— Deve ter sentido muito medo.

Dou de ombros.

— Como foi?

— Como você acha que foi? — Não consigo banir da voz o tom de amargura. — Eles me levaram para um palco e me fizeram ficar lá sozinha. As mulheres ofereciam dinheiro por mim. Tiraram meu nome. Tiraram minha casa. Tiraram... tudo.

Ficamos em silêncio por um bom tempo. Bebo mais um gole de chá. Não era assim que eu queria que fosse nossa conversa. Gostaria de poder mudar de assunto.

— Desculpe — digo. — Eu...

— Eles também tiraram minha casa — Ash revela.

Levanto a cabeça. Seu rosto é sério. Uma mecha de cabelo castanho caiu sobre sua testa. Tenho uma enorme vontade de empurrá-la para trás, deslizar os dedos por seu cabelo.

— É mesmo? — pergunto.

— A diferença é que eu permiti.

— Por quê?

— Minha irmãzinha estava doente. Um dia deixei de ir à escola e a levei à clínica gratuita. Esperamos o dia todo para ver o médico. Foi lá que Madame Curio me encontrou. — Ele sorri da lembrança, mas seu sorriso é incrivelmente triste. — "Aposto que enlouquece todas as moças", foi o que ela me disse. Eu nem imaginava sobre o que ela estava falando.

— O que aconteceu com sua irmã? — pergunto.

— Ela teve pulmão negro. É comum na Fumaça. Tratável para quem pode comprar os remédios. Nós não podíamos. Quando voltamos para casa, Madame Curio estava me esperando. Ela disse que eu podia ajudar Cinder, minha irmã. Disse que podia me dar um emprego, dinheiro suficiente não só para pagar pelos remédios dela, mas para cuidar da minha família, garantir que nunca faltaria nada a eles. Só havia uma condição: eu nunca mais poderia vê-los. — Ele engole em seco. — No dia seguinte eu parti com ela.

Ash deixa a xícara sobre a mesa e sua voz assume um tom formal.

— Sinto muito. Essa não é uma conversa... apropriada. Eu não devia... não estou acostumado a falar tanto sobre mim. Não é permitido. Peço desculpas.

— Estamos quebrando muitas regras hoje, não é?

Ash sorri e relaxa um pouco.

— Parece que sim.

— O que fez por sua irmã foi um ato de muita coragem.

— Não tive escolha.

— Mesmo assim — murmuro. — Se eu tivesse tido opção... Bem, não sei o que teria feito.

— Não acredito nisso.

Ele tem razão. Se fosse Hazel dentro daquele trem e eu pudesse salvá-la tomando seu lugar, teria me oferecido em um piscar de olhos.

— Quantos anos você tinha? — ele pergunta.

— Doze. — Ainda consigo lembrar a espera na fila para o exame de sangue, como segurei a mão da minha mãe. Os dedos frios do médico. O cheiro forte do antisséptico. A picada da agulha. — O exame é obrigatório para todas as meninas depois que... você sabe... quando elas se tornam mulheres. — Meu rosto queima e não consigo encarar Ash. — Naquela noite eles foram me buscar.

Pisco para apagar a recordação, escondendo o rosto com a xícara de chá. A bebida esfriou.

— Às vezes tenho a impressão de que estou lembrando a vida de outra pessoa — Ash comenta. — Como se aquela pessoa não existisse mais.

— Ele existe — sussurro.

— É difícil se lembrar de quem você é quando está o tempo todo tentando fingir ser alguém que não é.

— Tenho certeza de que há alguns momentos em que pode ser você mesmo — argumento.

O rosto de Ash fica mais suave.

— Você não está aqui há muito tempo.

A resposta dele me irrita.

— Talvez não, mas entendo o que quer dizer. Além do mais, você tem mais liberdade que eu. Pode falar quando quiser, se vestir como desejar e ir aonde quiser. Eles tratam você com respeito.

— Acha mesmo que é com *respeito* que a Duquesa olha para mim no jantar, ou quando Carnelian exige que eu dance com ela muitas e muitas vezes? Acha que se importam se estou cansado ou com fome, ou se odeio dançar? Eles não me respeitam, Violet. Eles são meus donos.

Ficamos quietos por um momento, perdidos em nossos pensamentos.

— Não — respondo de repente, e me sento mais ereta. Ash levanta uma sobrancelha. — Se fossem seus donos, você não teria ido ao salão de concertos hoje. E se fossem realmente meus donos, eu não estaria aqui agora.

— É um ponto de vista bem otimista — Ash diz.

— Não concorda comigo?

— Eu... — ele suspira. — Moro aqui há tanto tempo. É difícil ser otimista. — Ash toca meu pescoço e afaga a curva do meu queixo com o polegar. — Mas uma coisa é certa: quando acordei hoje de manhã, tive a sensação de que podia respirar outra vez. Como se tivesse me livrado de um peso, e me senti eu mesmo pela primeira vez em anos.

— O que aconteceu esta manhã?

Ele sorri.

— Decidi procurar você.

O silêncio nos envolve, mas não é desconfortável. Ash tira a mão do meu pescoço e a apoia sobre o encosto do sofá.

— Do que mais sente falta? — ele pergunta. — Da vida de antes.

— Minha família. — Deixo o chá frio sobre a mesa de café. — Especialmente minha irmã, Hazel. Ela cresceu muito. — Sorrio com tristeza. — É muito parecida com meu pai.

— Com quem você se parece?

Dou risada.

— Com ninguém. Meu pai costumava brincar, dizia que minha mãe tinha tido um caso com o leiteiro. — Alguma coisa triste e carregada de afeto faz cócegas no meu peito.

Ash enrola um dos meus cachos no dedo.

— Seu pai é um homem bom?

— Ele morreu — respondo em voz baixa.

A mão dele para.

— Violet, eu... sinto muito.

— Tudo bem. Faz muito tempo.

— Quantos anos você tinha?

— Onze.

Ele solta a mecha de cabelo.

— Posso perguntar o que aconteceu?

Olho pela janela enquanto falo.

— Ele voltava para casa depois de trabalhar no turno da noite, na Fumaça. Houve uma briga do lado de fora de uma taverna perto da estação de trem. Dois homens espancavam outro. Meu pai... tentou impedir. — Engulo com dificuldade. — Um dos homens o esfaqueou. Quando os Militares o levaram para casa, ele já estava morto. — Fecho os olhos e a imagem aparece: meu pai com as roupas e a pele sujas de sangue, chuva e lama, deitado sobre a mesa da cozinha. Minha mãe chorava e gritava, fazendo um barulho horrível, desumano. Levei Hazel e Ochre para o nosso quarto, mas ainda podíamos ouvi-la de lá. Nós três ficamos encolhidos na cama e choramos a noite toda. De manhã, meu pai havia desaparecido.

Uma lágrima corre pelo meu rosto, e eu a limpo apressadamente, constrangida. Não é hora de chorar.

— Desculpe. Não penso naquela noite há muito tempo.

— Ele estava tentando ajudar alguém — Ash murmura. — Foi uma atitude muito corajosa.

— Acho que sim. — Dou de ombros.

— Sinto muito.

— E sua família? — pergunto.

— O que tem eles?

— Não sei. Fale sobre eles. Era muito próximo do seu pai?

Ash ri uma vez, um som duro.

— Não. Não era próximo do meu pai. Nós não... nos entendíamos. Eu não era como meus dois irmãos mais velhos. Eles são gêmeos. Rip e Panel. Eles... não sei, gostavam de criar confusão em casa, se metiam em brigas e faziam muito barulho, e eram muito maiores que eu. Eu preferia o sossego. Se tínhamos livros em casa, eu ficava feliz se pudesse me sentar ao lado do fogão e ler um deles.

— Por isso foi ao caramanchão durante o Baile do Executor. Havia muito barulho no salão.

A mão dele segura a minha, fazendo toda minha concentração se voltar para o local onde nossas peles se tocam.

— Sim, em parte. Mas também para conseguir parar de olhar para você.

— Ah, é claro. — Fico vermelha.

— É verdade. — Ele chega mais perto de mim. — Violet, se não pararmos com isso agora, tenho medo de... de não querer parar nunca.

Nunca. A palavra não soa como um exagero. Também acho que não vou querer parar nunca. Um pensamento sombrio me ocorre: quando eu deixar a Joia, deixaria Ash também.

Afasto o pensamento. Ele pode esperar outro momento. Agora Ash está aqui, eu estou aqui, e nada nos impede de viver esse momento juntos.

Inclino-me para ele. Os dedos de Ash tocam meu rosto, e minha pele formiga de expectativa.

— Vai me beijar outra vez? — pergunto, esperançosa.

Ele sorri.

— Sim, Violet. Vou beijar você de novo.

Os lábios dele tocam os meus com suavidade, e logo com urgência. Eu o abraço quando afundamos juntos no sofá.

21

— ESTÁ PRONTA, VIOLET? VIOLET?

O doutor Blythe e eu estamos no jardim, ao lado do carvalho. O sol de fim de tarde passa por entre as folhas.

O tempo tem passado de um jeito estranho desde a tarde de ontem, quando estive com Ash. Às vezes cada minuto parece uma hora, e outras vezes passa acelerado, de modo que chego a um lugar sem realmente lembrar como cheguei lá.

— Desculpe — digo. — Sim. Estou pronta.

Tiro as luvas e coloco no bolso do casaco. O doutor Blythe sorri.

— Você parece um pouco distraída hoje — ele diz. — É normal ficar nervosa. Mas acho que você vai descobrir que pode se surpreender depois da nossa consulta da segunda-feira.

Nem sequer chego a cogitar que poderei afetar essa árvore de algum jeito. Mas forço um sorriso e confirmo com a cabeça. Encontro um nó na casca da árvore e deslizo os dedos por ele, para um lado e para o outro. Sinto a textura como uma espiral, como a concha de um caracol.

Um: ver o objeto como é. Dois: ver o objeto em sua mente. Três: submetê-lo à sua vontade.

Uma imagem aparece. É a árvore no inverno, os galhos nus e negros contra um céu cinzento. Está nevando fracamente, flocos brancos que giram no ar e derretem ao tocar o chão. Há algo triste e bonito nisso. A imagem me faz sentir saudade de casa, embora eu não consiga explicar por quê.

Sinto a vida da árvore tão forte quanto na primeira vez. Agora estou mais bem preparada para essa força. Eu a reconheço quando ela pulsa embaixo da minha mão, acolho seu pulsar nas minhas veias. Quero muito que a imagem na minha mente seja real.

A árvore me reconhece. Sinto que ela percebe minha presença, reage ao latejar familiar da vida dentro de mim. Arquejo e caio de joelhos, mas mantenho a mão firme sobre o nó. Nunca senti uma emoção tão primitiva. É vertiginoso, diferente de tudo que já experimentei, porque o carvalho não pode sentir da mesma maneira que eu sinto. Sou surpreendida por uma tristeza tão intensa que sinto vontade de chorar, mas me anima um sentimento de não ter idade, como ser muito velha e muito nova ao mesmo tempo.

Concentro-me, atraio para mim os grossos cabos de vida dentro do carvalho. Para minha surpresa, um se move. Eu o trago para mais perto da minha mão, e no instante em que sinto um formigamento entre os dedos, ele escapa e ricocheteia. Meu corpo ricocheteia com ele, num movimento rápido e rígido que provoca uma vibração dolorosa na minha coluna, como ao bater o osso do cotovelo em algum lugar.

Caio para trás, e o sangue que pinga do meu nariz umedece a terra. Ter a ligação com a árvore tão repentinamente interrompida é desorientador, e meus dedos agarram o solo à procura de uma conexão.

O doutor Blythe começa a aplaudir.

— Bravo, Violet — ele diz com sinceridade contida. — Bravo.

Elre me entrega um lenço, que eu seguro contra o nariz, olhando para a árvore. Uma folhinha que brota do nó na casca tremula ao vento.

— Veja — ele diz, abaixando-se ao meu lado e abrindo a maleta médica —, a pistola estimulante intensifica sua habilidade, mas a enfraquece fisicamente. Se for usada em excesso, pode ter efeitos colaterais bem terríveis. Queria me certificar de que seu corpo teve tempo para se recuperar. Mas você, Violet, você tem um poder tão forte, tão *natural*, que já ultrapassou minhas expectativas com uma aplicação. Trabalhei com muitas substitutas na minha carreira, mas nenhuma delas conseguiu realizar o que você acabou de fazer. — Ele esfrega embaixo do meu nariz uma pomada que arde e tem cheiro de eucalipto, mas que faz o sangramento parar. — A Duquesa teve a sabedoria de esperar por você. Sinto que a tarefa que temos pela frente será bem fácil.

Ele me ajuda a ficar em pé e limpa meu rosto com um pedaço de algodão embebido em alguma substância com álcool.

— Pronto. Nova em folha.

Sinto minha pele fina e frágil. Minhas entranhas flutuam como se tentassem se reorganizar. A vida da árvore gira no meu peito.

— Acho que terminamos por hoje — o doutor Blythe diz, batendo de leve no meu ombro. — Vejo você amanhã.

Ele se afasta pelo caminho de vegetação emaranhada. Fico perto da árvore por um momento e olho para a folha que criei. Ela tem o formato de uma pequena luva sem dedos e uma coloração delicada, um marrom-esverdeado. Seguro a folha entre os dedos e esfrego o polegar pela superfície marcada de veios.

— Desculpe — sussurro para a árvore.

Tento imaginar como seria ter um filho crescendo dentro de mim na velocidade que esta folha brotou do nó. Estremeço ao pensar na minha barriga crescendo tão depressa.

Não precisa mais se preocupar com isso, digo a mim mesma. *Lucien vai tirá-la daqui.*

Sinto um arrepio. O ar esfriou, o sol é encoberto por uma fina camada de nuvens. Caminho até a muralha ocidental e olho para as flores entrelaçadas lá em cima. Minha primeira violeta está começando a murchar.

Tenho que mandar outra mensagem. Enquanto eu estiver aqui, Raven precisa saber que não a esqueci. Mais flores podem chamar muita atenção, agora que o inverno se aproxima. Procuro nos bolsos do meu casaco e encontro uma velha fita de cabelo com as pontas desfiadas. A fita tem um tom delicado de cor-de-rosa. Raven odiaria a cor, então invoco rapidamente uma nova imagem e fendas azuis se espalham pela superfície acetinada. Crio um novo broto de hera e o envolvo com a fita. Depois faço o broto crescer e subir pelo muro.

Coloco as luvas e volto para o palácio. Quando estou passando pela janela do salão de baile, um movimento atrai meu olhar. Cautelosa, me aproximo e espio lá dentro. Meu coração congela e parece cair como uma pedra no vazio do meu estômago.

Ash e Carnelian estão dançando. O braço dele envolve a cintura dela, a mão repousa na parte inferior das costas, os rostos estão próximos. Um dos braços dela está em torno do pescoço de Ash, a outra mão segura a dele. Os movimentos de Ash são suaves e graciosos, mas Carnelian o acompanha com o corpo duro.

Eu não devia estar olhando. Mas não consigo desviar o olhar.

Então, como se o tempo passasse mais devagar e o momento durasse uma eternidade, ele se inclina e roça os lábios nos dela. A dor me rasga por dentro, e eu me jogo contra a parede na esperança de que não me vejam. Meu coração bate tão forte que estremece todo meu corpo.

Começo a correr.

Tropeço às cegas pelas trilhas de cascalho até chegar ao labirinto. Sigo em frente, fazendo curvas aleatoriamente à direita e à esquerda, me perdendo entre os arbustos. A única coisa que enxergo é Ash beijando Carnelian.

Caio no fim de um corredor sem saída, respirando com dificuldade. Sinto-me incrivelmente estúpida. Uma menininha ingênua que não sabe nada sobre o amor. Durante todo esse tempo ele a estava *beijando*.

Odeio Ash. Mas me odeio ainda mais, porque fui idiota o bastante para acreditar que poderia ter esse tipo de felicidade. Ou qualquer felicidade. Por pensar que fiz uma escolha que *significava* alguma coisa. Desobedeci a Lucien, traí sua confiança... por nada.

Não sei quanto tempo fico com a cabeça apoiada nos joelhos, as lágrimas molhando meu casaco, o ar frio mexendo as mechas do meu cabelo.

— Violet? — A voz dele me sobressalta, mas não respondo e não levanto a cabeça.

Escuto seus movimentos quando ele se senta a meu lado, sinto seu calor.

— Violet, eu sinto muito. Eu quero explicar. — Uma pausa. — Olhe para mim, por favor.

— Não. — Se eu olhar para ele, vou começar a chorar outra vez. Não quero chorar na frente dele.

Ash suspira.

— O que você viu... Aquilo é meu trabalho, Violet. É o que tenho que fazer. Tenho que... beijá-la. — Ouço a hesitação antes da palavra. — Mas não é o que eu quero. Pensei... pensei que tivesse entendido isso. — Escuto quando ele muda de posição. — Tem ideia de quanto eu odeio minha vida? Tenho que mentir o tempo todo. Minto para aquelas meninas, digo a elas tudo que querem ouvir, e o pior é que elas parecem não se incomodar. Não interessa se é verdade o que eu digo. Elas não se importam comigo. Não me veem, não me conhecem. Para elas, sou só uma propriedade, alguma coisa para usar em um salão de baile. Posso não ter passado pelo Leilão, mas sou comprado e vendido o tempo todo do mesmo jeito.

Depois de um segundo, levanto a cabeça e o encaro. As palavras estão entaladas na minha garganta, não conseguem passar por ela. Porque entendo. Sei exatamente como ele se sente. E não posso julgá-lo ou culpá-lo por isso.

Ash sorri de um jeito que me encanta, o que faz parecer que ele tem um segredo.

— Posso dizer uma coisa?

Faço que sim com a cabeça.

— No dia em que nos conhecemos, ouvi você rindo. Por isso fui ao salão. — Lembro do ataque de riso histérico que tive depois que escapei por pouco das duas criadas. — Você estava lá, toda agitada e sorridente, e pensei que era a garota mais linda que eu já tinha visto. E você me olhou com aquela cara surpresa... — Ele ri baixinho e prende uma mecha de cabelo atrás da minha orelha.

— E tropecei na mesinha de café — comento com uma careta.

Ash ri novamente, agora um pouco mais alto.

— Sim. Mas você me fez sentir como... como uma pessoa outra vez. Você me enxerga, Violet. Isso faz sentido?

Não entendo por que isso está acontecendo. Por que agora? Estou sentada no labirinto olhando para a única pessoa que realmente me entende. E a atitude certa a tomar, a escolha sensata é rejeitá-lo, ouvir Lucien e simplesmente obedecer.

Não é justo. Eu não sou capaz disso.

Terei que deixá-lo de qualquer jeito, em algum momento. Só isso já será castigo suficiente. Terei que deixá-lo, e terei que mentir para ele.

— Violet? — Ash parece nervoso. Gostaria de saber como está minha expressão.

Faltam poucas semanas para a Noite Mais Longa. É certo que isso não vai prejudicar ninguém. Só mais algumas semanas para estar com ele. Acho que vale a pena correr o risco.

Seguro as lapelas de seu casaco e o puxo para mim, aperto minha boca contra a dele. Somos a mesma coisa, ele e eu, controlados pela realeza, privados de fazer as próprias escolhas. Mas podemos escolher ficar juntos. A realeza não pode se apropriar deste momento. Sinto sua surpresa, seus ombros tomados pela tensão, depois relaxando, os dedos se perdendo no meu cabelo, quando caímos juntos sobre a grama fria.

NA MANHÃ SEGUINTE, ESTOU SENTADA NA MINHA POLTRONA favorita ao lado da janela na sala de chá, observando o movimento de entrada e saída no palácio da Duquesa.

Percebo uma agitação muito maior que a habitual. Lacaios correm de um lado para o outro carregando mesinhas, pedaços de tecido e buquês de flores.

— O que está acontecendo? — pergunto a Annabelle. Seu rosto é tomado pelo desânimo e por um rubor. — O que é? — insisto. — Annabelle, o que é isso?

Ela dá de ombros.

O noivado de G.

— Garnet?

Ela confirma.

— Com quem?

Casa dos Baixos.

— Ah...

Festa amanhã.

— Como Garnet se sente com isso?

Annabelle sorri e levanta uma sobrancelha.

— Sim. — Dou risada. — Ele deve estar odiando.

A porta da sala se abre de repente, e a Duquesa entra.

— Venha comigo — ela diz.

Olho para Annabelle, que ficou mais pálida que de costume, com uma cara assustada.

— Aonde vamos, milady? — pergunto enquanto ela me leva pelo corredor de flores. Ela não responde, mas quando chegamos ao elevador, eu entendo.

O doutor Blythe está parado de costas para nós. O medo revira meu estômago. Ele vai usar aquela arma de novo?

— Como está se sentindo? — o médico pergunta.

Presumo que ele não está falando com a Duquesa.

— Bem — respondo.

— Esfriou um pouco. Não tem coriza, tosse, dor de garganta, nada desse tipo?

— Estou bem — repito. Por que a Duquesa ainda está aqui?

— Está pronto, doutor? — ela pergunta, impaciente. Depois segura meu braço com força, como se eu pudesse tentar fugir. Como se houvesse algum lugar aonde ir.

— Quase, milady — o médico diz.

— Você disse que o momento tinha que ser preciso — a Duquesa insiste.

— Isso não será um problema, milady.

Percebo uma agitação contida na voz dele. O doutor Blythe vira e sorri para mim, um sorriso afetuoso que me coloca imediatamente em estado de alerta. Ele se aproxima com passos cuidadosos.

— Não se assuste — diz.

Só então percebo as correias prateadas e brilhantes na extremidade da cama.

Quando vejo a agulha na mão dele já é tarde demais.

Sinto a picada ardida na nuca, e o mundo escurece.

22

OUÇO UMA VIBRAÇÃO BAIXA, QUASE COMO A ARCANA.

Tento abrir os olhos, mas estão pesados demais. Minha língua está inchada, e tenho de fazer um grande esforço para engolir.

— Ela está acordando, doutor.

A voz da Duquesa penetra a névoa escura. Sinto alguma coisa pegajosa no meu braço. Tento coçar a região, mas não consigo me mexer.

— Não se preocupe, milady. Estamos quase acabando.

Doutor Blythe. O consultório médico. A agulha. As correias.

A consciência retorna como uma enxurrada, e eu forço meus olhos a se abrirem. No início só consigo enxergar uma forte luz branca. Então, devagar, o mundo recupera o foco.

Era melhor ter permanecido inconsciente.

Meus braços estão contidos por correias, e uma delas prende meus ombros à cama. Um tubo intravenoso alimenta a veia de um braço. Minhas pernas estão dobradas e abertas, e uma folha de plástico branco e rígido envolve meus joelhos como uma tenda.

Meus pulmões estão comprimidos, não consigo respirar direito.

O rosto da Duquesa aparece no meu campo de visão.

— Acalme-se — ela diz, limpando minha testa com um pano úmido. — Assim vai hiperventilar.

O ar é muito fino, como se eu não conseguisse absorver oxigênio suficiente. Meu coração bate forte, acelerado, muito acelerado.

— O que... está acontecendo? — gaguejo.

— Respire fundo — o doutor Blythe diz de trás do plástico. — Relaxe. Você vai ficar bem.

— Não consigo... não consigo... sentir minhas pernas... — Estou sufocando. Luzes brancas explodem diante dos meus olhos. Meu coração parece estar prestes a explodir.

— Milady, tem uma máscara de oxigênio à sua esquerda. Coloque-a sobre a boca e o nariz dela, por favor.

Sinto alguma coisa dura e de plástico tocar meu rosto. Inspiro um ar deliciosamente limpo e fresco. Minha frequência cardíaca diminui.

— Pronto, viu? Está tudo bem. — A Duquesa limpa minha testa de novo com o pano. — Não devia ter acordado tão depressa — diz, como se a culpa fosse minha.

— Pronto. — O doutor Blythe sai de trás da cortina e remove uma máscara azul. Ouço o estalo do látex quando ele tira as luvas cirúrgicas. — Correu tudo bem, milady.

— Excelente — a Duquesa diz num tom seco. — Tenho uma festa de noivado para organizar.

Ouço o barulho das portas do elevador abrindo e logo depois fechando. Com delicadeza, o médico tira meus pés dos estribos. Minhas pernas inertes ficam penduradas fora da cama.

— O sedativo que apliquei é suave — ele diz, tocando a parte interna do meu pulso para verificar a pulsação. — O efeito deve estar passando. — O médico aponta uma lanterna para os meus olhos, depois faz anotações na tela. — Acho que podemos tirar tudo isso. — Ele remove as correias dos meus braços e a que atravessa o peito na altura dos ombros. Tento me sentar, mas a sala gira, sinto uma forta tontura.

— Deite-se, Violet — o doutor Blythe diz.

Não tenho opção. Olho para o teto branco e liso, esperando a tontura passar. Sinto o ardor no braço quando o médico tira o tubo intravenoso.

— Ainda precisa da máscara de oxigênio?

Balanço a cabeça. Quero sair daqui. Lágrimas brotam no canto dos meus olhos. O doutor Blythe remove a máscara. Sinto um formigamento nos dedos dos pés, como alfinetes e agulhas me espetando. Quero saber o que aconteceu, mas a pergunta forma um nó na minha garganta. Não quero ouvir a resposta. O doutor Blythe fica ali, parado, me olhando e esperando.

A sensação de formigamento se espalha, sobe pelas panturrilhas e para nas coxas. A vertigem desaparece. Bem devagar, levanto-me, tentando me sentar. Meu corpo é como um peso morto, meus movimentos estão pesados.

O doutor Blythe sorri.

— Quer um pouco de água?

Aceito com um movimento de cabeça. Ele segura um copo com um canudo, e eu bebo um gole pequeno. Meus lábios estão secos, é bom sentir a água fresca.

— Talvez tenha um pouco de cólica hoje à noite — o médico avisa bruscamente —, mas amanhã tudo terá voltado ao normal, garanto. Teremos os resultados em uma semana, mais ou menos.

— Resultados? — repito, com uma voz rouca.

— Sim, Violet. Os resultados. — O doutor Blythe afaga minha mão. — Em uma semana saberemos se você está grávida.

GRÁVIDA.

A palavra soa estranha na minha cabeça, e quanto mais penso nela, menos sentido ela faz. Naquela noite fico deitada na cama olhando para o tecido leve do dossel, tentando notar alguma diferença. Aperto as mãos contra a barriga, como se pudesse sentir uma pequena saliência ou uma pulsação. Nada. Não há nada.

— Por favor, não permita que dê certo — cochicho, como se ao verbalizar meu desejo eu pudesse realizá-lo. — Por favor...

É como estar contaminada. Eles puseram alguma coisa dentro de mim sem minha permissão, contra minha vontade. Saber que aconteceria e passar por isso são duas coisas totalmente diferentes.

Pelo menos parei de chorar. Chorei a tarde toda, até secar as lágrimas e restar apenas um soluço horrível, seco e doloroso que rasgava meu peito. Repeti o nome de Lucien várias vezes para a arcana, até ficar tão frustrada com o silêncio que a joguei na parede. Mas depois coloquei-a de volta ao esconderijo.

Tento não pensar em Ash. Foi muita estupidez me preocupar com os riscos de estar com ele. Nosso tempo acabou.

Escuto uma batida hesitante na porta. A cabeça de Annabelle aparece na fresta. Ela escreve alguma coisa na lousa, mas não leio a mensagem. Continuo olhando para o teto.

A lousa aparece no meu campo de visão.

D. está aqui.

Sem dizer nada, sento e abraço os joelhos. Annabelle afaga meu pulso e sai. A Duquesa entra devagar, quase como se tivesse medo de me assustar.

— Como se sente? — ela pergunta.

— Bem, milady — respondo entredentes.

Ela se aproxima e senta na beirada da cama.

— Sei que isso deve ser difícil para você.

— Não — respondo num tom frio, incapaz de mentir nessa situação. — Não sabe.

— Não fique aí de cara feia fingindo que não sabia que isso ia acontecer. O médico disse que o procedimento correu bem.

— Sim, milady.

— Se precisar de alguma coisa, fale imediatamente comigo ou com Annabelle.

Eu a encaro.

— Gostaria de ficar sozinha.

— Por que olha para mim desse jeito? Como se eu fosse a vilã. Por que não agradece por tudo que estou dando a você? Roupas finas, a melhor comida, um violoncelo novo, joias, bailes... Estou tentando cuidar de você. Estou tentando fazer você feliz.

— Roubou meu corpo e minha vida, e espera que eu agradeça? — Preciso me acalmar, mas é difícil. Estou com muita raiva.

— Que vida? Preferia estar vivendo na pobreza? Morrendo de fome e imunda em um buraco no Pântano?

— Sim! — grito. — Mil vezes, se pudesse estar de novo com minha família. Se pudesse ter minha vida, fazer minhas escolhas. Faria qualquer coisa por esse tipo de liberdade.

— Eu lhe dei liberdade! — ela berra.

— Andar pelo palácio sem escolta não é liberdade! — grito também.

O silêncio é tenso enquanto nos encaramos. A Duquesa inspira profundamente pelo nariz.

— Eu não criei essas regras — diz. — Não tirei você da sua família. Não criei o Leilão. Muitas na Joia não teriam dado a você nem uma parte do que eu dei.

Desvio os olhos e me recuso a responder. A Duquesa suspira.

— Sabia que a Eleitora quer abolir o Leilão?

Olho para ela novamente e sinto a esperança invadir meu peito.

— É mesmo?

A Duquesa ri da minha cara.

— Ah, não, ela não quer acabar com a substituição. Só com o Leilão. Ela despreza as substitutas.

— Por quê?

Vejo piedade nos olhos da Duquesa.

— Porque não precisou de uma. Ela não é da realeza, lembra? Era perfeitamente capaz de ter os próprios filhos. Porém, para se casar com o Executor, ela teve que abrir mão dessa possibilidade. Todas as mulheres da realeza são esterilizadas assim que se casam. É uma precaução necessária para evitar a gravidez. — Alguma coisa acende em seus olhos, uma emoção que não consigo identificar. — Lembra quando falei sobre as duas escolas de pensamento com relação às substitutas? Acredito que sua personalidade é necessária. Muitos discordam, e a Eleitora faz parte desse grupo. Ela tem um plano para... adaptar as substitutas.

— Adaptar... como?

— Por que ter trabalho treinando sua substituta? Por que gastar dinheiro, correr o risco de ter um resultado desfavorável por causa de uma falha de caráter da sua substituta, ou porque ela não se esforça o bastante, ou porque se ressente contra você? Só precisamos do corpo. A pistola estimulante pode induzir os Presságios. A Eleitora defende a ideia de que a mente de uma substituta não tem nenhuma utilidade para nós.

— O quê? Ela quer o quê...? Lobotomizar as substitutas?

— Exatamente.

Sinto-me enojada.

— Ela não pode fazer isso.

— Sim, ela pode. Ela é a Eleitora. O Executor não se interessa pela substituição. Como todos os outros homens da Joia, ele acha que esse é um "assunto de mulher". — A Duquesa revira os olhos. — Se tiver apoio suficiente das pessoas certas, não vai haver nenhum motivo que a impeça de criar um novo laboratório.

— O que a impede?

— Até agora, os experimentos não deram bons resultados. Mas quando tiverem sucesso... — A Duquesa dá de ombros. — Não haverá mais internatos. Nem compensação para as famílias. Quando uma garota estiver pronta para ser inseminada, ela simplesmente desaparecerá. — Ela me encara diretamente, com os olhos negros brilhando. — Você sabe que outras mulheres querem conquistar a mão do jovem Executor, ter uma filha no Palácio Real para continuar o trabalho da Eleitora. Não podemos deixar isso acontecer.

Não gosto do modo como ela fala, como se estivéssemos juntas, do mesmo lado — embora isso seja exatamente o que Lucien espera.

— Por que odeia tanto a Eleitora? — pergunto. — Só porque ela se casou com o Executor, e você não?

O rosto da Duquesa perde toda cor.

— Você não sabe o que está falando. Aquela mulher não pode criar leis novas. Não vou permitir que ela venha ao meu círculo, *meu* círculo, o círculo que *minha família* construiu, com seu sangue sujo e suas maneiras grosseiras e queira mudar o curso da história.

— Mas... mesmo que consiga assegurar o enlace, sua filha será muito jovem para fazer alguma coisa. Ela será só um bebê.

A boca da Duquesa se curva num sorriso cruel, contido.

— Ah, não precisa se preocupar com isso. Seu único trabalho é produzi-la o mais depressa possível.

Meu estômago se contrai.

— Sei qual é meu trabalho, milady.

O sorriso se alarga.

— Que bom.

— Ninguém *ama* ninguém aqui? Não tem nenhuma parte sua que simplesmente quer um filho?

O rosto da Duquesa fica estático de repente.

— Amei mais profundamente do que você pode imaginar — ela diz. Por um instante parece uma pessoa completamente diferente.

A Duquesa parece perceber que se revelou demais. Ela se levanta e ajeita as saias.

— É isso, então. Como deve ter ouvido, meu filho vai ficar noivo. A festa será amanhã à noite. Você vai. Quero que toque um pequeno concerto. — Depois olha em volta, à procura das palavras certas para encerrar essa conversa, mas acaba desistindo. — Boa noite — diz sem me encarar.

Quando sai, ela diz a Annabelle:

— Certifique-se de que ela esteja estonteante.

23

ANNABELLE NÃO FAZ FEIO.

Cinco minutos antes das sete, paro diante da porta do salão de baile usando um vestido verde-claro que faz o lacaio arregalar os olhos. O corpete deixa meus ombros à mostra, e a saia desce até o chão em camadas como as pétalas de uma flor, cada uma delas com um acabamento de cristais cintilantes. Uma gargantilha de diamantes envolve meu pescoço e brincos de diamante enfeitam minhas orelhas.

Ouço um murmúrio e o som baixo de música do outro lado. O lacaio faz uma reverência antes de abrir a porta.

— A substituta da Casa do Lago — ele anuncia.

Só as pessoas mais próximas dele escutam.

O salão de baile está cheio de homens de smoking e mulheres em vestidos coloridos. Risadas reverberam no teto pintado. Garnet está em pé ao lado de um jovem que deve ter a minha idade. Ele parece infeliz. Os cachos loiros e os grandes olhos azuis me lembram os de Lily. Lady e Lorde do Vidro estão dando os parabéns a Garnet. Penso em como deve estar o bebê do casal. A substituta que o gerou deve estar agora em um dos internatos.

Vejo a Duquesa, que usa um vestido dourado com mangas de renda, e vou ao seu encontro. Ela está conversando com a Eleitora. Tento manter a expressão neutra quando paro ao lado da Duquesa.

— Meu Deus, ela é uma visão — a Eleitora comenta. Seu vestido é de veludo vermelho, com um grande dragão bordado nas saias, que parecem ter tecido demais para seu tamanho delicado. Os lábios da Eleitora estão pintados de vermelho brilhante. Como no Leilão, ela me faz pensar em uma criança brincando com as roupas da mãe. É difícil imaginá-la fazendo experimentos com meninas, removendo pedaços de seus cérebros. Provavelmente, ela tem alguém para fazer isso em seu lugar.

— Quando pretende começar a tentar?

— Quando o médico decidir que ela está pronta, Sua Graça — a Duquesa mente com tranquilidade.

— Não deve esperar demais. A substituta da Lady do Espelho já está grávida, e a da Lady da Estrela também. Não vai querer ficar para trás.

A Duquesa dá de ombros e bebe um gole de champanhe.

— Não estou preocupada, Sua Graça. Mas agradeço sua preocupação.

A Eleitora olha para mim com curiosidade. Ranjo os dentes e forço um sorriso.

Lucien surge ao meu lado e entrega uma taça de champanhe para a Eleitora. Meu coração dá um salto.

— Obrigada, Lucien — a Eleitora responde com entusiasmo antes de olhar para a Duquesa. — Espero que não se importe, é da minha adega. Sou muito seletiva com relação ao que bebo, por isso decidi trazer meu champanhe.

Acho que faria a mesma coisa, se minha substituta tivesse sido envenenada.

— É claro, Sua Graça — a Duquesa diz com um sorriso falso. Ouço mais alguém ser anunciado na porta, mas não consigo identificar quem é.

— Ah! Lapis! — A Eleitora acena para uma mulher com cabelo castanho e um vestido dourado parecido com o da Duquesa. — Parabéns. A Casa dos Baixos deve estar muito feliz com esse noivado.

Lady dos Baixos faz uma reverência.

— Sim, Sua Graça. Minha filha não poderia esperar união melhor.

Todos nós olhamos para o casal. Garnet escolhe este momento para coçar um lugar muito impróprio. Quase não consigo conter o riso. A Lady dos Baixos enrubesce.

— Sim — a Eleitora diz com uma careta. — Ele é um ótimo partido. Ah, Carnelian.

Meu coração quase para, minha cabeça gira. Carnelian e Ash se juntam a nós.

Não consigo levantar os olhos, tenho medo de me atirar nos braços dele. Faz muito tempo que não vejo seu rosto. Em vez disso, encaro o pingente de rubi no pescoço de Carnelian.

— O próximo será o seu, minha querida — a Eleitora comenta.

— Sim, Sua Graça — Carnelian responde. — Estou ansiosa por isso.

Soam os primeiros acordes de uma valsa, e a Eleitora aplaude.

— Ah, uma de minhas favoritas. Preciso dançar. Com licença, senhoras, vou procurar meu marido.

A festa continua com dança, risadas e muito champanhe, mas a Duquesa me informa que, desta vez, não posso beber nada. A Condessa da Pedra não foi convidada, aparentemente, por isso não vejo Raven. Espero que ela tenha encontrado minha fita. Passo a maior parte do tempo ao lado de uma mesa repleta de macarons de cores vivas, tentando não olhar para Ash na pista de dança e à espera de que Lucien encontre uma desculpa para falar comigo em particular.

Depois de algumas horas, a Duquesa pede silêncio. Ela está em uma das extremidades do salão de baile, ao lado do Duque, perto de Garnet e da noiva.

— Muito obrigada por terem se juntado a nós na celebração desta ocasião especial! — a Duquesa diz. — Vamos fazer um brinde ao feliz casal, Garnet, da Casa do Lago, e Coral, da Casa dos Baixos.

Todos levantam seus copos e comemoram.

— E agora — a Duquesa continua —, minha substituta vai apresentar um pequeno programa para nós. Passemos à sala de concertos.

Um lacaio me leva por um corredor diferente do que é usado pelos demais. Presumo que ele está me levando à porta dos bastidores quando é interceptado.

— Sua Graça me pediu para acompanhar a substituta — Lucien diz. — Pode voltar ao seu posto.

O lacaio hesita, depois se curva.

— É claro.

Quando ele se afasta, Lucien sorri para mim.

— Podemos? — pergunta, oferecendo um braço.

Sorrio e aceito.

— Como vai? — ele pergunta.

As palavras ficam enroscadas na minha garganta. Lucien para de andar. Ele levanta meu queixo e estuda meu rosto.

— Aconteceu? — pergunta.

Faço que sim com a cabeça.

— Quando?

— Ontem — sussurro.

— Então ainda não sabe o resultado.

Confirmo.

Lucien toca meu rosto com os dedos.

— Está tudo bem. Não é o ideal, mas vamos vencer esse obstáculo. A Noite Mais Longa está logo aí, não é?

Mordo o lábio.

— Lucien, sabe alguma coisa sobre o plano da Eleitora? De lobotomizar as substitutas?

Ele levanta uma sobrancelha.

— Quem disse isso?

— A Duquesa.

Ele comprime os lábios.

— Sim, eu sei. Mas não podemos nos concentrar nisso agora. E nem sabemos se a operação algum dia será realizada com sucesso, então, por enquanto, vamos pensar na sua segurança, está bem? Lembre qual é o nosso objetivo.

— Mas as outras meninas, Lucien. Não posso...

— Escute. — Ele para do lado de fora da porta dos bastidores e segura meus ombros. — Não se trata de salvar só você. Tem muito mais em jogo aqui, Violet.

Sinto um arrepio.

— O que quer dizer? — sussurro.

Lucien sorri como se guardasse um segredo.

— Uma pequena pedra é suficiente para começar uma avalanche. Vou ajudar as outras meninas, mais do que pode imaginar. Vou ajudar todo mundo que está sob o domínio da realeza. Mas nada disso terá importância se eu não puder ajudar *você*.

Lucien abre a porta antes que eu possa fazer mais perguntas. Escuto o barulho da plateia se acomodando nas cadeiras. O violoncelo e o pedestal para partituras já estão no palco.

— Pronta? — ele pergunta.

As perguntas desaparecem e meu estômago reage ao nervosismo.

— Sim — respondo.

Ele beija levemente minha testa.

— Boa sorte.

Respiro fundo e entro no palco ao som de aplausos estrondosos.

Isso é muito melhor que no Baile do Executor. A animação da plateia é palpável, e não sinto nenhum antagonismo no ar. Todos ali estão verdadeiramente entusiasmados para me ouvir tocar, não ansiosos para me verem perder uma competição ridícula. Sento e apoio o violoncelo entre os joelhos, depois olho para as inúmeras fileiras de assentos, todos ocupados.

É o que sempre imaginei se tornando realidade.

A Duquesa escolheu meu repertório. Abro a primeira página e descubro que ela escolheu abrir o concerto com prelúdio em sol maior. Sem dúvida para lembrar todos ali da minha apresentação anterior. Sorrio e começo a tocar.

Imediatamente, sei que tem algo de errado. Em vez de relaxar, os músculos da minha barriga ficam mais tensos com o progresso da música. É como uma cólica fraca. Termino o prelúdio e sorrio educadamente ao ouvir os aplausos. Não foi meu melhor desempenho, certamente, mas eles não parecem notar.

Estendo a mão e viro a página. O movimento causa uma dor surda na parte inferior das minhas costas, fazendo com que eu me encolha. A Duquesa escolheu outro prelúdio, este em ré menor, parecido com o noturno que a bolo confeitado dançou. Aproximo o arco das cordas.

Só consigo tocar as primeiras notas antes de a dor ficar insuportável. Minha barriga se contrai severamente, minhas costas parecem pegar fogo. Ao sentir a umidade entre minhas coxas, o arco escapa da minha mão, arranhando a corda e caindo no chão.

Olho para baixo e vejo uma mancha vermelha espalhando-se pelas pétalas verdes do meu vestido, como no primeiro Presságio. Mas não estou realizando um Presságio.

Não percebo que derrubei o violoncelo até ouvir o estrondo do instrumento chegando ao chão. Vejo um lampejo branco fora do palco, na periferia do meu campo de visão. Pressiono as mãos sobre a mancha, meus dedos ficam pegajosos de sangue, e um latejar surdo nos meus ouvidos silencia todos os outros sons na sala.

— Socorro — murmuro.

E caio.

Antes de chegar ao chão, sou amparada por duas mãos macias.

O som volta em uma enxurrada.

— Chamem o médico! — Lucien grita.

Gritos e berros, um murmúrio confuso, pessoas correndo para o palco... Tudo é enevoado, turvo. Outra cólica contorce minhas entranhas.

Solto um gemido quando Lucien me deita delicadamente sobre o palco e passa a mão sobre minha testa.

A Duquesa se debruça sobre mim.

— O médico está no Banco — ela diz. Seu rosto está pálido, os olhos transbordam medo. Nunca a vi tão assustada antes.

— Vamos mandar alguém buscá-lo imediatamente — o Executor avisa de algum lugar à minha direita.

— Não há tempo, temos que estancar o sangramento — Lucien diz. — Milady, onde fica o consultório médico? — A Duquesa continua olhando para mim. — Milady!

— Por aqui. — Ela diz.

Lucien me levanta nos braços. Ele é surpreendentemente forte e me carrega para fora do palco, pela sala de concertos. Rostos preocupados dançam à minha volta como uma névoa dourada, mas um se destaca com clareza. Os olhos cinzentos-esverdeados de Ash estão em pânico.

A dor rasga meu abdome e eu grito.

— Estamos quase chegando, meu bem — Lucien cochicha no meu ouvido. — Aguente firme. Estamos quase lá.

— Dói — digo chorando.

— Eu sei.

Ouço o barulho da porta do elevador, depois percebo a escuridão, e então as luzes brilhantes do consultório médico. Lucien me deixa sobre a cama, e eu me encolho em posição fetal. Minhas mãos estão ensopadas de sangue.

— Ela está bem? — A voz da Duquesa soa em algum lugar à minha esquerda, estrangulada e amedrontada. — Vai ficar bem?

O rosto de Lucien preenche minha visão. Sinto seus dedos segurando meu cotovelo, enfiando uma agulha na veia do meu braço.

Minhas pálpebras ficam pesadas. O rosto de Lucien perde o foco e se transforma no de Ash. Quero estender a mão e afagar sua face, mas não consigo levantar os braços. Quando ele fala, é a voz de Ash que ouço, e tenho a impressão de que ela chega do fim de um longo túnel.

— Isso mesmo. Durma.

A escuridão me envolve.

24

ALGUMA COISA MOLHADA E FRIA TOCA MINHA TESTA. A SENsação é agradável.

Meus olhos abrem devagar.

Estou no meu quarto. A Duquesa se debruça sobre mim com um pano úmido.

— Doutor — ela chama, sentando-se ao meu lado na cama. — Como se sente?

Minha boca está seca, os lábios estão colados. A língua parece ter inchado. A Duquesa enche um copo com água da jarra sobre o criado-mudo e o aproxima da minha boca.

— Aqui — ela diz com gentileza.

Bebo alguns goles pequenos. Um pouco da água escorre pelo meu queixo, e a Duquesa limpa as gotas. A porta se abre e o doutor Blythe entra, apressado.

— Ela acordou? — pergunta, aproximando-se da cama enquanto a Duquesa se afasta para o lado. Ele sorri para mim ao tocar a parte interna do meu pulso com dois dedos. — É bom ver seus olhos abertos de novo.

— O que... aconteceu? — Minha voz soa áspera.

— É comum a primeira tentativa não dar certo. Mas a reação do seu corpo foi singularmente violenta. Você quase morreu. Temos que proceder com absoluta cautela — o doutor Blythe avisa.

— Já estamos atrasados — a Duquesa protesta.

— Se a perdermos, nada disso terá importância — o médico responde.

Minha cabeça está rodando.

— Então não estou... grávida?

O médico abre sua maleta.

— Não mais.

Ele pega um termômetro e o coloca embaixo da minha língua.

— Como vamos proceder? — a Duquesa pergunta.

— Vamos esperar mais um ciclo, pelo menos, antes da próxima tentativa. Quatro ou cinco semanas. Ela precisa se recuperar.

— Muito bem — a Duquesa concorda. — Mas você fica aqui. Vou mandar arrumarem um quarto.

— Como quiser, milady.

Pensar no médico morando aqui não é muito reconfortante. Mas consegui mais tempo, quatro ou cinco semanas. Estamos a cinco semanas e meia da Noite Mais Longa. Lucien poderá me dar o soro antes da próxima tentativa. O doutor Blythe remove o termômetro.

— Onde está Lucien? — pergunto.

O médico franze o cenho e a Duquesa parece confusa. Percebo que, provavelmente, eu nem devia conhecer Lucien.

— Voltou para o Palácio Real, é claro — o médico responde.

— Ele salvou minha vida — digo, esperando que seja o suficiente para justificar minha pergunta.

— É verdade — o doutor Blythe responde. — Teve muita sorte por ele estar aqui. — Devolve o termômetro à bolsa. — O melhor que pode fazer agora é descansar.

Concordo com um movimento de cabeça. Estou exausta.

— Vou mandar alguém buscar suas coisas — a Duquesa diz ao médico. Depois toca minha testa com o pano mais uma vez, um gesto de surpreendente ternura, antes de deixar a compressa sobre o criado-mudo e sair correndo.

— Alguém espera impaciente para vê-la — o doutor Blythe comenta com um sorriso. Ele abre a porta e sai do quarto. Annabelle entra apressada.

— Annabelle — digo numa voz fraca. Ela se ajoelha ao lado da cama e segura minha mão, pressionando-a contra o rosto. Não precisa usar a lousa para expressar-se, eu sei o que está pensando. — Estou bem — digo. — Apenas cansada.

Ela assente, mas lágrimas inundam seus olhos.

— Annabelle, estou bem. De verdade.

Ela beija minha mão.

— Acho que preciso dormir. Vai ficar aqui?

Ela sobe na cama ao meu lado. Apoio a cabeça em seu ombro.

— Obrigada — sussurro. Seus lábios roçam meu cabelo.

PASSO OS DIAS SEGUINTES NA CAMA.

O médico me examina todas as manhãs, a Duquesa me visita todas as tardes, mas passo a maior parte do tempo lendo e jogando Halma com Annabelle.

Cada dia que passa me deixa mais perto da liberdade. Eu os conto mentalmente, uma contagem regressiva para a Noite Mais Longa. Eles não terão tempo para me ferir outra vez. Nem a Duquesa, nem o médico, ninguém.

A que Lucien se referia quando disse que havia mais em jogo do que salvar minha vida? Ele planeja algum tipo de rebelião contra a realeza? Levando embora as substitutas,

Lucien ameaça a base da vida real: não pode haver novos bebês reais sem nós. Mas, para isso, ele teria que esconder todas as meninas de todos os internatos, além de todas as substitutas na Joia. Se ele está tentando derrubar a realeza, quero participar. E não apenas indo para uma zona de segurança na Fazenda. A Duquesa merece saber como é a sensação de estar do outro lado da coleira.

Dei adeus a Ash mil vezes, mentalmente, como se quanto mais eu repetisse, mais fácil seria aceitar. Ser inseminada quase me matou. Outras substitutas estão morrendo, e talvez eu possa salvá-las. Se Lucien conseguir me tirar daqui, vai poder tirá-las também. Tenho que levar isso a sério, preciso fazer o que Lucien diz. Nada mais de encontros secretos ou beijos no labirinto do jardim. Serei uma substituta modelo. Há muito em jogo.

Digo a mim mesma que é melhor assim. Ia acabar de qualquer jeito, então, melhor agora do que mais tarde. Finjo que isso é bom, que estou feliz assim.

Espero que Raven esteja bem. Queria tê-la visto na festa de noivado, mas fico feliz por ela não ter me visto sangrando no palco.

Finalmente o doutor Blythe decide que estou bem o bastante para voltar a andar pelo palácio.

— Podemos ir ao jardim? — pergunto a Annabelle. — Quero ir lá fora.

Ela me agasalha com o casaco mais quente e uma echarpe, e atravessamos o salão de baile para sair pela porta dos fundos. Finjo que estou andando sem rumo, que apenas caminho de um lado para o outro pelo jardim até Annabelle sentar-se em um banco por alguns minutos. Então me dirijo à muralha ocidental.

Nossas flores morreram, a minha e a de Raven. Apoio a mão no muro e sussurro:

— Sinto sua falta.

O que Raven faria se estivesse aqui? Provavelmente, estaria atormentando Lucien por demorar tanto para tirá-la de lá.

Um lampejo prateado atrai meu olhar. Afasto algumas folhas mortas e encontro uma nova trepadeira, um ramo fino envolve um pingente: um terrier prateado. Raven e Crow tinham um terrier quando eram pequenos. O nome dele era Danger, porque o animal era muito pequeno e eles acreditavam que o nome poderia inspirá-lo a ser durão. A mãe deles vendeu o cachorro para um magistrado quando a família não conseguiu mais alimentá-lo.

Dou um beijo no pingente e guardo o objeto no bolso. Pelo menos sei que Raven está bem, que ainda se lembra de mim. Depois arranco um botão do meu casaco, enrolo o ramo de Raven em torno dele e o envio para cima do muro, para ela.

Sigo para o interior do bosque. É bom estar ao ar livre. Respirar o ar frio é refrescante, me limpa de dentro para fora. Percorro um caminho por onde nunca passei, andando sem realmente prestar atenção no trajeto. Quando chego a um lago cheio de peixes de cores radiantes, dourado, laranja e branco, paro e deixo escapar uma exclamação de espanto.

Ash está sentado em um banco do outro lado do lago.

Ele se levanta num pulo. Com um casaco marrom simples e um cachecol cinza, ele se adequa com perfeição ao cenário do bosque.

— Violet?

— Oi — respondo.

— Você está... — Ash pisca muito depressa e engole em seco. — Está bem?

— Ah, sim — digo, e me sinto estranhamente formal. — Estou bem. Obrigada.

O espaço entre nós parece se expandir e contrair ao mesmo tempo.

— Fiquei muito preocupado. Ouvi dizer... Disseram que você quase morreu.

Dou de ombros.

— Estou melhor agora — murmuro. Ordeno aos meus pés que se movam, que deem meia-volta e se afastem, mas eles não me obedecem. Meu olhar não desvia de Ash.

— Por que está olhando para mim desse jeito? — ele pergunta.

— De que jeito?

Ele franze o cenho.

— Desse jeito. Como se tivesse medo de mim.

— Eu não... — Pigarreio e me viro. — Tenho que ir.

— Ir? — Ele reage, chocado. — Na última vez que a vi, você estava quase morrendo de hemorragia, e agora tem que ir?

Afasto-me dele cambaleando, afasto-me da promessa de conforto, do calor dos seus braços em torno do meu corpo. Não suporto mais isso. Tenho que desistir dele.

— Violet, pare.

Meu corpo obedece, embora a mente grite para eu fugir. Ouço o ranger das folhas sob suas botas, sinto o toque gentil da mão no meu ombro.

— O que está acontecendo? — Ash pergunta.

Escapo da mão dele e me viro.

— Não podemos continuar nos vendo — digo.

Lucien ficaria orgulhoso. Mas tudo dentro de mim dói.

Ash parece perplexo. Por um momento, fica paralisado na minha frente como uma estátua. Depois recupera os movimentos e recua um passo. Ele olha em volta, para o lago, para o banco, para as árvores, como se alguma coisa naquele jardim pudesse dizer a ele o que fazer, o que dizer. Fecha os olhos e, quando volta a abri-los, alguma coisa se rompe em sua expressão. Por um momento vejo a dor intensa e crua. Depois ele alisa os traços do meu rosto como Annabelle alisa os lençóis da minha cama.

— Muito bem — diz, e a voz soa agradável, distante.

— Eu... sinto muito — cochicho. Agora que já aconteceu, queria poder voltar atrás. Não gosto desse Ash, da máscara de polidez, das maneiras frias. Esse é o Ash da realeza, não o meu.

— Se me der licença, Carnelian já deve ter acabado a aula de etiqueta.

Ele passa por mim e, instintivamente, seguro seu braço.

— Ash, espere...

Ele puxa o braço e se solta.

— Não — diz. Posso sentir a raiva que irradia dele. — Não vai me dizer o que fazer. Perdeu esse privilégio.

É como estar embaixo da água. Tudo é lento e pegajoso. Meus pulmões não funcionam bem.

O impacto do meu ato me atinge com força, o mundo ganha foco e fico furiosa. Não é justo que ele se zangue comigo quando tudo que estou fazendo é tentar ajudar outras garotas. É revoltante não poder explicar isso a ele. Bato com as mãos espalmadas em seu peito, empurrando-o para trás.

— Acha que é fácil para mim? Acha que é isso que eu quero?

Levanto a mão para agredi-lo outra vez, mas Ash segura meu pulso.

— Acha que é fácil para mim? — ele repete em voz baixa. — Tem alguma ideia...

Ele puxa meu pulso, o suficiente para aproximar seu rosto do meu. De repente tenho consciência da sua força física.

— Você não sabe. — A voz dele é como um grunhido. — Fala como se eu estivesse acostumado ao que nós... ao que pensei que tivéssemos. Sexo, ah, sim, eu sei sobre isso, e luxúria, mentiras e traição. Mas isto? — E aperta meu pulso com mais força. — Arrisco minha *vida* cada vez que estou com você. Entende isso? Se formos pegos, eu serei executado.

Sinto meu corpo amolecer, toda vontade de brigar desaparecendo.

— O quê?

— Ah, francamente, Violet. O que pensou que aconteceria? Está aqui há pouco tempo, mas sabe como são essas pessoas.

— Mas... Por que, então? Por que me beijou?

— Porque isso não é algo que eu deveria sentir! — ele grita. — Olho para você e me sinto humano de novo. Olho para você e me sinto inteiro. Não me conhece tão bem, Violet, mas acredite, eu estava *destruído* antes de conhecer você. Não posso voltar a ser daquele jeito.

Ele parece perceber que ainda segura meu pulso. Meus dedos ficaram entorpecidos. Ash me solta e enfia as mãos no bolso. O sangue volta a circular por meus dedos, formigando como se fossem perfurados por alfinetes e agulhas.

— E mesmo que não sejamos descobertos — ele continua num tom mais contido —, nunca poderei apresentar você à minha família. Nunca poderei andar de mãos dadas com você pelas ruas da Fumaça, ou levá-la ao Comissário de Paz para fazer de você minha esposa. Assim que Carnelian ficar noiva, eu irei embora. Serei vendido para outra família, e o ciclo da minha vida vai continuar como se você nunca houvesse passado por ela. Mas você passou. Nunca vou me esquecer disso. — Ele pisca e olha para os meus pulsos. — Não queria machucar você. Desculpe.

Minha frágil determinação se desfaz. Penso no tipo de pessoa que quero ser. Devo minha vida a Lucien, e serei leal a ele até morrer. Mas Ash não tem nada a ver com isso. Ash é outra história, uma parte da minha vida que é só minha. Existem coisas que são maiores que nós, é verdade. Salvar as substitutas. Destruir a realeza. Vale a pena colocar tudo em risco pelo amor de Ash?

Mas quando olho nos olhos dele, os primeiros que me viram de verdade, vejo tudo que Lucien está tentando salvar. O que é a vida sem amor, afinal? Ash e eu... nunca deveria ter acontecido. Mas, contrariando todas as possibilidades, nós nos encontramos e, mais importante, escolhemos ficar juntos.

Quando eu deixar este lugar, quando pensar nessas últimas semanas, em meio às lembranças e emoções emaranhadas, haverá um buraco de arrependimento, o vazio do que poderia ter sido, se eu tivesse tido a coragem de me posicionar e dizer: "Quero você por tanto tempo quanto for possível".

Ash merece alguém que tenha coragem como ele.

— Ash, não vá. — Dou um passo hesitante à frente. — Eu estava errada. Sinto muito. Fique comigo.

Ele não se move.

— Não sei se posso, Violet. Não sei se ainda consigo confiar em você.

— O quê? Porque tentei ser responsável? Porque cometi um engano? Puxa, adivinhe... sou humana. Não sou perfeita. Estava tentando fazer a coisa certa, mas sabe de uma coisa? Não me importa mais. Não quero estar certa, não quero ser boa. Eu não devia ter você, como você não devia me ter. E se não consegue me perdoar por eu ter tido um momento de fraqueza ou um segundo de incerteza, talvez esteja certo, talvez eu não conheça você. Mas não pense que não quero você, porque eu quero, e talvez não seja tão boa em dizer isso em voz alta. Quero você para sempre, Ash, mas não vai acontecer, e eu sei disso. Mas estarei do seu lado por todo tempo que houver, e não vou perder um segundo disso.

Nós nos encaramos em silêncio, e meu cérebro trabalha furiosamente para tentar encontrar mais alguma coisa para dizer.

Um sorriso ilumina lentamente o rosto de Ash.

— Para alguém que não é boa em dizer isso em voz alta, você foi bem... impressionante.

Fico vermelha.

— Bem, você me deixou brava.

— Ah, é mesmo? *Eu* deixei *você* brava?

— Tudo bem, talvez eu tenha começado, mas...

Ash toca meus lábios com um dedo.

— Você pode terminar — diz em voz baixa.

— Eu sei — respondo. — Eu não quero. Você me faz sentir inteira também. Neste lugar que tira algumas partes de nós, você me faz lembrar de quem eu sou. Quem eu era.

Ele passa um braço em torno da minha cintura e me puxa para perto. É como se finalmente eu pudesse respirar de novo. Ash recende a folhas secas e lã.

— Nunca mais faça isso comigo.

— Não vou fazer — prometo. A culpa é como uma pontada no meu estômago, mas eu a ignoro.

— Estou falando sério, Violet. Porque não posso...

— Ash — eu o interrompo. Minha pele está queimando e meus nervos ressoam, porque Ash está muito perto, mas não o suficiente. — Por favor. Cale a boca e me beije.

Ele sorri e encosta os lábios nos meus num beijo suave. Mas não quero suavidade.

Passo os braços em torno do pescoço dele como se pudesse puxá-lo para ainda mais perto, como se pudesse me fundir a ele. Ash me abraça com mais força, e sinto a mudança em nós dois. O beijo se torna selvagem. Sei que nunca esquecerei dessa sensação, nem que eu viva cem anos.

É a sensação de pertencer a alguém.

25

AS QUATRO SEMANAS SEGUINTES SÃO AS MAIS FELIZES DA minha vida na Joia.

Feliz porque o médico prometeu não me inseminar de novo, e a Duquesa, ocupada com os preparativos do casamento de Garnet, se mantém distante e me deixa em paz. O doutor Blythe e eu visitamos o carvalho uma vez por semana, mas nunca mais o faço crescer sem a força da pistola estimulante.

Falo com Lucien todos os domingos à meia-noite por intermédio da arcana. Digo a ele que tenho sido perfeitamente obediente, o que é verdade, na maior parte do tempo. Com relação à Duquesa, pelo menos, tenho sido uma substituta modelo. Ele fica aliviado com a notícia do adiamento da próxima inseminação. Não me dá mais informações sobre onde vou me esconder pelo resto da vida, ou sobre qual é seu objetivo final, embora eu o pressione bastante. Tenho a sensação de que, seja qual for seu objetivo, é perigoso demais discutir o assunto neste círculo, mesmo que por meio da arcana. Mas ele garante que os planos estão na fase final, e que outras meninas serão tiradas da Joia depois de mim. Queria poder ajudar mais.

Vejo Ash quase todos os dias, ele deixa bilhetes no *Ensaios sobre Polinização Cruzada* com uma data e um horário, e é bem fácil encontrar desculpas para ir sozinha à biblioteca e usar a passagem secreta. É sempre apenas por uma hora, talvez menos, momentos roubados quando Carnelian está em alguma aula e eu não estou com o médico. Falamos sobre nossas vidas antes da Joia, sobre nossas casas, nossas famílias, nossos amigos. Ensino Ash a jogar Halma. Às vezes, lemos um para o outro. Outras vezes ficamos apenas deitados no sofá, sem precisar conversar. Só para estarmos juntos.

Raven e eu nos comunicamos sempre que podemos por meio da hera. Trocamos objetos que, para outras pessoas, parecem não significar nada. Um pedaço de renda. Uma mecha de cabelo. Uma pedra do meu tabuleiro de Halma. Uma corda de relógio.

Para nós, contudo, eles dizem: "Estou aqui, estou bem".

EM UMA TARDE NUBLADA DE DEZEMBRO, ASH E EU ESTAMOS deitados no sofá, os dedos dele entrelaçados no meu cabelo, minha cabeça repousando em seu peito. Minha saia se espalha sobre nós como um leque. Sinto o coração dele batendo sob meu rosto.

Só falta uma semana para a Noite Mais Longa. Sete dias breves antes de eu deixar a Joia para sempre. Queria poder contar a ele. Odeio mentir. Toda vez que ele faz uma referência ao "ano que vem", ou comenta sobre quanto tempo ainda podemos ter juntos, ou declara sua gratidão por Carnelian ser difícil de casar, a culpa me atinge como um soco no estômago. Uma ou duas vezes, fiquei tentada a contar tudo, dizer que vou embora, mas a voz de Lucien sempre sussurra no meu ouvido, me fazendo calar.

— O que foi? — Ash pergunta. Ele percebe meu humor com facilidade. Levanto a cabeça para encará-lo.

— Não quero ficar sem você — digo. É a resposta mais honesta que posso dar.

Ash beija minha testa.

— Vamos nos animar, Carnelian foi rejeitada de novo hoje à tarde. A Casa das Folhas também não a quer. Parece que vai ter que ficar comigo por mais um tempinho.

Sempre me sinto pior quando ele diz coisas assim.

— E se o médico for bem-sucedido e eu engravidar? Não vai querer ficar comigo.

Ash franze o cenho. Não costumamos falar sobre a logística da minha posição de substituta.

— Violet, se você tivesse pés de pato e um terceiro olho, eu ainda ia querer ficar com você. E eu sempre soube da sua... posição nesta casa.

Reviro os olhos.

— Aprendeu eufemismo na escola de acompanhantes, ou é uma habilidade natural? — pergunto.

Ash faz uma careta.

— Um pouco de cada, acho.

Brinco com um botão da camisa de Ash, sinto a tentação de abri-lo e tocar a pele nua. Estamos muito próximos nessas últimas semanas, mas é uma proximidade diferente, uma outra forma de intimidade que temos experimentado. E agora que só tenho mais alguns dias, tudo parece mais urgente.

Podíamos fazer agora. É o momento perfeito. Estamos sozinhos. No sofá. É para fazer deitado, certo? O ar fica preso na minha garganta. Eu me pergunto como deve ser. Se vai doer.

— Em que está pensando? — Ash murmura.

Meu rosto arde. Com cuidado, abro o botão da camisa dele e deixo meus dedos o tocarem. É suave, sinto o músculo definido enrijecer embaixo dela.

— Violet? — ele chama, cauteloso.

— Hum... — Não consigo dizer em voz alta, mas minha mão se move até o botão seguinte. Estou tremendo, mas não é natural ficar nervosa? Não é muito fácil, mas consigo abrir o segundo botão.

Os dedos de Ash se fecham em torno da minha mão.

— O que está fazendo? — ele pergunta num tom suave.

— Eu... Você não sabe?

— Tenho uma teoria — ele diz, mas não solta minha mão.

— E? — Meu coração bate depressa.

— Violet, não acho que é uma boa ideia.

A rejeição é como uma onda quente e cheia de espinhos.

— Ah... — eu digo.

Com um movimento rápido, Ash se senta e, mantendo minhas pernas sobre seu colo, toca meu queixo, segurando-o entre os dedos. Não consigo olhar nos olhos dele.

— Ei — ele diz. — Olhe para mim.

Relutante, levanto o olhar.

— Você já fez isso antes.

— Sim — ele confirma. — Fiz.

O rosto de Carnelian passa diante dos meus olhos num flash.

— Só não quer fazer comigo.

— Não, Violet, não é... Você sabe que eu quero. Deve saber disso.

Dou de ombros. Como poderia saber? Não sei nada sobre garotos.

— Isso tudo é novo para mim — murmuro.

Ele sorri.

— Talvez tenha esquecido, mas é novo para mim também.

— Então, por que não? Tem alguma coisa errada comigo?

Não sei por que estou insistindo no assunto.

Ash ri com tristeza.

— Não, não tem nada errado com você.

Olho para ele sem esconder a curiosidade. Ash desvia os olhos como se estivesse arrependido do que disse.

— Esquece.

Quase caio do sofá quando ele levanta e caminha até a janela abotoando a camisa.

— Ash, seja o que for, você pode me falar.

— Acredite em mim, não vai querer saber — ele responde com amargura.

Sento-me mais ereta.

— Acredite em mim, eu quero — insisto.

O silêncio se prolonga, e tenho o bom senso de respeitá-lo.

O olhar dele é duro quando ele se volta para mim.

— É proibido para qualquer acompanhante dormir com sua cliente. Mas é comum a senhora da Casa ter um... interesse especial.

Agora é o rosto da Duquesa que eu vejo.

— O quê?

— Não aconteceu com a Duquesa — Ash explica rapidamente, como se lesse meus pensamentos. — Não, a atenção dela está focada em outra pessoa.

O alívio me invade, pesado e forte.

— Não é a Duquesa — repito.

— Não. Mas fui acompanhante de outras garotas... — Sua mandíbula fica tensa.

— Dormiu com a mãe delas? — pergunto de um jeito tímido.

— Sim. Não tenho opção. Sou propriedade delas. Elas... pagaram por mim. É assim que sustento minha família. É assim que mantenho minha irmã viva. — Ash cai sobre a poltrona e afunda a cabeça entre as mãos. — Naquele dia, no jardim, eu disse. Não sou uma boa pessoa. Entendo se estiver enojada. Eu mesmo sinto nojo.

Não sei o que dizer. Para ser honesta, pensar em Ash dormindo com as mulheres mais velhas da realeza é horrível. Penso nas que conheço, a Condessa da Rosa com seu cabelo grisalho e as rugas, a Condessa da Pedra com os braços flácidos e os olhos cruéis... Um arrepio faz meu corpo estremecer.

Não percebo que Ash me observa até ouvi-lo suspirar.

— Eu entendo — ele diz.

— O quê? Ash, não. — Corro e me ajoelho ao lado dele. — Eu não... Só preciso de um minuto, está bem? Isso... não é o que eu estava esperando.

Com expressão tensa, ele assente uma vez. Seguro sua mão. Sinto o mesmo que senti há um minuto, antes de saber. O que ele é forçado a aguentar é pior do que eu tenho enfrentado? São coisas horríveis, cada uma a seu modo.

— Ash, acredita honestamente que o que o obrigaram a fazer afeta quem você é? Você é uma pessoa boa, não deixe que ninguém o faça se sentir diferente. — Apoio a mão em seu rosto. — Isto aqui é quem você é. Eu vejo você, lembra? Conheço você. Temos uma coisa que eles não podem tocar, algo que não podem tirar de nós. O que nos obrigam a fazer não importa.

Ele me puxa para seu colo e beija minha testa. Depois desliza os dedos pelo desenho formado pelas contas da minha saia.

— Violet — diz, e quando olha nos meus olhos, meu estômago parece dar um salto. — Acho... acho que amo você.

Sinto me dissolver em mil moléculas, me espanto como duas palavras podem alterar completamente minha disposição.

— Acho que também amo você — sussurro.

26

MINHA MENTE É UM BORRÃO QUANDO FAÇO O CAMINHO DE volta pelo túnel.

Não queria ir, mas as aulas de Carnelian já devem ter acabado, e Annabelle pode estar me procurando. Deixo minha mão deslizar pela parede de pedra áspera enquanto escuto o eco das palavras de Ash na minha cabeça.

Estou apaixonada. Ash me ama.

Abro a porta secreta para a biblioteca, ainda perdida na euforia do momento.

— O que está fazendo aqui? — pergunta uma voz estridente.

Eu me viro. Carnelian está parada nas sombras, os lábios distendidos por um sorrisinho. Ela desliza o dedo pela espinha de um dos livros.

— Procurando alguma coisa para ler antes de dormir?

Meu coração dispara.

— Estava só andando por aí — respondo, tentando manter um tom casual.

— Engraçado. — Ela dá um passo na minha direção. — Estou aqui há meia hora e não tinha visto você.

— Não tinha aula de etiqueta? — As palavras escapam antes que eu possa evitar.

Carnelian estreita os olhos.

— Como sabe disso?

— Ah, acho que Annabelle comentou. — Tento fazer o rubor do meu rosto desaparecer, mas o esforço só o torna mais intenso. — De qualquer maneira, a biblioteca é grande. Talvez não tenha me visto, só isso.

Carnelian dá mais um passo, e agora o espaço entre nós é de apenas alguns centímetros. Uma covinha se forma no seu queixo.

— Não sei o que está tramando, mas vou descobrir — ela avisa.

Engulo em seco.

— Não estou tramando nada. Eu apenas... gosto de livros.

Carnelian solta uma gargalhada.

— Sei. Vamos ver.

— Algum problema aqui, moças?

Nós duas nos assustamos quando Garnet sai do meio das prateleiras.

— O que está fazendo aqui? — Carnelian pergunta. — Pensei que ia tirar as medidas para o smoking.

Garnet finge surpresa.

— Eu ia? Puxa, esqueci completamente. — Ele me olha da cabeça aos pés. — Está atormentando a substituta, prima? Não deixe minha mãe ver.

— Não tenho medo dela — Carnelian responde, levantando o queixo.

— Tem, sim — Garnet a desmente. — Ei, onde está o acompanhante que ela comprou para você? Ouvi dizer que nunca sai de perto dele.

Manchas vermelhas aparecem na face de Carnelian. Por um segundo, acho que ela vai chorar. Carnelian olha para mim, um olhar fulminante, depois vira e desaparece.

— Ela sempre foi um pouco sensível — ele comenta com um movimento de ombros. — Ah, eu sou Garnet.

— Eu sei — respondo.

Ele ri.

— É claro que sabe. — E se curva de um jeito exagerado. — Devo escoltá-la de volta aos seus aposentos?

— Ah, hum, tudo bem. — Garnet é divertido, mas, para ser honesta, ele me assusta um pouco. Lembro que Lady da Chama o chamou de imprevisível.

— Eu insisto. — Ele segura meu cotovelo. — Diga — pede quando saímos da biblioteca. — Quem você odeia mais? Minha mãe ou meu pai?

— O quê? — Não acredito que ele me perguntou isso. Como se eu fosse dar uma resposta verdadeira.

— Eu escolheria minha mãe — Garnet continua, como se eu não o tivesse interrompido. Um Militar para no corredor e fica em posição de sentido quando passamos. Sinto os olhos curiosos me examinando. — Meu pai é sem graça como um poste, é mais fácil de ignorar. Mas não é possível ignorar minha mãe.

Decido ficar quieta. Não vou participar dessa conversa.

— Ela ficou ainda pior depois que Carnelian veio morar aqui. Pobre criança. Primeiro o pai morre, depois a mãe se suicida. Muito chocante. Um escândalo para a Casa do Lago.

— A mãe de Carnelian se matou?

Garnet confirma.

— Minha tia era uma mulher estranha. Estranha e triste. Nunca a conheci muito bem, minha mãe a desprezava. Acho que Carnelian a odeia tanto quanto sente saudades. Isso faz dela uma pessoa muito desagradável para conviver.

— Por que ela a odeia? — pergunto.

— Porque a mãe a deixou sozinha — Garnet responde com simplicidade.

Agora entendo. Carnelian está sozinha. A Duquesa a odeia, a realeza ri dela, e Ash... não é surpreendente que ela o adore. Ash é a única pessoa neste palácio que a trata com gentileza.

Sinto uma pontada de culpa. Não quero sentir pena de Carnelian.

— Por que a Duquesa despreza sua tia?

Garnet me olha de um jeito estranho, como se não soubesse ao certo se minha pergunta é séria.

— Porque ela partiu. Vocês recebem jornais no Pântano, não recebem? — Antes que eu possa responder, Garnet continua: — Tia Opal não era adequada para a Casa do Lago. Especialmente depois que deu as costas para sua linhagem real e fugiu com um homem de um jornal do Banco. — Ele ri. — Verdade, minha mãe sentiu o golpe. Uma irmã louca, um noivado desfeito... e com o Executor, para piorar as coisas. E... eu. Ah, aqui estamos.

Chegamos aos meus aposentos. Garnet bate na porta e Annabelle a abre.

— Annabelle! — ele grita, abraçando-a. Annabelle fica muito vermelha. Tenta se curvar em reverência, mas é difícil com Garnet tão perto.

— Trouxe a substituta de volta sã e salva — ele diz. Annabelle inclina a cabeça num gesto de gratidão. — Foi adorável conhecer você... oficialmente. Tenho certeza de que logo lhe verei de novo. E, se puder, fique fora do caminho de Carnelian. — Ele dá uma piscada antes de se afastar pelo corredor. — Acho que ela está tramando contra você.

NAQUELA NOITE NÃO CONSIGO DORMIR.

As coisas que Ash me contou sobre a realeza, sobre sua profissão, sobre como é tratado dentro das muralhas da Joia... Acho que qualquer outra pessoa seria incapaz de entender por que ele faz o que faz, ou como consegue fazê-lo. Mas não eu. Eles pegaram alguma coisa dentro dele e quebraram, da mesma forma que tiraram alguma coisa de dentro de mim.

Conheço a dor de obedecer a uma ordem contra a qual cada parte do seu ser grita resistindo. Mas Ash e eu nos encontramos. Quebramos todas as regras deles.

Ainda posso ouvir a voz dele sussurrando no meu ouvido.

Amo você.

Só preciso de alguns segundos para decidir, não posso esperar nem mais um minuto. O tempo está acabando. Se é isso mesmo que quero, tem de ser agora.

Jogo as cobertas longe e saio dos meus aposentos sem fazer barulho.

Os corredores do palácio são diferentes à noite, cheios de sombras e formas desconhecidas, mas eu poderia percorrer esse caminho de olhos vendados. O silêncio é sinistro. Chego à biblioteca e passo por estantes que lembram sentinelas na escuridão. A porta secreta range um pouco quando a abro. Corro pelo túnel até a sala dos aposentos dele. Não tem cortina na janela, e o luar tinge todas as coisas com seu brilho prateado. Cruzo o tapete na ponta dos pés e abro a porta para o quarto de Ash.

Nunca estive nesse quarto antes.

As cortinas estão fechadas, mas vejo o contorno do corpo embaixo do edredom azul, o movimento suave da respiração. Ponho a mão em seu ombro.

— Ash — sussurro enquanto o cutuco com delicadeza.

Ele suspira baixinho.

— Ash — repito, e o sacudo com um pouco mais de força.

Ele abre os olhos e grita, senta-se tão depressa que eu pulo para trás. Seu peito está nu, o cabelo despenteado. Sinto uma onda de desejo e uma pontada de medo.

— Violet? — ele fala baixinho. — Quase me matou de susto! O que está fazendo aqui?

— Eu... eu... — De repente perdi a capacidade de falar. Tudo que consigo ver é sua pele brilhando com a luz pálida que entra pela porta aberta.

Ash sai de baixo do edredom, e vejo que ela está vestido com uma calça larga de pijama.

— Violet — ele diz ao se levantar e me segurar pelos braços, como se quisesse me amparar. Estou tremendo? Acho que sim. Os dedos dele são quentes na minha pele. — Você está bem? Aconteceu alguma coisa?

— Eu... amo você — gaguejo.

Por um segundo ele parece apenas perplexo. Depois sorri e me puxa para perto.

— Por isso está aqui?

Um som estranho escapa da minha garganta, alguma coisa entre um soluço e um guincho. Sua respiração morna sopra na minha orelha quando ele murmura:

— Também amo você.

Meu coração agora está em pânico, se jogando de um lado para o outro dentro do peito, mas eu o abraço, sentindo seus ombros e o traço da sua coluna. Seu cheiro está em todos os lugares, e pressiono meu rosto contra o peitoral. Uma das mãos envolve minha cintura, a outra afaga meu cabelo, remove os grampos, solta as mechas que caem livres sobre minhas costas.

Viro a cabeça para que nossos lábios possam se encontrar.

No começo é só um beijo normal, reconfortante e familiar. Mas depois se aprofunda e se transforma em algo mais, uma necessidade desabrocha dentro de mim. Minhas mãos descem das costas para o ventre de Ash, traçam as linhas do peito e do pescoço até tocarem seu rosto. O desejo é tão forte que parece arder no corpo.

Não percebo que o empurro para trás até cairmos sobre a cama. Meu cabelo é como uma cortina à nossa volta, e ele o segura com as mãos.

— Violet — Ash diz, e ouço o aviso em sua voz.

Mas não consigo parar. Não consigo deixar de beijá-lo. Sinto que ele cede, afundando as mãos no meu cabelo, os músculos dos seus braços tensos e contraídos. Colo meu corpo no dele.

— Violet, pare — ele diz ofegante, e gira para me deitar de costas na cama.

— Eu... eu... sinto muito. — Lágrimas inundam meus olhos. — Sinto muito.

De repente ele está afagando meu rosto, beijando meu cabelo.

— Por favor, não diga isso — murmura. — Você sabe que eu quero. Você sabe.

— Então, por que não? — Não consigo esconder o desespero em minha voz.

— Posso machucar você — ele confessa em voz baixa. — Eu nunca... quero dizer...

— Isso é tudo que eu quero — sussurro. Minha voz soa muito frágil. Tenho a impressão de que posso quebrar. — Você é tudo que eu quero.

Ash hesita. Deslizo a mão por seu peito e beijo seu ombro.

Ele se inclina e beija meu pescoço, a região sensível bem embaixo do queixo... Minha cabeça começa a girar quando os dedos de Ash traçam a linha do meu braço até encontrarem a cintura, onde agarram um punhado de tecido da camisola. De repente tomo consciência do pouco que nos separa, apenas finas camadas de seda e algodão.

Os lábios escorregam até meu pescoço.

— Tem certeza?

Nunca estive tão certa de nada em toda minha vida, mas, nesse momento, não encontro palavras para me expressar. Meus nervos estão em chamas, vibrando com uma vitalidade estranha e forte, e eu envolvo a cintura dele com os braços, puxando-o para mim. Ash deixa escapar um gemido baixo, e então sua boca se apodera da minha.

DÓI. MAS DOR NÃO É NOVIDADE PARA MIM. JÁ SENTI DOR ANTES.

Isso é diferente. Esta dor vale a pena. E desta vez não estou sozinha.

27

SOU UMA NOVA PESSOA.

Sento na cama. Minha cama. Não queria deixar Ash na noite passada, mas foi necessário. Toco meus lábios e sorrio, deixo as lembranças me invadirem. A forma do seu corpo, a sensação do contato...

Estou leve. Levanto da cama e atravesso o quarto, registrando a maravilhosa estranheza no meu corpo. É como se minhas articulações estivessem soltas. Como se meus pés mal tocassem o chão. Sinto a pele mais quente que o normal, como se eu houvesse me tornado um pequeno sol que irradia luz e calor. Adoro essa sensação.

Amo Ash.

Abro a porta para minha sala de chá e não contenho uma exclamação de choque quando vejo que todas as flores da sala desabrocharam de repente, botões se abriram, pétalas ficaram maiores e ganharam cores mais vibrantes. Esta sou eu, só pode ser. Não sei como, mas não há outra explicação. Um Presságio acidental. Preparo-me para a dor, mas não sinto nada. Só uma vibração agradável no peito e no estômago.

A porta se abre e Annabelle entra com minha bandeja de café da manhã. Ela para de repente e arregala os olhos ao ver a explosão de cor. Algumas plantas estão crescendo.

— Bom dia — digo alegremente.

Annabelle deixa a bandeja sobre a mesa e serve café em uma xícara. Sento na minha poltrona favorita e bebo um gole. Está amargo.

— Annabelle, pode pôr um pouco mais de açúcar? — peço. Normalmente, o café que ela me serve é melhor.

Vermelha, ela acrescenta mais uma colher de açúcar à bebida, mas eu já estou longe dali, em um quarto escuro, sentindo os dedos de Ash na minha pele e sua respiração quente na minha orelha.

O café continua amargo demais. Deixo a xícara de lado e um formigamento se espalha pelos meus dedos.

— Annabelle, alguma coisa... alguma coisa... — Minha boca está formigando, e é difícil formar as palavras que quero dizer.

Annabelle aparece no meu campo de visão. Vejo a culpa em seu rosto. O quarto fica turvo.

Ela me drogou.

Annabelle não usa a lousa, apenas move os lábios para dizer:

— Sinto muito.

Caio para frente, nos braços dela, a escuridão me envolvendo.

QUANDO ACORDO, NÃO SEI ONDE ESTOU.

A visão retorna aos poucos, e percebo que estou na minha cama, no meu quarto. Alguém me vestiu com minha camisola.

O médico dorme na cadeira ao lado da cama, o queixo repousando contra o peito. Acendo a luz e ele se assusta, olha em volta, piscando.

— Boa noite — diz, cobrindo um bocejo com a mão. — Ou bom dia, talvez seja mais apropriado.

— O que está fazendo aqui? — pergunto.

— Queria estar aqui quando você acordasse — ele explica. — Annabelle exagerou um pouco no sedativo que dei a ela. Compensou a última vez, acho. Ela não queria que você acordasse de novo antes do fim do procedimento.

Procedimento. Meu estômago ferve. Toco a dobra do meu braço. Sinto a saliência onde eles inseriram o tubo intravenoso.

— Você fez de novo — sussurro.

— Sim. Espero que não haja nenhuma complicação desta vez, mas, por precaução, ordenei que fique de repouso absoluto por um tempo, até conseguirmos determinar se a tentativa foi bem-sucedida. Alguém estará com você o tempo todo.

— O quê? Não.

O doutor Blythe toca meu ombro.

— Não se preocupe. A Duquesa suprirá todas as suas necessidades. Tenho certeza de que o tempo vai passar depressa.

O TEMPO NÃO PASSA DEPRESSA.

Cumprindo o que prometeu, o médico não permite que eu fique sozinha nem por um minuto. Annabelle, Cora ou outras criadas estão sempre comigo. Mesmo à noite, alguém sempre está dormindo em uma cama dobrável no meu quarto.

Sinto que, de alguma maneira, Lucien vai descobrir o que aconteceu. Ash também deve ter ouvido comentários. Mas não vou conseguir mandar nada para Raven.

Queria poder mandar uma mensagem para Ash. Ele precisa saber que não vou esquecê-lo, independentemente do que aconteça.

Eu amo Ash. Ele me ama.

Agarro-me a esse pensamento durante os dias seguintes. Ele me ama. Lembro a expressão no rosto da minha mãe quando devolvi a ela a aliança que era do meu pai, e acho que agora a entendo melhor. Como deve ter sido difícil se separar daquele pedacinho dele. Como deve ter sido difícil viver sem ele.

Quando for embora daqui, ao menos terei o consolo de saber que Ash está vivo. Ele não estará tão longe quanto meu pai ficou.

Cada dia que passa é um dia mais perto da Noite Mais Longa. Começo a temer que a Duquesa não permita que eu vá ao Baile de Inverno. O doutor Blythe vem me examinar duas vezes por dia, uma de manhã, uma pouco antes do jantar, e todas as vezes eu pergunto se posso sair da cama. A resposta é sempre não.

Às vezes Cora lê para mim, às vezes jogo Halma com Annabelle, e uma vez a Duquesa mandou um quarteto de cordas. A experiência foi mais frustrante do que agradável. O violoncelista não era muito bom.

Só tenho permissão para sair da cama para tomar banho e usar o banheiro.

Estou ficando sem tempo.

Um dia antes do Baile de Inverno, decido que tenho que tomar uma atitude drástica.

— Traga a Duquesa aqui — digo a Annabelle. — Diga a ela que quero vê-la. Agora.

Annabelle arregala os olhos e hesita, sem saber o que fazer.

— Não me interessa se estou quebrando o protocolo — insisto. — Preciso vê-la.

A Duquesa chega vinte minutos mais tarde, e sua expressão é furiosa. Ela bate a porta do meu quarto ao entrar.

— Quem você pensa que é? — pergunta. — Você não manda me chamar, entendeu?

— Sinto muito, milady, mas... — respiro fundo, sem acreditar realmente no que estou fazendo. — Considerando que sou *eu* quem pode estar esperando a futura Eleitora da Cidade Solitária, achei que poderia dispor de alguns minutos.

Ela me encara com os olhos meio apertados.

— O que você quer?

— Quero sair desta cama. Estou bem. Não quero ser vigiada dia e noite. E quero ir ao Baile de Inverno amanhã.

A Duquesa levanta uma sobrancelha.

— E por que devo atender a algum desses pedidos?

— Porque... temos uma parceria, lembra? Precisa da minha participação nisso. Quer que eu me esforce tanto quanto puder para fazer este bebê crescer o mais depressa possível, certo? O que eu peço é a contrapartida do que espera de mim.

A Duquesa comprime os lábios e leva um minuto para responder.

— Muito bem — decide. — Vou convencer o médico a tirá-la do repouso. Mas você vai avisar se sentir alguma dor, anormalidade, qualquer coisa. Vai se manifestar imediatamente.

— É claro, milady.

— Annabelle vai providenciar um vestido novo para você ir ao baile.

— Obrigada, milady.

Ela para na porta, com a mão sobre a maçaneta, e sorri.

— Você é uma menina esperta — diz. — Fui inteligente quando a comprei.

Eu não teria tanta certeza disso, milady, penso.

DIGO A ANNABELLE QUE QUERO SAIR.

Caminhamos de braços dados pelo jardim. Vejo que ela não pretende me deixar sozinha nem por um segundo, mas tenho que checar se Raven está bem. Faz uma semana que não mando nada para ela. A última vez foi no dia em que soube sobre a verdadeira profissão de Ash.

Decidi que não faz mal se Annabelle vir o que Raven mandou para mim. Ela não vai entender, e logo não estarei mais aqui. Levo Annabelle para a muralha ocidental, onde a hera é mais densa por causa dos ramos criados por mim e por Raven. Há um trecho onde pedaços de vegetação foram arrancados ou torcidos, e não consigo lembrar se os ramos sempre tiveram essa aparência ou se mais alguém esteve ali enquanto eu fui mantida confinada. Alguém pegou o que Raven mandou para mim? Alguém neste palácio sabe?

Chego ao lugar onde os presentes de Raven sempre esperam por mim.

Está vazio.

Procuro entre os ramos, arrancando alguns da muralha. Annabelle me observa, confusa.

Não há nada.

Um medo lento e pesado me invade.

Tem alguma coisa errada. Alguma coisa *muito* errada.

28

A NOITE MAIS LONGA POSSUI ESSE NOME PORQUE TEM O PERÍODO diurno mais curto do ano e, portanto, a noite é mais extensa.

Ela também simboliza o momento mais sombrio na história da cidade, pouco depois da formação da Cidade Solitária, quando o oceano ameaçava devorar a ilha, e a realeza começou a construção da Grande Muralha. Não havia eletricidade, por isso a tradição manda que todas as luzes elétricas sejam apagadas, substituindo-as por velas. Isso nunca foi um problema no Pântano, onde eletricidade era rara. Trocam-se presentes à meia-noite. Lembro o ano em que meu pai me deu uma gaita folheada a bronze. Achei aquele presente incrível, mesmo sem saber tocá-lo. Ele prometeu me ensinar. Aquele foi o último ano em que celebramos a Noite Mais Longa com ele. Meu pai foi assassinado alguns dias mais tarde.

Também é tradição vestir branco, uma referência ao heléboro de cinco pétalas que floresce nos meses de inverno. Eu me observo no espelho, vendo Annabelle cachear meu cabelo. Meu vestido é tomara-que-caia, com camadas e camadas de chiffon cor de marfim, flutuando até o chão. Um colar de diamantes e rubis brilha em meu pescoço. Annabelle prende os cachos no alto da minha cabeça com grampos enfeitados de flores de pedras preciosas, espalhando pequenos pontos brilhantes vermelhos e brancos. Vejo seu sorriso pelo espelho.

Analiso meu reflexo. Alguma coisa está diferente. Não sou mais a menina assustada que ficou ali sentada na noite em que Cora e Annabelle me prepararam para aquele primeiro jantar. Vivi muitas coisas no pouco tempo que passei na Joia. Fui transformada, forjada em alguém mais sábia e mais forte do que era antes. Cresci.

Annabelle me cobre com um manto branco de pele e seguimos juntas para o saguão.

Ao descer a escada principal, permito aos meus olhos três segundos da visão inebriante de Ash. Ele usa um paletó branco de smoking sobre colete e gravata pretos. Tudo que consigo enxergar, no entanto, são as linhas do seu corpo naquela sala escurecida.

Ash olha para mim rapidamente, depois vira com um sorriso nos lábios. Carnelian me observa com os braços cruzados, o vestido de renda branca cobre seu corpo até o pescoço. Seu olhar me faz lembrar que devo ser cuidadosa. O Duque está cobrindo os ombros da Duquesa com um manto longo. Garnet está encostado no fim do corrimão e assobia quando termino de descer a escada. Meu rosto queima, e a Duquesa fecha os olhos e toca as têmporas como se tivesse uma dor de cabeça.

— Garnet, por favor — ela diz, apoiando a mão no braço do Duque. — Vamos.

Faz frio do lado fora, pequenos flocos de neve caem levemente do céu noturno. No automóvel, lembro a última jornada que fiz para o Palácio Real. É como se minha vida estivesse se repetindo, mas de um jeito mais estranho.

— Já esteve no Palácio Real? — Garnet me pergunta.

Olho para ele por um segundo, tentando descobrir se está brincando.

— Sim — respondo. — Você... tropeçou em mim no Baile do Executor.

Carnelian bufa.

— É mesmo? — As sobrancelhas dele se aproximam. — Hum. Bem, você ainda não viu nada até ver a decoração do Baile de Inverno.

Quando chegamos ao Palácio Real, somos escoltados por um trecho feito inteiramente de vidro. A área é iluminada por milhares de velas, que dão ao lugar um bonito brilho dourado. Mulheres de branco parecem delicados flocos de neve, e circulam e bebem champanhe em taças de cristal conduzidas por homens de smoking branco. Ramos de heléboros enfeitam os lustres cheios de velas, intercalados com ramalhetes vibrantes de azevinho vermelho e verde. O piso é de vidro azul, e enormes esculturas de gelo cintilam sob a luz tremulante.

Entendo o que Garnet quis dizer. O efeito é magnífico.

Ouço um estrondo, uma batida forte, e vejo o Executor e a Eleitora do outro lado do salão, sobre uma plataforma de cristal, ambos com suas taças levantadas. O Executor diz:

— Bem-vindos ao Baile de Inverno e à comemoração da Noite Mais Longa.

O BAILE DE INVERNO É MAIS EXUBERANTE QUE O BAILE DO Executor.

Ou começa como acabou o Baile do Executor. Fico bem longe da pista de dança, ignorando a visão de Carnelian e Ash dançando juntos. Tento encontrar Raven, preciso ver o rosto dela, saber que está bem.

Em vez disso, vejo Lucien falando com a Eleitora sobre a plataforma de cristal. Que desculpa ele vai dar para falar comigo a sós e me entregar o soro? Fico parada e quieta ao lado de uma escultura de gelo de um cavalo alado, grata por ninguém me notar e por a Duquesa ter me deixado sozinha. É como se ela estivesse provando que confia em mim. Era exatamente o que Lucien queria.

Dança atrás de dança... Fico parada ao lado do cavalo alado, esperando Lucien me encontrar e procurando o rosto de Raven na multidão. Pessoas circulam, conversam e riem, mas não presto atenção ao que dizem até ouvir uma risada infantil.

— Eu disse que ela ia dar trabalho, Ebony — a Eleitora diz. Ela está do outro lado da escultura, quase não consigo ver sua silhueta distorcida pelo gelo. — Mas você insistiu em comprar o lote mais teimoso do Leilão.

— Por que começar com menos do que o maior desafio? — A voz da Condessa da Pedra me faz arrepiar. — Se tiver sucesso com ela, as outras serão fáceis.

Elas devem estar falando de Raven. Continuo bem quieta, me esforçando para ouvi-las em meio à música e às risadas.

— Não exagere. Lembre o que aconteceu com a última. Foi uma decisão sábia deixar esta em casa. — A Eleitora suspira. — Se houvesse um jeito mais fácil...

— Facilidade não conquista a grandeza, Sua Graça — a Condessa da Pedra responde. — Se prevalecermos, você será a mais reverenciada Eleitora desde Diamante, a Grande, que promoveu o primeiro Leilão. Vai mudar a cara da história.

A Eleitora ri, o que faz meu estômago embrulhar.

— Sim. Vou provar para esse círculo arrogante que linhagem de sangue não é tudo. E a Duquesa do Lago cairá tanto de posição que terá de implorar por um convite para uma festa de jardim na terceira classe. Sabe, ela *mentiu* para mim na festa de noivado do filho. Disse que ainda não havia começado a tentar ter uma filha, e na mesma noite sua substituta quase morreu de hemorragia sobre o palco.

— Cautela e atenção, Sua Graça. Cautela e atenção. Pearl não fez nada para nos ameaçar. Ainda.

— Ah, sim, sim, eu sei. Mas chega desta conversa sombria. Vamos, esta é a Noite Mais Longa. Preciso dançar. Lady do Véu comprou recentemente um acompanhante muito interessante... Acha que ele me favoreceria com sua companhia?

Ela ri de novo, e escuto quando se afastam. Sinto-me tão congelada quanto a estátua ao meu lado. Tento entender a conversa que ouvi. Se a Eleitora pretende lobotomizar as substitutas, parece que Raven está servindo de cobaia para os testes. Talvez ela tenha se referido a isso quando disse que a Condessa tentava tirar suas lembranças.

Uma nova dança começa e a Duquesa deixa a pista para se juntar a Lady do Vidro, Carnelian e Ash. Ela me chama e pega uma taça de champanhe da bandeja de um garçom que passa por ali.

— Não quero me precipitar, Iolite — a Duquesa está dizendo. Ela e Lady do Vidro estão coradas e sorridentes. — Mas posso ter excelentes notícias dentro de um ou dois dias.

Ela toca minha barriga. Ainda estou atordoada, pensando na minha amiga presa a uma mesa, servindo de cobaia em um experimento. Elas não podem fazer isso. Não com Raven. Ela é muito forte, muito corajosa...

— Ah! — Lady do Vidro praticamente berra. — Ah, Pearl, que maravilha!

— Devagar, devagar — a Duquesa diz, sem deixar de rir. — Ainda não tem nada certo. Mas o doutor Blythe está muito confiante dessa vez. Ela passou a semana toda em repouso absoluto. Não vai haver mais problemas.

O maxilar de Ash se contrai.

— Oh! — a Duquesa exclama, apontando. — Lá está Lady da Luz com seu filho. Venha, Carnelian, vamos ver se encontramos alguém disposto a tirar você das minhas mãos. — Carnelian tenta puxar Ash, mas a Duquesa bate na mão dela. — Não seja idiota, menina, não pode levar seu acompanhante.

Lady do Vidro dá risada.

Carnelian se deixa levar, mas olha para Ash com pesar. Ele e eu ficamos lado a lado, mas não ousamos olhar um para o outro.

— Preciso encontrar você — Ash sussurra. — A sós. Agora.

O som da voz dele provoca um arrepio na minha pele. Ele se vira sem esperar por uma resposta, certo de que o seguirei. Espero um momento, depois vou atrás dele mantendo uma distância razoável, andando de cabeça baixa e passando por entre os convidados e pela porta de vidro, rumo a um corredor tranquilo forrado de tapetes felpudos. As costas dele desaparecem depois de uma curva, e corro para acompanhá-lo.

Este corredor é menor, mais estreito. Na metade dele, Ash abre uma porta e desaparece. Viro a maçaneta depressa quando alcanço a porta, e o espaço dentro dela está escuro. Os dedos dele envolvem meu pulso e me puxam para dentro.

— Ash, eu...

Mas ele não espera o fim da frase. Seus lábios são ávidos e meu corpo reage instintivamente. Os dedos dele acariciam a pele exposta nas minhas costas e nos ombros, e eu estremeço de desejo.

— Isso não é uma boa ideia — eu digo, arfante.

— Eu sei — ele concorda sem afastar os lábios do meu pescoço. — Mas não consegui...

Puxo a boca de Ash para a minha. Meu corpo ressoa enquanto deslizo as mãos por seu peitoral, sentindo os músculos definidos embaixo da camisa.

Ouço uma exclamação abafada, e a luz acende. Ash e eu pulamos, nos afastando. Lucien está parado na porta, os olhos muito abertos, o rosto pálido em choque.

Não consigo me mexer. Não consigo pensar.

Lucien se recupera depressa, fecha a porta e se vira de frente para nós com uma expressão furiosa.

— O que está acontecendo? — ele pergunta entredentes. O olhar de Lucien se concentra ora em Ash ora em mim. Sinto a vergonha crescer dentro de mim como uma onda quente e ardida. Não consigo olhar para nenhum lugar que não seja o chão.

O silêncio cresce e se levanta à minha volta.

— Violet. — A voz de Lucien é fria, e dessa vez não gosto de ouvir meu nome. Faço um esforço para encará-lo, e vejo nos olhos dele raiva e incredulidade misturados a alguma coisa muito pior. Decepção. — Ficou maluca?

Ash olha para nós dois.

— Vocês... se conhecem?

— Ah... — Não sei o que responder primeiro.

Lucien ignora Ash.

— Qual é o problema com você? — ele explode. — Isso não é brincadeira. Não tem nenhuma noção do perigo a que está se expondo? Ele é um acompanhante, Violet. Um *acompanhante*.

— Eu sei quem ele é — digo, irritada. — Não contei nada a ele. Não o envolvi nisso de forma alguma.

— Não me envolveu no quê? — Ash pergunta.

— Saia — Lucien ordena.

Percebo que, se Ash sair agora, nunca mais ficarei sozinha com ele de novo. Nunca vou poder me despedir.

— Ash, eu... vou embora — gaguejo.

— Violet! — Lucien grita. Mas é tarde demais. As palavras já foram ditas.

— Ele não vai contar a ninguém — garanto.

— Alguém pode me explicar o que está acontecendo? — Ash interfere.

— Lucien vai me tirar daqui. Da Joia. Vou embora... vou embora amanhã. — O alívio por finalmente revelar a verdade desaparece quando vejo a expressão em seu rosto. Pensei que nunca veria nada pior que o sentimento de traição estampado no rosto de Lucien.

— Não entendi — Ash fala devagar.

— Sinto muito — sussurro.

Ash pisca.

— Como? Como poderia...?

— Lucien preparou um soro — explico. Lucien tenta protestar novamente, mas eu levanto a mão. — Não. Estou mentindo para ele há mais de um mês. Por favor, me deixe terminar.

— Mais de um mês! — Lucien grita.

Eu o ignoro e falo depressa.

— O soro vai fazer com que pareça que eu esteja morta. Lucien vai tirar meu corpo da Joia e me esconder... em algum lugar. Isso é tudo que sei.

— E é exatamente por isso que não contei para onde você vai — Lucien reage, furioso.

O corpo de Ash parece desmoronar.

— Ia me deixar acreditar que estava morta? — ele pergunta.

— Eu... — Lágrimas inundam meus olhos. — Fiz uma promessa.

— E as promessas que fez a mim? Ou aquelas não eram importantes? Posso acreditar em alguma coisa do que me falou? Servi apenas para satisfazer um impulso antes de fugir para sei lá onde?

— É claro que não — protesto. — Não diga isso. O que mais eu poderia ter feito?

— Podia ter confiado em mim.

— Eu confio.

— Chega! — Lucien se coloca entre nós e olha diretamente para Ash. — Saia.

Ash o encara.

— Por que está fazendo isso? O que tem a ganhar? E não finja que não vai ganhar nada, porque você e eu sabemos que, neste círculo, ninguém faz nada de graça.

Lucien sorri de um jeito ameaçador.

— Não admito que um acompanhante de reputação condenável questione meus motivos.

— Lucien, não... — começo, mas Ash me interrompe.

— Ouvi boatos sobre você. Seu laboratório, seus experimentos. É isso que ela é? Um sujeito de teste? Uma cobaia?

— Ash, isso não... — Dessa vez eu paro por conta própria. Do que ele está falando? Sei que Lucien é inventor, mas experimentos?

— Você não sabe nada sobre mim — Lucien responde furioso. — Ela precisa ser protegida. Precisa ser salva.

— Ela é mais forte do que você pensa. — Ash replica.

— E é mais importante do que você pode imaginar, e ela vai deixar você. Nada do que ela fizer a partir de agora será da sua conta. Então, faça um favor a todo mundo e saia. Saia.

Ash olha para mim.

— É isso, então? É assim que terminamos?

Abro a boca, mas não digo nada. Tenho que ir embora, eu sei que tenho, mas não sei como dizer adeus a ele.

— Há mais em jogo aqui do que um romance bobo — Lucien anuncia num tom firme. — Se Violet não sair logo deste lugar, e estou falando *imediatamente*, ela vai morrer.

Ash e eu olhamos para ele, paralisados pelo choque.

— O quê? — Minha voz é pouco mais que um sussurro.

Os olhos de Lucien ainda estão cravados em Ash.

— Quer saber o que realmente acontece com as substitutas depois que nascem os bebês reais? — O medo é como uma esfera crescendo no meu estômago. — Elas morrem. Todas morrem. O parto mata elas.

A sala adquire um clima estranho, nebuloso. Tenho a sensação de estar assistindo à vida de outra pessoa, como se as palavras de Lucien não servissem para mim.

— Não — Ash diz. A voz dele soa vazia. Toda a raiva desapareceu.

— Por favor — Lucien debocha. — Você sabe o suficiente sobre a realeza. Acredita realmente que eles construiriam um internato para substitutas que não têm mais utilidade? Ela vai morrer, se não sair daqui. É isso que você quer?

Ash fica quieto por um longo momento. Queria saber o que ele está pensando.

— Tenho que ir — ele diz.

— Sim — Lucien concorda. — Finalmente.

— Não! — eu grito ao recuperar a voz. — Ash, por favor... — Mas não há palavras que possam mantê-lo comigo.

Ash para na porta.

— Seria mais fácil esquecer você e as semanas que passamos juntos — diz. — Seria mais fácil se eu conseguisse odiar você. Mas a triste verdade é que, provavelmente, vou amar você pelo resto da minha vida.

E sai.

De repente percebo o pânico que parece subir por minhas costas. Lágrimas correm pelo meu rosto, mas não me dou o trabalho de enxugá-las. Engulo e olho para Lucien.

— Vou realmente morrer?

Ele segura meus ombros com gentileza.

— Se tiver o bebê dela, sim — responde. — Vai.

— Por quê? Como?

Lucien dá de ombros.

— Talvez o corpo das substitutas não seja compatível com os fetos. Talvez tenha a ver com os Presságios. Eles não sabem. E não se importam o bastante para descobrir.

— Por que não me contou? Como pôde deixar de me contar isso, Lucien?

— Eu... — Ele suspira. — Queria proteger você. Não queria que tivesse mais uma preocupação.

Gostaria de poder me sentar, mas não há móveis no aposento.

— Não acredito que teve um caso com um acompanhante. Não consigo acreditar que traiu minha confiança.

Balanço a cabeça devagar. O fato de Ash ter ido embora, de saber que nunca mais ouvirei sua risada em meu ouvido, nem sentirei seu coração batendo junto à minha pele, ainda não é totalmente claro para mim.

— Ele não vai contar — garanto.

— Espero que não. Porque, se ele se tornar uma ameaça, há sempre um jeito de lidar com o problema. Um acompanhante pode desaparecer com facilidade.

— Não se atreva — rosno.

— Você não me dá ordens, mocinha. Lembre-se do que prometeu. Você faz o que eu mando, sem perguntas nem queixas.

— Por que está fazendo isso por mim? De verdade. Por que quer me salvar? Não entendo. Por que eu? Por que agora? Ash estava certo? Isso tem a ver comigo, ou vai ganhar alguma coisa me tirando daqui?

Lucien enrijece o maxilar.

— Eu tinha uma irmã. Azalea. — Ele diz o nome com uma voz suave, carregada de emoção. — Ela era substituta. Tentei ajudá-la, tentei salvar a vida dela, e por um tempo eu consegui. Até que, um dia, eu falhei. — Ele balança a cabeça e desvia o olhar. — Houve um tempo, apenas alguns meses atrás, quando tudo que me importava era mantê-la segura. Isso era tudo que importava para mim. Não queria saber se substitutas sem nome e sem rosto estavam morrendo, desde que minha Azalea estivesse protegida. Mas ela ficou inquieta, rebelde. Queria acabar com o Leilão, com o sofrimento de meninas inocentes. Ela acreditava que as substitutas podiam tomar o próprio poder nas mãos, usá-lo para vencer a realeza. Havia outra voz sussurrando em seu ouvido e, no fim, essa voz falou mais alto que o amor de um irmão.

Estou chocada. *Usar os Presságios para derrotar a realeza?*

Lucien passa a mão na testa.

— Ela deixou uma mensagem para mim antes de morrer. "Isso é o começo", ela disse.

As palavras trazem à tona alguma coisa na minha memória, mas é algo sutil demais para lembrar com clareza.

— Sua morte me forçou a agir. Porque não posso mais ignorar toda a injustiça. Quando uma pequena fenda se abre, uma centena de outras rachaduras aparecem de repente. E as muralhas que foram construídas com tanto cuidado começam a desmoronar. Eu estava olhando as fotografias do

Leilão quando vi você. — Lucien olha nos meus olhos. — Tão parecida com ela! E se eu tinha que escolher uma substituta para ajudar, por que não aquela que sempre me faria lembrar o motivo de tudo isso? — Ele sorri. — Quando a conheci, percebi que havia outras semelhanças entre você e ela. Teimosia, determinação, compaixão. E um bom coração.

— Então acha que, de alguma forma, posso ajudar a mudar o sistema? — pergunto, incrédula.

Lucien suspira.

— Acredito que pode ajudar a *acabar* com o sistema. Mas não sou eu quem pode explicar como. Vai precisar disso aqui para entender.

Lucien pega minha mão e coloca um anel no meu dedo, um grande topázio oval circundado por pequenos diamantes.

— O soro está aí dentro. Há um compartimento secreto na pedra. — Ele me mostra um fecho escondido entre os diamantes. — Tome-o amanhã à meia-noite.

Deslizo os dedos pelos diamantes.

— Obrigada, Lucien — digo, atordoada.

Ele beija minha testa.

— Nós vamos conseguir. Confie em mim. Agora, vou levá-la de volta para a Duquesa.

29

ACORDO NA MANHÃ SEGUINTE COM UM PESO OPRIMINDO meu peito.

É hoje. Esta noite tomarei o soro. Deixarei Ash e Raven para trás porque, se permanecer aqui, vou morrer.

Olho para o teto e espero Annabelle entrar com meu café da manhã.

Mas quando a porta do quarto é aberta, não é Annabelle quem entra. É o doutor Blythe.

— Bom dia, Violet — ele diz, animado, ao deixar a maleta preta sobre o criado-mudo. — Você se divertiu no baile?

Diversão. Não, doutor, eu não me diverti.

— Sim, obrigada — respondo automaticamente.

— Este é um dia muito excitante para nós — ele comenta, esfregando as mãos.

Não presto muita atenção quando ele pega uma agulha, uma seringa e um quadrado de plástico com dois círculos de feltro. Ele enfia a agulha no meu braço e tira um pouco de sangue. De repente, entro em estado de alerta. Há muito tempo ele não colhe uma amostra do meu sangue.

— Sim, um dia muito excitante, realmente — ele diz, segurando a seringa sobre o quadrado de plástico e encharcando um dos círculos de feltro com meu sangue. — Se o outro círculo ficar verde, o resultado é positivo. Se ficar branco, é negativo.

Meus pulmões se contraem, o coração vai parar na garganta. Nós dois olhamos para o pequeno círculo de feltro.

Os segundos passam devagar.

Então uma ideia me ocorre, uma coisa tão óbvia que me surpreende não ter pensado nela antes.

Se eu estiver grávida... E se o bebê não for da Duquesa?

O quarto escuro de Ash passa como um flash diante dos meus olhos.

E se o bebê for meu?

De repente, acho que vou vomitar.

— Com licença — peço, sufocada.

O médico se afasta e eu saio da cama cambaleando. Corro para o banheiro a tempo de vomitar na pia.

Abro a torneira e enxáguo a boca, depois seco o rosto com uma toalha azul e macia. Olho para o reflexo no espelho. Minha pele é ainda mais pálida que de costume, pegajosa, e mechas pretas grudam na minha testa e nas bochechas.

Minha expressão é aterrorizante. Eu *estou* aterrorizada.

O bebê pode ser meu.

Nunca quis engravidar, e certamente nunca imaginei um cenário no qual a gravidez fosse minha. Ter alguma coisa da Duquesa dentro de mim era uma ideia detestável, e sempre foi a única opção.

Desço a mão e toco minha barriga.

Não quero estar grávida. Mas se o bebê é parte de mim e de Ash... Como eu poderia odiar isso?

Tudo é muito confuso. Sinto um novo enjoo.

— Violet?

Dou um pulo. O doutor Blythe está parado na porta.

— Você está bem?

Consigo balançar a cabeça numa resposta afirmativa. Ele mostra o teste de gravidez.

— Negativo — anuncia com tristeza.

Todo o ar sai dos meus pulmões de uma vez só, e eu fico tonta. Pela primeira vez o doutor Blythe parece entender exatamente minha necessidade.

— Vou deixá-la sozinha por um minuto. A Duquesa precisa ser informada imediatamente.

Eu me abaixo e sento no tapete azul e fofo do banheiro.

Negativo.

Começo a rir, uma risada intensa, ofegante. Apoio-me na pia e rio até meu estômago doer.

— Annabelle — chamo.

Ouço a porta do quarto se abrir.

— Bom dia. — A voz da Duquesa me faz dar um pulo no mesmo instante em que ela aparece na porta.

Levanto-me. Ela veste um robe dourado e usa o cabelo solto sobre as costas. O contraste com a expressão dura em seu rosto é estranho.

— Eu não devia ter alimentado tantas esperanças — ela diz.

Não consigo pensar em uma resposta para isso. Ficamos em silêncio.

— Meu pai dizia que, quando minha irmã e eu nascemos, ele soube imediatamente que eu seria a que faria coisas grandiosas. Eu era a favorita. Meu pai passou a vida toda me preparando para subir ao trono. Era um homem duro, mas me ensinou muitas coisas. Força. Astúcia. Ambição. Determinação. Todas as qualidades que ele admirava, eu tenho. E olhe para mim agora — ela conclui com um sorriso triste.

— É uma nobre — eu digo, intrigada. Que coisa ridícula para ela falar. — Tem tudo. O que mais pode querer?

Os olhos da Duquesa brilham. A mão dela se move e a dor explode no meu rosto.

— Sou exatamente a mulher que meu pai queria que eu fosse, e ainda não é suficiente. Você tem que se esforçar mais. Arrisquei tudo por você.

Devagar, alinho as costas, endireito os ombros e encaro a Duquesa. Quase nem sinto a dor. Não tem importância. Posso aguentar ela me bater mil vezes. Ela não pode mais me machucar de verdade.

Quando percebe que não vou responder, ela diz:

— Vou oferecer um almoço hoje à tarde. Annabelle vai preparar você. Esteja na sala às duas.

ANNABELLE ABOTOA O VESTIDO COR-DE-ROSA BORDADO COM contas, mantendo os olhos fixos na tarefa, percebendo que não quero conversar.

Giro no dedo o anel de topázio. Coloquei mais dois anéis e também um bracelete. Não que alguém vá notar. Tenho mais joias do que alguém possa controlar. E hoje não vou deixar este anel longe dos meus olhos. Só mais dez horas até eu tomar o soro.

Percorro o caminho até a sala. Um lacaio faz uma referência e abre a porta.

— A substituta da Casa do Lago — ele anuncia.

É o mesmo grupo que esteve no jantar de família, mas desta vez a Condessa da Rosa também está presente com a leoa. Eu me aproximo da Duquesa. O Duque está com ela, mas parece desejar estar em qualquer outro lugar. Garnet se apoia em uma mesa lateral e segura um copo contendo um líquido cor de âmbar. Sorrindo, ele levanta o copo para mim. Carnelian está ao lado dele com uma expressão emburrada.

E atrás dela está Ash.

Sinto uma coisa estranha, uma vertigem e um vazio repentino no peito, como se houvesse errado um degrau ao descer uma escada. Os olhos dele mergulham nos meus por meio segundo antes de se tornarem vazios. Ele mantém um sorriso agradável, mas a tensão nos ombros demonstra que está zangado. Meus lábios se entreabrem, mas não posso falar com ele aqui.

Não posso falar com ele nunca mais.

A Duquesa e a Lady do Vidro olham para mim.

— Deve estar decepcionada — a Lady diz em voz baixa. — Mas ela parece saudável.

— Sim, o médico avisou que não teremos que esperar tanto tempo para a próxima tentativa — a Duquesa responde.

A Condessa da Rosa se aproxima, apoiada em sua bengala.

— Paciência é a chave — ela diz. — Embora a minha esteja se esgotando, devo admitir.

A Condessa olha para a janela onde a leoa, toda vestida de preto, permanece em pé com as mãos cruzadas às costas, de cabeça baixa.

— O doutor Plume está preocupado com a possibilidade de ela não ser compatível. É muito frustrante. Seria bom se eles conseguissem separar as defeituosas antes do Leilão.

Lady do Vidro concorda, solidária. A leoa não levanta a cabeça, embora eu tenha certeza de que esteja ouvindo as mulheres falando dela. Lembro a garota que vi pela primeira vez na Sala de Espera da Casa de Leilão, com as tranças entremeadas de ouro, o vestido de acabamento colorido e a expressão determinada. A garota que se gabou do seu poder de substituta no funeral de Dahlia e roubou uma taça de champanhe no Baile do Executor. Agora ela tem os ombros encurvados como se quisesse ficar menor, invisível.

A porta da sala de jantar se abre.

— A Condessa da Pedra. E substituta — um lacaio anuncia.

Meu coração dá um pulo. Raven! Raven está aqui.

— O quê? — a Lady do Vidro murmura entredentes.

— Pensei que houvesse retirado o convite — a Condessa sussurra.

— Retirei — a Duquesa responde.

A Condessa da Pedra é tão grande que não consigo ver Raven. Ela usa um enorme manto de pele, que tira dos ombros e entrega ao lacaio.

— Pearl — ela diz. — Foi muita bondade sua me convidar.

A mulher se aproxima da Duquesa e solta um beijo no ar de cada lado do rosto da anfitriã.

— Ah, é um prazer — a Duquesa responde com um sorriso gelado. Rapidamente, dois lacaios colocam mais lugares à mesa.

A Condessa da Pedra cumprimenta a Condessa da Rosa da mesma maneira, mas praticamente nem olha para a Lady do Vidro. Seus olhos se voltam para mim, ou, mais especificamente, para minha barriga.

— Ainda não teve sorte, pelo que vejo.

— O doutor Blythe está otimista para a próxima...

— Os médicos são idiotas — a Condessa da Pedra interrompe. — O que importa é a substituta. — E estala os dedos.

Raven sai de trás da Condessa. Quando a vejo, minha garganta se fecha. Como a leoa, ela mantém a cabeça baixa e seu cabelo está mais comprido, escondendo o rosto. Mas percebo que está mais magra do que estava no Baile do Executor, e seu vestido é apertado de modo a enfatizar a silhueta. Por isso não entendo, no início, a pequena saliência que noto entre os ossos da bacia.

Não até Raven passar a mão sobre a barriga num gesto de ternura.

Não sei como sufoco um grito de espanto, mas consigo permanecer em silêncio.

Raven está grávida.

Não faz sentido. Mesmo que ela tenha engravidado logo depois do Leilão, ainda não devia aparecer, devia? São só dois meses.

— Deve estar muito animada — a Lady do Vidro comenta.

A Condessa da Pedra a ignora.

— Foi na primeira tentativa. Primeira tentativa. Imagine!

— Imagine... — a Duquesa repete num tom seco. — Porém, devia pensar em alimentá-la de vez em quando.

A Condessa dá de ombros.

— Ela é naturalmente magra.

Não consigo desviar os olhos de Raven. Em alguns meses, minha melhor amiga estará morta.

Preferia não saber. Preferia que Lucien nunca tivesse me contado. Pisco para conter as lágrimas que ameaçam transbordar dos meus olhos. Não posso chorar aqui. Um sino soa na sala, e a Duquesa bate palmas.

— Vamos nos sentar? — ela convida.

Ocupo meu lugar de costume ao lado da Duquesa. A leoa e Raven também se sentam ao lado de suas senhoras. Tento atrair o olhar de Raven, mas ela mantém a cabeça baixa. Um homem frágil e magro se senta do outro lado da Condessa da Rosa, e presumo ser o Conde. Como esses homens da realeza são patéticos comparados a suas esposas. O Duque e o Lorde do Vidro estão quase embriagados, rindo alto e trocando tapas nas costas. A Lady do Vidro olha do marido para a Condessa da Pedra, como se tivesse medo de ele estar causando uma impressão ruim.

Lacaios andam em volta da mesa servindo vinho e água, deixando o primeiro prato à nossa frente. Ash não olhou para mim nenhuma vez desde que entrei. Garnet está provocando Carnelian com alguma coisa, suscitando rubores que vão do rosa suave ao escarlate. Raven ainda está de cabeça baixa. Ela não tocou na comida. Nem sequer pegou o garfo.

De repente ela levanta a cabeça, e não consigo evitar um gemido contido ao ver minha melhor amiga, que antes era tão bonita.

Os ossos do rosto estão salientes, e a pele esticada tem uma coloração acinzentada. Ela parece vazia, distante. Nossos olhos se encontram, mas não vejo nos dela nenhum reconhecimento, só um olhar vazio.

É como se Raven já estivesse morta.

30

NÃO. ELA NÃO PODE ESTAR PERDIDA.

De repente percebo o silêncio na sala. Todos estão olhando para mim.

Olho para a Duquesa.

— A Condessa perguntou como está se sentindo — ela diz.

Não sei bem de que Condessa ela está falando, por isso tento dar uma resposta genérica.

— Estou bem, milady — digo para todos na sala.

Ao ouvir minha voz, Raven pisca e olha em volta, confusa, como se despertasse de um sonho. Há vida em seus olhos novamente, e ao me ver ela esboça um sorriso que encurva seus lábios pálidos.

Sinto um alívio tão forte que é quase doloroso.

Ela ainda está lá. Raven ainda está lá.

Preciso encontrar um jeito de salvá-la. Não posso deixá-la neste lugar.

O restante da refeição é como tantas outras a que fui forçada a comparecer, com a conversa vazia e a fofoca, os comentários ferinos disfarçados sob um verniz de polidez. Tento pensar em um jeito de me comunicar com Raven, que passa todo o tempo se balançando para frente e para trás, ausente e presente.

Às vezes os olhos dela ficam vidrados... Ou ela olha para o prato por tempo demais, o garfo parado no ar.

Talvez por estar atenta, ou por conhecê-la bem, quase sinto a dor antes que ela aconteça.

Raven solta um gemido. Uma das mãos cobre a barriga, a outra agarra a toalha de mesa. Veios coloridos se espalham a partir do punho cerrado, um azul escuro e profundo que rasteja pela mesa e tinge o branco da toalha. Carnelian grita, e Lorde do Vidro derruba a cadeira ao se levantar.

De repente eu sei o que tenho que fazer.

— Chamem o médico! — alguém grita.

Em meio à comoção, fico em pé e derrubo minha cadeira, finjo tropeçar e caio. Invoco a imagem mentalmente, precisa e firme, e fendas de um verde brilhante se espalham pelo tapete. As mulheres nobres gritam, os homens correm de um lado para o outro tentando fugir da cor que se espalha pelo chão. Rastejo na direção de Raven e a empurro da cadeira.

Tiro o anel de Lucien do meu dedo e enfio no dela.

— Não tire este anel. Tem uma trava no meio dos diamantes. Hoje, à meia-noite, beba o que tem dentro da pedra.

Raven pisca.

— Violet? — ela sussurra. Depois vomita um rio de sangue.

Dedos fortes agarram minha nuca. Com um movimento forte, a mão me põe em pé. Encontro-me diante dos olhos frios da Condessa da Pedra.

— Afaste-se dela — a Condessa diz.

— Ela... está passando mal — gaguejo. O sangue mancha a frente do vestido de Raven e escorre por seu queixo. O nariz também começou a sangrar.

A Condessa me joga para o lado como se eu fosse uma boneca de pano.

— Ebony! — a Duquesa grita. — Não se atreva a encostar um dedo na minha substituta.

O tapete agora é completamente verde. Por um momento, nada nem ninguém se move na sala. As duas mulheres se encaram, uma pequenina, a outra enorme. É difícil decidir quem é mais ameaçadora.

— Saia daqui. — A voz da Duquesa é firme e autoritária.

A boca da Condessa da Pedra entorta.

— Como quiser, Pearl. — Ela agarra Raven pelo braço e a coloca em pé. Raven a segue docilmente para fora da sala, levando o anel de Lucien no dedo.

— Bem — a Duquesa diz —, acredito que este almoço acabou. — A mesa está imunda, a toalha, que agora é azul, está coberta de vinho derramado e comida espalhada. Todos os convidados exibem expressões variadas de confusão e pânico. Ela olha para o Duque. — Querido, por que não leva os cavalheiros para fumar em sua saleta? Garnet, não quer ir com eles?

Garnet joga sobre a mesa o guardanapo que está segurando.

— Obrigado, mãe, mas prefiro arrancar meus olhos.

O olhar da Duquesa endurece.

— Então, encontre alguma coisa útil para fazer. De preferência, alguma coisa que não envolva uma criada da cozinha.

O Duque já saiu da sala acompanhado pelos outros nobres. Garnet se curva.

— Como quiser, mãe.

— Você está bem? — a Duquesa pergunta.

— Sim, milady — respondo.

— Peça a Annabelle para acompanhá-la em um passeio pelo jardim. O ar fresco vai lhe fazer bem.

Eu me curvo.

— Venham, senhoras, vamos nos sentar na sala de estar — a Duquesa diz para as convidadas.

Quando ela sai da sala na companhia das mulheres da realeza, ouço a Condessa da Rosa murmurar:

— Muito bem treinada, Pearl.

A leoa é a última a sair. Ela olha para trás, na minha direção, e por um momento vejo em seus olhos um resquício da antiga força. Lembro como ela olhou para Dahlia na Sala de Espera, como se estivesse com inveja.

Não sei como é sua vida na Casa da Rosa. Nem sei o nome dela.

A sala fica vazia. Agora somos apenas eu, Garnet, Carnelian e Ash. Carnelian olha para o tapete sujo de sangue.

Garnet pigarreia e diz com aquele seu jeito bem-humorado:

— Bem, vou ver se acho uma criada da cozinha. Encontro vocês no jantar.

Lacaios começam a limpar a sujeira. Carnelian puxa a manga de Ash.

— Podemos ir dar uma volta de carro, Ash? — ela pergunta. — Eu adoraria sair desta casa.

Seu sorriso é tão autêntico que teria me enganado se eu não o conhecesse bem.

— É claro. Vou pedir o carro.

Carnelian engancha o braço no dele e olha para mim com arrogância, e os dois saem e me deixam sozinha, apenas eu, a esperança de que Raven tenha entendido minhas instruções e o vazio onde antes estava o anel de Lucien.

NAQUELA NOITE FICO ACORDADA OUVINDO O BARULHO DO relógio sobre o console.

Raven deve estar tomando o soro agora. Não sei por que, mas tenho certeza de que ela me ouviu e entendeu. O que Lucien vai pensar quando encontrar o corpo dela no necrotério, em vez do meu?

Eu posso esperar. Seja qual for o plano dele, por mais que ele pense que posso destruir a realeza, tudo isso pode esperar. Porque eu não podia deixar Raven morrer. Não desse jeito. Não naquele palácio, com coisas horríveis sendo feitas com seu cérebro e um bebê de outra mulher crescendo dentro dela.

No fim das contas, talvez eu seja como Lucien. Estou disposta a salvar a vida de Raven em detrimento de outras. Como ele fez com Azalea. Talvez eu seja egoísta demais para ser uma salvadora de substitutas.

Não importa. Fiz uma escolha. Agora tenho que cuidar das reparações.

Jogo as cobertas longe e saio sem fazer barulho, percorro os corredores escuros do palácio a caminho da biblioteca.

Chego rapidamente às janelas da ala leste e, por um momento de terror, acredito ter visto uma sombra se movendo entre as estantes. Paro, meu coração disparado. A sombra se move, mas percebo que é só o vento balançando um galho de árvore do lado de fora da janela.

Corro pelo túnel secreto e entro na sala dos aposentos de Ash, sigo na ponta dos pés até a porta do quarto, que abro sem fazer barulho. Ele está dormindo com um braço sobre o rosto, a respiração lenta e regular.

— Ash — chamo. Ele resmunga alguma coisa incompreensível. — Ash. — Cutuco seu braço.

— O q... — Seu corpo todo desperta num sobressalto. O cabelo é uma confusão, e ele olha em volta, piscando com o olhar confuso. Quando me vê, fica paralisado. — O que está fazendo aqui?

Sento na beirada da cama.

— Eu dei para Raven.

— O quê?

— O soro de Lucien. Dei para Raven.

A compreensão ilumina seu rosto. Já havia comentado com ele sobre Raven.

— A substituta da Condessa da Pedra? Aquela é a Raven?

Confirmo com a cabeça.

Ash solta o ar como se tivesse levado um soco no estômago. Depois aperta as mãos sobre os olhos. Espero ele dizer alguma coisa, mas Ash não fala nada.

— Não vou embora — anuncio, tímida.

— Sim, eu percebi. — Ele ainda segura a cabeça com as mãos.

— Eu não poderia, Ash. Não conseguiria deixar Raven morrer aqui. Não quando podia salvá-la.

— Então, tudo bem se *você* morrer aqui? — Ele levanta a cabeça e me encara, furioso.

— Não sabemos o que vai acontecer.

— Sim, sabemos. Nós sabemos, Violet. Lucien sabe o que está dizendo. Ele vive no Palácio Real há muito tempo, então, se diz que você vai morrer no parto, pode apostar sua vida nisso. — Ele me segura e sacode com força. — Você não pode morrer, Violet, não entendeu isso?

Ele aperta meus braços, o rosto é uma mistura de medo e pânico. Toco seu rosto delicadamente com uma das mãos.

— Fiz uma escolha, Ash. Assim como escolhi ficar com você naquele dia na Sala de Concertos.

— Não é a mesma coisa — ele se irrita.

Afago seu rosto. Sinto a pele ainda morna do sono. Não esperava poder tocá-lo de novo.

— A vida é minha. Não pode decidir como vou vivê-la. Lucien também não pode.

Por um segundo, tenho a impressão de que ele vai gritar comigo. Mas Ash solta um pouco as mãos dos meus braços.

— Você é insuportavelmente teimosa, não é?

Meu sorriso é triste.

— Você me desculpa por ter mentido?

Ash suspira.

— Desculpo por não ter me contado sobre a fuga e o envolvimento de Lucien. Falar sobre isso teria sido terrivelmente perigoso. Mas como seria capaz de me deixar acreditar que estava morta?

Minha mão escorrega do rosto para o peitoral de Ash. O coração dele bate sob meus dedos.

— Sinto muito — sussurro.

— Eu sei. Mas isso não muda a situação.

— Eu sei que não. — Nós nos olhamos em silêncio por um longo momento. — Posso ficar? — pergunto finalmente. Ele tem o direito de me mandar embora e nunca mais falar comigo.

E Ash parece considerar essa possibilidade. Mas ele sorri do jeito que eu mais gosto, balançando a cabeça.

— Juro, você ainda vai acabar comigo.

— Não tem graça.

Ash cobre minha mão com a dele, se recosta nos travesseiros e me puxa sobre o seu corpo. Eu me aninho na curva do seu ombro.

— Acha que Lucien vai ficar muito bravo? — ele pergunta. — Quando descobrir que você deu o soro para outra pessoa?

Sorrio sem levantar a cabeça.

— Provavelmente vai estourar uma veia de raiva.

— Ou duas. Ou dez. — Ash beija meu cabelo. — O que aconteceu hoje na sala de jantar?

— Está falando sobre os Presságios?

— Não sei. É esse o nome? Nunca vi nada parecido com aquilo.

Levanto a cabeça.

— Não sabe sobre os Presságios?

Ash revira os olhos.

— Violet, não sei nada sobre as substitutas. Na casa dos acompanhantes, somos orientados a tratar vocês como mobília. Eles nos dizem que vocês têm algumas peculiaridades e que, se virmos coisas estranhas, devemos ignorar. E nenhum de nós quer correr o risco nem mesmo de pensar em uma substituta. — O maxilar de Ash fica tenso.

Eu beijo a região logo abaixo de sua orelha.

— Você é bem corajoso, não é?

Ele sorri para mim.

— Não tanto quanto você.

De repente, ouvimos um estrondo terrível seguido pelo som de botas pesadas. Em seguida, a porta do quarto é aberta por um chute. Eu grito quando Militares invadem o quarto de Ash, com suas armas apontadas para nós. Ash e eu nos encolhemos contra a cabeceira da cama, o corpo dele ligeiramente à frente do meu, me protegendo. Minha mente estremece, cada músculo do corpo enrijece. Não consigo entender o que vejo. Não consigo desviar o olhar das armas.

— Ora, ora, ora. — Meu sangue gela quando a Duquesa entra no quarto. — O que temos aqui?

O silêncio é longo e agonizante.

— Ela não tem culpa — Ash se manifesta. — A culpa é minha. Fui eu que...

A Duquesa olha para os Militares. Eles se movem como um raio. Dois deles arrancam Ash da cama, e outro bate com o cabo da arma no rosto dele. Um jato de sangue mancha o edredom azul.

— Não! — grito.

Outro Militar me puxa para fora da cama e torce meu braço atrás das costas. Sei que devia sentir dor, mas não consigo sentir nada. A pistola suja de sangue continua castigando o crânio de Ash, rasgando a pele sobre um olho e deixando um vergão em um lado do rosto.

— Pare com isso! — A voz de Carnelian é estridente. Ela está em pé atrás da Duquesa, olhando para Ash com uma expressão que reflete a minha. — Você disse que não o machucaria.

O sangue nas minhas veias descongela, se transforma em um fluxo de fogo. Foi ela!

— Cala a boca, menina estúpida! — a Duquesa rosna. — O que achou que aconteceria? Francamente, Carnelian, mesmo quando é útil, você consegue ser uma decepção. — Ela se dirige aos Militares que seguram Ash. — Levem o garoto para a masmorra.

Eles arrastam o corpo inerte para fora do quarto.

— Ash! — grito. Isso não pode estar acontecendo. Não pode ser real. — Ash!

Mas ele se foi.

Continuo resistindo à força do Militar que me segura. A Duquesa se aproxima de mim com passos cuidadosos.

— Você me decepcionou, *Violet*.

O choque de ouvi-la dizer meu nome me paralisa. Olho para ela, boquiaberta.

— O que é? — Sua voz é mansa. — Nunca pensou que eu podia saber seu nome? — Por um momento, apenas nos encaramos. Então a mão dela encontra meu rosto, e estrelas explodem diante dos meus olhos. — Eu confiei em você! — berra. — E é assim que me recompensa? Sua *vadiazinha*. — Mais uma bofetada. Sinto gosto de sangue.

— Ash — murmuro.

— O acompanhante é um traidor. E sabe o que acontece com traidores na Joia, não sabe, Violet? — A Duquesa se inclina para aproximar o rosto do meu. Seus olhos brilham como fogo negro. — São executados. — Ela olha pra o Militar. — Leve a substituta para os aposentos dela e não a deixe sair de lá. Guarde todas as saídas. Tire-a da minha frente.

A Duquesa se vira e sai do quarto. Carnelian fica parada na porta, os olhos arregalados.

— Eu não sabia — ela sussurra. — Juro, eu não sabia. Ela disse que não machucaria Ash.

A força volta ao meu corpo. Com um grito estrangulado, livro-me do Militar quase sem perceber a dor que dilacera meu ombro. Só consigo pensar no rosto ensanguentado de Ash e em como tudo isso é culpa de Carnelian. Ela grita, tenta recuar cambaleando quando levanto as mãos para agarrar seu pescoço magro.

Outro Militar aparece do meu lado e me joga contra a parede. O ar sai dos meus pulmões com um barulho pavoroso. Estrelas explodem novamente diante dos meus olhos. Mais dois Militares seguram meus braços, e não consigo lutar contra eles. Não consigo fazer nada além de me esforçar para respirar, mas é como se um travesseiro cobrisse minha boca e meu nariz. Os Militares me puxam para frente. Minhas pernas enfraquecem e cedem, mas eles me arrastam para fora do quarto, passam pela pálida Carnelian e continuam pelos corredores da ala leste.

De repente meus pulmões se expandem. Respiro, tusso e sufoco no desespero de absorver o ar.

— Ash — murmuro, arfante, enquanto sou levada pelo corredor de vidro, o mesmo por onde passei no dia em que o conheci. Lágrimas correm pelo meu rosto. Agora respiro com mais facilidade, e a realidade da minha situação começa a se impor. — Ash — repito com voz rouca. Ela vai matá-lo. A Duquesa vai matá-lo.

Os dedos dos Militares apertam meus braços, e eu tropeço tentando acompanhá-los. Mas eles andam muito depressa.

— Ash! — grito, esperando que ele possa me ouvir de onde estiver.

Duas criadas sonolentas que estão paradas perto da sala de esculturas seguram uma lamparina tremulante e olham para mim com curiosidade. Não me importo. Não quero saber se vou acordar o palácio inteiro.

— ASH! — grito o nome dele muitas e muitas vezes, e os corredores sombrios viram manchas sem foco através do véu de lágrimas. Quando chego aos meus aposentos, vejo uma silhueta esguia vestida com uma camisola branca, o longo cabelo acobreado solto descendo pelas costas, e por uma fração de segundo nossos olhos se encontram. Os de Annabelle são dominados pelo choque, e seus lábios se movem como se ela quisesse dizer alguma coisa. Mas os Militares me levam para a sala de estar, para longe dela.

Eles me arrastam para o quarto, me empurram para dentro e trancam a porta. Eu me jogo contra a porta trancada, arranho a madeira com as unhas, bato nela com os punhos fechados, sacudo a maçaneta, grito sem parar.

A única resposta é o silêncio.

Meu peito dói. Desisto e caio contra a porta. Escorrego para o chão, deitando o rosto sob o tapete verde e macio.

Isso não pode estar acontecendo. Não pode ser real.

Fecho os olhos.

Por favor, que isso não seja real.

Mas é. O medo inunda meu peito como chumbo derretido, me empurra para um vazio onde só existe infelicidade, angústia e, depois de um tempo, a morte, porque nunca sairei da Joia. Vou morrer aqui.

Não sei por quanto tempo permaneço no chão, me afogando na certeza de que é isso, tudo que sou e tudo que fui acaba aqui. Mas, em algum momento, um ruído penetra minha consciência. Um som baixo e vibrante que parece vir da penteadeira.

Eu me sento e escuto com atenção.

A arcana.

Levanto do chão, abro a gaveta e pego o porta-joias com o compartimento secreto. A caixa está vibrando. Eu a esvazio, espalho braceletes de pérolas, brincos de diamantes, broches, anéis e pingentes de rubi em cima da penteadeira, tiro o fundo da caixa e pego a arcana. Ela treme entre meus dedos.

— Lucien? — sussurro. — Lucien, é você?

Por um momento nada acontece. Nada, nenhuma resposta, nenhum som além do zumbido do diapasão nas minhas mãos.

Então ouço uma voz que não é a de Lucien, e o choque quase me faz derrubar a arcana.

— Não se preocupe — Garnet diz, seu tom habitualmente confiante é substituído por uma urgência determinada. — Vamos tirar você daí.

A arcana para de tremer, cai da minha mão e pousa com um ruído metálico no meio das joias reluzentes espalhadas em cima da penteadeira.

Agradecimentos

Primeiramente e o mais importante: agradeço ao meu incrível agente, Charlie Olsen. Muito obrigada por seu apoio inabalável e entusiasmo ilimitado, e por ser tão nerd quanto eu. Nosso encontro foi realmente planejado no Céu Cinzento. Obrigado a Lyndsey Blessing, por trabalhar duro cuidando de todos os assuntos internacionais.

Tive a sorte de poder trabalhar com Barbara Lalicki, minha incrível primeira editora, cujo *insight* fez este livro mais rico e mais forte do que jamais imaginei que pudesse ser. E meu muito obrigada a Karem Chaplin por ter tomado as rédeas com facilidade — mal posso esperar para trabalhar com você no resto desta história. Rosemary Brosnan e Alyssa Miele, vocês me fizeram sentir em casa. Agradeço a toda equipe da HarperTeen, que transformou esse processo maluco em um grande prazer: Susan Katz, Kate Jackson, Andrea Pappenheimer e a equipe de vendas; Sandee Roston e Olivia deLeon e a equipe de publicidade; Diane Naughton, Kimberly VandeWater, Lindsay Blechman e a equipe de marketing. Minha enorme gratidão a Barbara Fitzsimmons e Cara Petrus, e a toda equipe de design, por esta capa absolutamente fantástica. Josh Weiss e todos os editores de produção, Gwen Morton, Melinda Weigel e Anne Heausler, obrigada pelo olhar atento e por conterem meu amor pelos pontos de exclamação.

Jess Verdi, a quem dedico este livro... O que posso dizer? Obrigada não é suficiente. Não consigo me imaginar escrevendo este livro (ou qualquer outro) sem você ao meu lado.

Você foi a primeira pessoa a ouvir aquela pequena semente de ideia, foi o ombro onde chorei quando as coisas pareciam impossíveis, e foi a torcida organizada que me fez seguir adiante em cada etapa do caminho. Não há outra pessoa com quem eu gostaria de beber vinho e assistir a *Vampire Diaries*. É muita sorte ser sua amiga. 1864.

Para o meu fabuloso grupo de estudos, Riddhi Parekh, Caela Carter e Mary Thompson, agradeço pela infinita sabedoria e pelo incentivo durante meu último e frenético semestre na The New School.

Um enorme obrigado aos meus fantásticos beta-leitores, Corey Haydu, Alyson Gerber e Dhonielle Clayton, pelo tempo, pela paciência, e por amarem Ash tanto quanto eu o amo.

O restante da turma de 2012 da New School Writing for Children — Sona Charaipotra, Kevin Joinville, Amber Hyppolite e Jane Moon —, vocês leram tantas páginas que nunca verão a luz do dia. Mil vezes obrigada.

Jill Santopolo, extraordinária orientadora, obrigada por ter transformado esta história em algo publicável. Sem você, os Presságios nunca teriam existido.

Aos meus primeiros leitores, Maura Smith, Rory Sheridan, Jonathan Levy e Melissa Kavonic, obrigada por todo apoio e por terem me incentivado a continuar nesse caminho de incertezas.

Aos meus amigos e à família, que me viram lutar e tropeçar pela vida tentando achar meu lugar, estou aqui por causa de vocês. Obrigada por terem ficado comigo. E minha gratidão especial a Ben, Leah e Otto.

Aos meus pais, Dan e Carol Ewing, vocês são os melhores, simplesmente. Estimularam meu lado criativo desde o começo, e mesmo quando tudo parecia sombrio, me incentivaram a continuar. Sou a filha mais sortuda do mundo. Obrigada por nunca terem insistido em me fazer arrumar um emprego "de verdade".

E, finalmente, Faetra Petillo. Queria que estivesse aqui para comemorar comigo. Sinto saudade de você todos os dias.

QUER SABER MAIS SOBRE A LEYA?

Fique por dentro de nossos títulos, autores e lançamentos.

Curta a página da LeYa no Facebook, faça seu cadastro na aba *mailing* e tenha acesso a conteúdo exclusivo de nossos livros, capítulos antecipados, promoções e sorteios.

A LeYa também está presente em:

www.leya.com.br

facebook.com/leyabrasil

@leyabrasil

instagram.com/editoraleya

google.com/+LeYaBrasilSãoPaulo

skoob.com.br/leya

1ª reimpressão Setembro 2015
papel de miolo Offset 75 g/m²
papel de capa Supremo 250 g/m²
tipografia ITC Slimbach Std, Baskerville Old Face
gráfica Leograf